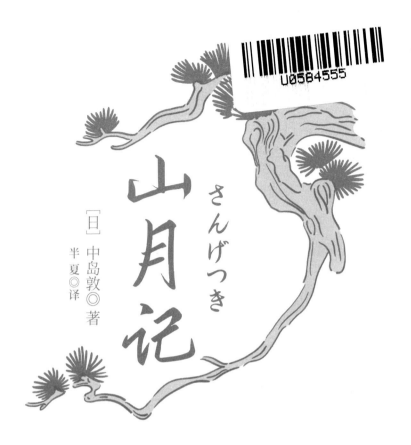

さんげつき

山月记

[日] 中岛敦◎著

半夏◎译

中国华侨出版社

北京

图书在版编目（CIP）数据

山月记/（日）中岛敦著；半夏译. —— 北京：中国
华侨出版社，2023.4
ISBN 978-7-5113-8678-6

Ⅰ.①山… Ⅱ.①中…②半… Ⅲ.①短篇小说－小
说集－日本－现代 Ⅳ.① I313.45

中国版本图书馆 CIP 数据核字（2021）第 243498 号

山月记

著　　者：[日] 中岛敦
译　　者：半　夏
责任编辑：张　玉
封面设计：胡椒设计
经　　销：新华书店
开　　本：880 毫米 ×1230 毫米　　1/32 开　　印张：9　　字数：201 千字
印　　刷：三河市华润印刷有限公司
版　　次：2023 年 4 月第 1 版
印　　次：2023 年 4 月第 1 次印刷
书　　号：ISBN 978-7-5113-8678-6
定　　价：49.80 元

中国华侨出版社　北京市朝阳区西坝河东里 77 号楼底商 5 号　邮编：100028
编辑部：（010）64443056
发行部：（010）64443051　　传　真：（010）64439708
网　址：www.oveaschin.com　　E-mail：oveaschin@sina.com

如发现印装质量问题，影响阅读，请与印刷厂联系调换。

出版说明

　　中岛敦作为一个来自汉儒世家的天才作家，将大家耳熟能详的故事改编成具有自己风格的作品，对于中国古典文学故事和汉文字的运用可以说是非常出色的。

　　《山月记》取材于唐代传奇故事《人虎传》，中岛敦用纯熟的写作技巧和丰富的想象力，为我们展现了一个神奇的世界。这篇文章最初是在日本老牌文学杂志《文学界》上发表，后来被选入高中语文教材，成为日本学生的必读篇目。

　　中国的读者会如何看待和理解这位日本汉学家笔下的传奇故事呢？为此我们特地选取了其与《西游记》和《史记》里人物相关的故事：充满哲思的妖怪悟净，天性纯真率直的孔子门生子路，还有将门之后李陵精彩的人生际遇。

　　此外本书还收录了《光·风·梦》等几篇具有异域风情和传奇色彩的作品，让作者笔下的文字带领读者朋友们了解热带岛屿上奇特的民风民俗，以及大作家罗伯特·路易斯·史蒂文森在太平洋萨摩亚群岛上度过的最后的岁月。

目 录

山月记

　　李征，陇西人士，其文采卓然学识出众，于天宝末年，以弱冠之龄虎榜题名，后补江南尉。然征乃狷介之人，矻清激浊，不屑与稗官贱吏为伍，遂上任不久便辞官归故里。返回故乡虢略后，李征开始潜心诗作，孜孜矻矻，闭门谢客。

　　他认为与其做个区区小吏整日里谄媚粗鄙愚钝的上级高官，反不如以诗成名千古流芳。然则，以诗文成名却也绝非易事。他尚未四海闻名，就已经穷困潦倒。他的性情逐渐开始焦躁不安，容貌也随之改变，整个人形销骨立，消瘦不堪，双眸空洞无神。往昔虎榜题名、进士登科时的少年意气已完全不见踪影。

　　若干年后，他再不堪忍受穷困，想为妻儿谋得衣食，只得再次东行，出任地方小吏。其如此作为，也是深感以诗文成名之事已经无望。时过境迁，往日同僚都已身居高位，他却不得不在自己曾经所不齿的这班蠢才面前卑躬屈膝。可想而知往日的青年才俊李征，如今该是如何挫败。因此他终日郁郁寡欢，越发难以控制原本狂放不羁的性格，终于在一年后，于公务外出而夜宿汝水河畔之时狂性大发。

当日夜半时分，李征面色突变，没来由跃下床铺，大声疾呼夺门而出，融入夜色一去不返。众人遍寻山野，却未获其踪迹。此后，李征其人便杳无音信。

翌年，祖籍陈郡的监察御史袁傪奉敕命出使岭南，夜宿商於之地。是时驿站小吏劝诫道，前路多有食人猛虎出没，行人只得白日赶路。目下天色尚早，须等天色大亮才好启程。但袁傪自认仆从甚多，人多势众，遂不顾小吏忠告执意上路。

晓月微光中，众人穿过一片林中草地，果然有一猛虎突然跃出。奇也怪哉，眼见猛虎直扑而去，却在袁傪面前猛一转身，消失于草丛之中。随即有人声从中传来，仔细听辨好像是喃喃自语：

"好险，好险。"

袁傪听闻这声音有些熟悉。虽仍惊魂不定，却仍旧认出声音的主人，不禁大声说道：

"哎呀，这声音，莫不是吾之故友李征兄？"

原来这袁傪与李征乃是同科进士，李征少有朋友，而袁傪则是他最好的朋友。这其中的缘故很可能是因为袁傪为人谦和礼让，即便李征偏激孤傲也不以为忤。

草丛之中无人回应，隐约传出断断续续的悲泣之声。片刻之后，方才有人低声答道：

"在下，正是陇西李征。"

袁傪惊魂甫定，下马来到草丛边，与李征一叙阔别之情，亲切地问道：

"李兄缘何不出来与我相见？"

李征答道:

"如今我已身为异类,又怎能不知羞耻,于故人面前现出丑态?况且若我果真现身于此,只会令你厌恶恐惧。然而今日能偶遇故人,我倍感亲切,甚至将廉耻抛于脑后。不知你可会不厌恶我如今丑陋,且与故友李征闲谈片刻?"

虽事后回想也觉超乎想象,但此情此景却令袁傪坦然接受了眼前这难以理解的奇诡之事,完全不以为怪。他命令下属原地候命,他自己则靠近草丛,与这不见面目的声音开始交谈:京城的传闻、故友的消息、袁傪如今的身份地位、李征的恭贺之词……

二人如年轻挚友间那般毫无芥蒂地进行一番恳谈后,袁傪便问起李征如何变成如今这般模样,于是那声音便在草丛中娓娓道来:

"大概一年前,我因公外出,夜宿汝水河畔。夜半醒来时忽闻窗外有人呼唤我的名字。我应声而出却不见那人,但夜色中不断传来呼喊之声,我禁不住循声而去,狂奔遁入林中,却不知何时开始双手着地狂奔起来。我忽然觉得自己浑身是力,可轻松越过山岩巨石。回过神来,我才发现自己的手指和手肘都长出了绒毛。此时天已大亮,我来到溪边一看,发现自己已然变成老虎。起初我不敢相信自己的双眼,随后又觉得自己如在梦中。过去我也曾有过这种身在梦中之梦境。等我惊觉此番变化绝非梦境时,便开始惊恐不安、茫然无措。究竟如何能发生这等事?我毫无头绪。实则,吾辈原本便一无所知,无知无觉便只能逆来顺受又浑浑噩噩走完此生,万物生灵之宿命便是如此。

"我随即便要赴死。正逢此时有一只兔子从眼前经过。只一眼我便人性全无。等再次恢复清明时,发现自己满口兔血,身边兔毛散落一地。我初次变虎的经历便是如此。我至今仍对自己所作所为难以启齿。但每日总会有若干时辰可以保持神志清醒。在此期间我可如从前那般口吐人言，慎思明辨，甚至可以诵读诗文经典。然而以'人心'审度自己身为猛虎之暴行，感怀命运之遭遇，便是最为可悲、可怖和可恨之时。且日月更替，我每日能保持清明的时间越来越短。我曾经因自己变身为虎惊诧不已，如今却会因为自己曾为人身而感到困惑。想到此不由得毛骨悚然。可能再过些时日，我心中的兽性便会泯灭人性，正如尘沙会逐渐掩埋旧日的宫殿。到那时我便会彻底抛却过往，成为一只狂奔呼啸的老虎，与故友相见不相识，将你拆吃入腹也毫无悔意。如此看来，人抑或是兽，最初都可能是其他物种，起初还会记得自己由何变来，时日一久便忘得干净，以为自己始终如此。唉，这些都无足轻重。等到我彻底泯灭人性，也许反而可以问心无愧。虽说如此，如今我人性尚存，就仍旧会惶恐不安。唉，自己终将忘却曾身而为人之事，思及此我便不胜惶恐、悲切不已。此情此心，无人能懂，无人能懂啊。若非与我一样切身体会，就绝不可能懂得。哦，正好，趁我人性尚存，还有一事相求。"

袁傪一行人皆立于草丛外，众人屏息以待，听着草丛中传出的不可思议的说话声。那声音继续说道：

"所托之事无外乎此。我欲以诗文成名，如今非但一事无成，反而遭逢不幸。昔日所作诗文数百首，自然也不曾流传于世。如今我仍可诵读其中数十篇，还望代为记录。并非妄图借此以诗人自居，也无关诗作巧拙，只是念及我为此痴迷一生乃至散尽家财、痴狂至此，欲将其传于后世，即便只是百中选十也聊可慰藉，否则我死不瞑目。"

袁傪立即命人依照草丛中的声音开始记录。顷刻间，李征吟诵诗句之声便从草丛内传出。诗作长短不一，约计三十来首，篇篇雅致不凡、逸趣横生，一读之下便可领略作者的非凡文采。然而在感叹之余，袁傪又隐约有些不足之感：笔者诗才绝对是一流，但在某些微妙之处却仍稍嫌不足。

旧日诗作诵读完成之后，李征语调忽变，自嘲道：

"说来见笑，如今我虽形貌丑陋，却仍能梦见自己的诗作摆在长安风流文士桌案上的情景，那是我躺在洞穴中所梦之景象。你尽管嘲笑于我。嘲笑我这个不能成为诗人，反而变身为虎的可悲之人吧（听他如此说，袁傪不禁回想起李征年轻之时，也有时常自嘲的毛病）。

"如此，既蒙见笑，我便随性赋诗一首，以抒当下之心怀。借此，亦可作为虎身之内仍存李征心怀之见证。"

袁傪命人继续执笔记录。其诗曰：

> 偶因狂疾成殊类，灾患相仍不可逃。
> 今日爪牙谁敢敌，当时声迹共相高。
> 我为异物蓬茅下，君已乘轺气势豪。
> 此夕溪山对明月，不成长啸但成嗥。

此刻只余残月清辉，白露遍野，阵阵寒风从丛林间吹过，预示着黎明将至。一行人沉浸在这诡谲的境遇中全然忘我，众人都沉默不语，在心中为诗人遭遇不幸而哀叹。李征的声音再次由草丛中传来：

"我先前讲到自己对此番遭遇毫无头绪，但仔细想来也并非无据可查。我仍为人身之时，断绝交友，故而有人说我狂妄自大、孤傲不群。然而他们却不知，在我心中有一种类于羞耻之心在作怪。诚然，我曾被称为乡党之鬼才，并非全无自尊心可言。然则这自尊心之于我显然是无比怯懦。我欲以诗文成名，却不愿意拜师访友，切磋琢磨诗文之技艺。且又不屑于凡俗之辈。这全然是我那怯懦之自尊以及狂妄之羞耻心在作怪。我深恐自己并非美玉，因此不敢刻苦琢磨，却又怀疑自己是块美玉，不愿庸碌一生，泯然于瓦砾之中。因此我渐渐远离尘世众人，放任那般愤恨羞耻之自尊心。然则，人人皆可为驯兽师，那猛兽辨识各人之性情。在我看来，这种狂妄之羞耻心便是野兽、是猛虎，它将我摧毁，继而伤害我的妻儿和友人，最终又将我变成如此模样，与心中野兽一般无二。如今想来，我那仅有的一点才华也已付诸东流。我夸口说'无所作为，则人生太长；欲有所为，则人生太短'，但实则哪有什么鸿鹄之志，无非是怕暴露自身才智不足的卑劣恐惧，还有那不愿刻苦努力的怠惰罢了。才华远逊于我，却因为刻苦精研而成为卓越诗人者不知凡几。可恨我今日已变身为猛虎，才懂得此番道理。每每想起，我便心痛难当，悔恨交加。如今我已经无法回归人类生活，即使脑海中可以吟诵出美好诗句却也无法公之于众。更何况我之头脑日渐趋近猛虎。我该当如何？我曾如此虚掷光阴！每每想到此处，我便只能奔上山巅，向空谷咆哮。如此痛彻心扉，我急于向人倾吐。昨夜，我仍在空谷咆哮，渴望有人能懂我心中苦痛。野兽听我咆哮只觉惊恐万分，无不跪地讨饶。山川草木、明月朝露，也只把它当作老虎在咆哮。即便我痛不欲生哀号不已，也无一人能懂。一如我当初为人，也无人懂我心灵脆弱。让我这一身皮毛尽湿的，也并非只有浓重夜露。"

此刻，黑暗渐消，天将露白。远处响起哀婉晓角之声，穿过丛林隐约可闻。

"你我不得不告别之时已经来临。我被迫陷入沉睡之时（即恢复老虎兽性之时）已经来临。"

李征又说：

"临别前，我还有一事相求。我的妻儿尚在虢略，他们对我此番遭遇毫不知情。你南归后请告知妻儿我已不在人世，对你我今日相遇之事万万不要提及。我这样说有些厚颜无耻，但若你能可怜他们孤儿寡母，望能施以援手，不要让他们日后流落街头，受饥馁之苦，便是对我莫大的恩德。"

言毕，有痛苦之声自草丛后传出。袁傪也眼含热泪，爽快地答应了李征。然后李征又恢复了之前的自嘲语气，说道：

"如果我是个人，定然要请托妻儿之事。然而比起忍受饥寒的妻儿，我竟然更关心自己的诗作。唉，可能正因为我为人如此，才会落得个如此下场，化身为虎吧。"

而后又补充道：

"待你从岭南返程，切不可再由此经过。因到那时我或许已经迷失本心，认不得老友，将你拆吃入腹。此外，你我分别后请登上百步之外的小丘向此处回望，我让你看一眼我如今的模样。我并非夸耀自己勇武，反而是想以如今这种野兽的丑陋模样，让你打消念头，再不要回到此处见我。"

袁傪站在草丛外恳切话别，随后跨上马背。草丛后哭声难抑，袁傪几度回眸，最终挥泪启程。

众人来到小丘之上，依言向先前的草丛回望。只见草丛中跃出一只猛虎，驻足于大道之上遥望此处。随即，老虎立于冷月残辉之下仰天长啸，两三声过后复又跃入草丛，自此不见踪影。

悟净出世

却说师徒三人，历夏经秋，见了些寒蝉鸣败柳，大火向西流之景，虽说三藏依旧有些惴惴难安，但仍旧带着两个徒弟克服万难，急于西行之路。一日，忽见一条大河拦在前路。但见那河水湍急，巨浪滔天，更不用说那河流之宽阔，一眼望不到边。行至岸边，见一块石碑，碑上刻有三个篆字"流沙河"，正面还有小小的四行楷书：

> 八百流沙界，
> 三千弱水深。
> 鹅毛飘不起，
> 芦花定底沉。

—— 《西游记》

一

当时，大概有一万三千个妖怪住在流沙河底。而所有妖怪中，他是最最心神恍惚、坐卧难安的一个，据他本人说，他至今共吃过九个僧侣，因此遭到报应，他们化为九个骷髅一直围绕在自己的脖子上，但是其他妖怪却从未见过。

"没看到。肯定是你在胡思乱想。"

只要听到有人这样说，他便会怀疑地看着对方，然后脸上露出悲恸的神情，仿佛是在感慨为何自己这么与众不同。偶尔，其他的妖怪也会凑到一起说悄悄话：

"不要说什么僧侣，他连一个像样的人都没吃过。我们可是都没见过。如果说是小鱼小虾，倒是有看他吃过。"

那些妖怪还给他取了个绰号，叫"自言自语的悟净"。因为他总是良心不安，每天都被悔恨折磨，一直怀着自责的心理，反复咀嚼思量，还会小声地在一边嘀嘀咕咕。在远处的话，就只能看到他嘴里不断冒出一串串小水泡，但实际上就是他在小声嘀咕。内容无非是"我真傻啊""我怎么会这样""我完蛋了，我没救了"等等。还有些时候他会说"我是个堕落天使"一类的话。

那个时代，不只是妖怪，所有生命都相信自己是某种事物转世投胎而来。流沙河底的妖怪们，都说他的前世乃是天庭凌霄殿的卷帘大将。于是，即便悟净本人对这件事也深表怀疑，但最后不得不假装完全相信。而在所有的妖怪之中，其实只有他一个私下里根本不相信投胎转世一说。就算五百年前的卷帘大将变成了现在的自己，现在的他跟曾经的卷帘大将就可以被认为是一个人吗？先不说其他，为什么他一点儿都不记得五百年前在天上的事情？在我如今的记忆之前就已经存在的卷帘大将，和现如今存在的我，有什么相同之处呢？身体？抑或是灵魂？还有灵魂，那究竟是什么东西呢？在他自言自语地提出这些问题时，那些妖怪又会忍不住笑话他："你瞧，他又开始了。"有些妖怪只是单纯地嘲笑他，有些妖怪则是带着同情的语气说："这是病啊，都是恶病给闹的。"

他的确生病了。

但是这个病究竟是从何而起，又是什么时候患上的，悟净却完全不清楚。等到他意识到自己生病，就已经处在这种令人觉得沉重又厌烦的状态中。对于任何事情，他都觉得意兴阑珊，所见所闻都令他意志消沉，任何一件事都能引起他自我怀疑和自我厌弃的情绪。他会连续多日不吃不喝，自己关在洞穴里，只有一双炯炯有神的眼睛可以证明他正在沉思。有时候他会突然起身，在附近游走，口中念念有词地说着一些不知所谓的东西，然后又突然坐下。他完全是在一种无意识的状态下，完成这一系列动作。他甚至不知道"自己究竟要想清楚什么东西，才能摆脱现在这种坐立不安的状态"。他只是感觉到，自己曾经认为理所当然并且完全接受的一切，如今都变得难以理解，变得让人怀疑。从前他认为是一个整体的东西，现在彻底土崩瓦解，而当他对每一部分进行思考的时候，就再也搞不清楚整体的含义。

有一次，悟净遇到了一条老鱼精，他是个医生，同时也是占星师和祝祷者，他对悟净说：

"唉，真是可怜。你这是患上了因果之症。患上这种病，一百人中有九十九个都只能悲惨地度过余生。按理说，我们这些妖怪中本来不曾出现过这种病，但是在我们开始吃人之后，就有极少数出现了这种病症。患病者对任何事物都无法毫无障碍地接受。不管看见什么，或者遇到什么，都会先想一想'为什么'，但是只有真神和上仙才知道'为什么'。通常情况下，一个活物只要开始思考这种问题，就很难活下去。不去考虑这些问题，才是这世间所有活物约定俗成的规则。这些患者当中，病症最严重的会开始怀疑'自己'的存在。为什么我要认为我就是我呢？认为别人是我好像也没什么问题吧？我究竟是什么？如果有这种想法，就说明已经是晚期患者。如何，是不是被我说中了？好可怜啊。得了这种病，药石枉然，没人能救你，你只能自救。如果没有什么特别的机缘，你恐怕此生都不可能再有快乐的一天。"

二

这些妖怪很早就听说人类世界发明了文字这件事情。但是，妖怪们却好像有一个共同的习惯，就是鄙视文字。他们觉得，想用僵硬死板的文字来记录活生生的智慧，这怎么可能（如果说是用绘画，也许还能偶尔表现出个大概）？他们坚信，通过文字来记录智慧，就像凭双手来抓住一缕轻烟，但是又不能破坏其形状，根本就是痴人说梦。所以妖怪们很抵触文字，并且认为理解文字象征着生命力的衰退。所以他们看到悟净每天都愁眉不展的样子，就觉得肯定是因为他是个识字的妖怪。

虽然这些妖怪们很看不起文字，但是这并不意味着他们轻蔑思想。相反，在这一万三千个妖怪当中，反倒是有不少哲学家。只不过他们的词汇都过于贫乏，以致他们只能通过最质朴的语言来思考最深刻的问题。他们在流沙河底开出了一个个思想铺子，导致河底总是弥漫着一种哲学的忧郁气息。有些聪明的老鱼购置了美丽的庭院，端坐在窗明几净的屋子里冥想无怨无悔的幸福；还有一些高贵的鱼类端坐在拥有美丽条纹的海藻绿荫下，用竖琴弹奏出赞颂宇宙的和谐之音。所以，丑陋顽固且愚钝的悟净，偏偏不懂得隐藏自己那愚蠢的烦恼，当然就免不了被这些满是知性味道的妖怪戏耍。

有个看上去挺聪明的妖怪，装出一副道貌岸然的样子问悟净：

"真理是什么？"

然后，不等悟净回答，就露出一个嘲讽的笑容，飞快地跑出去了。另外一个妖怪，是一只河豚精，听闻悟净患病的消息，便特地前来探望。因为河豚精相信悟净是因为"畏惧死亡"才会生病，河豚精来此的目的便是嘲笑他。

"生即不死。死即无我。何惧之有？"

这妖怪的观点就是这样。

对于他的观点，悟净非常认同，并且坦然地接受了。因为他很清楚自己根本不怕死，他也并不是因此而生病。所以专门跑过来嘲笑他的妖怪们，就只能败兴而归了。

在妖怪的世界中，肉体和灵魂的界限并没有非常清晰。心病，某些时候就会变成肉体上的极度痛苦。而此刻，悟净就正在被这种痛苦折磨着。其实他早已不想再忍受，所以最终下定决心：

无论日后会有多少困难，也无论会有多少嘲笑的声音，他都要去寻访河里所有的贤者，所有的名医，所有的占星师，他要去诚心请教，一定要找到让自己满意的结果。

所以，他穿上简陋的直裰便启程出发。

为什么妖怪是妖怪，而不是人？因为妖怪们总是会将自身的某种特性发挥到极致，完全不考虑能否与自身其他特性保持平衡，最后的结果就是变得丑陋不堪，成为一个非人的存在。其实，他们也不过是一些身体畸形的残疾者。

有些贪好口腹之欲，于是嘴巴和肚子就会长得非常大；有些贪图淫欲，于是有关的器官就非常发达；有些非常单纯，于是除了头以外的器官就完全退化消失。

所有的妖怪都是刚愎自用的，他们不愿改变自己的性格和观念，不明白与他人交流探讨后会得出更高明的结论。这是因为他们本身的个性都太过张扬，并不愿意按照他人的方式去思考问题。所以，流沙河底存在着各种各样的形而上学的世界观，而且彼此之间绝不相容。有些妖怪内心充满稳定而又绝望的快乐；有些妖怪则乐观开朗到离谱；还有一些妖怪因为无法得偿所愿，整日愁眉不展，就像这河底的无数水草一般，随波逐流。

三

悟净最先去拜访的是黑卵道人，这是河底最有名的一位幻术大师。他住的地方并不太深，是用岩石重叠堆砌起来造成的一个洞窟，洞口悬挂了一块匾额，上书："斜月三星洞①"。传闻这位洞主是鱼面人身，善用幻术，存亡自在，超脱生死，可于冬日鸣雷，夏日凝冰，可令飞禽奔跑于陆地，走兽翱翔于天际。悟净在这位道人身旁侍奉了三月之久。因为在他看来，幻术本身还不是最重要的，既然这位道人善用幻术，想必是一位真人，真人必然是已

---

① 这个洞与《西游记》中孙悟空的师父、须菩提祖师居住的洞府同名，全名是"灵台方寸山斜月三星洞"。

经参悟了宇宙大道，获得了可以治愈他人心灵的智慧。但是，现实却让悟净大失所望。因为，无论是端坐于石洞深处巨鳌背上的黑卵道人，还是他身边围绕的数十名弟子，张口闭口说的都是些神秘诡谲的法术，还有如何运用这些法术欺骗敌人获得宝物的实际问题，没有人愿意跟悟净谈论思想这种毫无用处的问题。最终，悟净经历了悲惨的戏弄和嘲讽后，被驱逐出三星洞。

随后，悟净去拜访了沙虹隐士。这是个道行高深的虾精，腰如弯弓，身体被河底的沙子埋了半截。在这位老隐士身旁，悟净同样侍奉了三个月，在照料他日常起居的过程中，也开始了解到他深奥的哲学思想。老虾精让悟净为他按摩弯了的腰，同时一脸正色地同悟净说：

"这世上，本就万事皆空。世间事，本就没有一件是好的。若说有，那也是这个世道总有走到尽头的一天，不必去苦思冥想什么高深的道理。看看周围的一切就好。无穷无尽的变化、不安、烦恼、恐惧、幻灭、纷争、怠惰，没有尽头，简直就是浑浑噩噩，纷纷扰扰，不知所归何处，我们只是活在当下的这个瞬间，而且，就连这个瞬间，也会马上消失，变成过去。下一个瞬间，连同之后的瞬间，也都是如此。这就像行走于沙丘坡道上的旅人，每走出一步，就有一个点崩塌。我们得以安身立命的地方在哪里呢？不存在。假如我们就此停下来，就一定会倒地不起。终其一生，我们都在不停地行走。幸福？那只不过是一个虚妄的名词，绝非现实中存在的状态。只不过是一个徒有虚名的希望罢了。"

见到悟净露出不安的神色，老隐士又开始安慰他：

"不过，年轻人，你也不必太担心。被巨浪裹挟的人会淹死，但乘风破浪之人却可以超越这一切。想要超越这种有为转变①，从而进入不动不损的境界，也并非没有可能。古代真人，不是可以做到超越是非善恶，达到物我两忘，不死不生的境界吗？可若是按照自古传下来的观念，认为这是极乐世界才有的境界，就大错特错了。既然那里不再有痛苦，也就不再有众生拥有的快乐。无色，无味。平平无奇，如蜡，如沙。"

听到他这样说，悟净忍不住有话要说，他战战兢兢地开口说："我要知道的并非个人幸福，或者如何拥有不动之心。我想知道的是，我自己，还有这个世界的终极意义是什么？"老隐士眨了眨被眼屎糊住的眼睛，对他说：

"自己？世界？难道你以为，除了自己以外，还存在任何的客观世界吗？我可以告诉你，所谓世界，便是自己在时间与空间中投影的幻象。如果你死去，这个世界便也会随之毁灭。那些认为死后世界依旧存在的观点，根本就是粗俗不堪、荒谬至极的论调。就算这个世界消失，这个不知从何而起的神秘奥妙的自己，也会一直存在。"

悟净伺候在这里的第九十天的清晨，这个老隐士终于在经过连续几天的腹痛和腹泻后，撒手人寰，并且还伴随着一种通过死亡来毁灭这个让自己经受腹痛和腹泻的客观世界的欢喜之情……

悟净满怀恭敬之心为老隐士操办完丧事，含着泪踏上下一段旅程。

传说坐忘先生常常以坐禅的姿态入睡，并且每次睡着都要五十天才能再次醒过来。还有一个传闻是，他认为梦中世界才是

---

① 佛教用语，指世间一切既由因缘而生，又随因缘而灭，一直处于不断变化之中。

真实世界，偶尔清醒的时候，对他来说反而像是在做梦。当悟净从很远的地方赶来时，这位先生果然还在睡梦中。

他所在的地方是流沙河底最深处，水面上的阳光几乎照不到那里。尽管在适应这种黑暗环境之前，悟净几乎无法视物，但还是隐约看到前方坐台上有一个结跏趺坐的老和尚。这里几乎听不到外面的声音，也很少有鱼会游到此处，悟净没有办法，只能在坐忘先生面前坐下来，闭上双眼。他只能感受到周围寂静无声，仿佛与世隔绝。

悟净来到此处第四天，坐忘先生睁开了眼睛。悟净匆忙起身行礼，但是坐忘先生只是眨了三四下眼睛，好像是看到了眼前之人，又好像什么都没看到。二人相对无言，过了一会儿，悟净小心翼翼地问道：

"先生，我想冒昧请教一个问题。所谓的'我'，究竟是什么东西？"

"咄！秦时辘轳钻^①！"

他猛然大喝一声，悟净也突然受了当头一棒。

悟净晃了晃挨过一棒的头，再次坐好，又过了一会儿，他小心地又问了一次之前的问题，同时提防着棍棒。这一次没有出现棍棒。坐忘先生全身上下都静止不动，连面部表情都没有，只是张开厚厚的嘴唇，仿佛说梦话一样：

"一直不吃饭就会觉得饿，冬天一来就会觉得冷。你就是这么

---

① 佛教用语，出自《五灯元会》等禅宗典籍，用来做当头棒喝之用，并无具体含义。辘轳钻是传说中秦始皇建造阿房宫时使用的一种吊车，可以吊起很重的东西，但是不够灵活，后用它来比喻无用之物或无用之人。

个东西。"

语毕，厚厚的嘴唇合上，盯着悟净看了一会儿，就再次闭上双眼。于是，又过了五十天，他的眼睛都没有再睁开。悟净在一旁耐心等候，直到第五十一天，坐忘先生再次睁开双眼，看到坐在他面前的悟净，便问道：

"你还在这里？"

悟净非常恭敬地回答他，说自己又在这里等了五十天。

"五十天？"

坐忘先生用他那一双经常像是仍在梦中的眼睛看着悟净，一言不发，只默默地看着他。然后，张开厚厚的嘴唇对他说：

"量度时间长短的尺度，只不过是感受者对时间的真实感受。如果连这点事情都弄不明白，那就真是个十足的傻瓜。我听说，人类世界中发明了可以测量时间长短的工具，那种东西恐怕只能引起巨大的谬误。大椿之寿，朝菌之夭，岂有长短之别？所谓时间，也只不过是我们大脑中的一个装置罢了。"

话音刚落，坐忘先生再次闭上了眼睛。悟净心里清楚，要等他再次睁开眼睛，就得五十天之后。于是，他对着坐忘先生鞠了一躬，就此告辞。

"常怀畏惧之心吧，你们这些凡夫俗子！现在，让我们一起相信神灵吧！"

一个年轻人站在流沙河最热闹非凡的一个十字路口，高声说着。

"要知道，我们短暂的一生，正是处于向前或向后都漫无边际的'大永劫'之中。要知道，我们生活的这个狭小空间，正是处在我们一无所知，而我们也完全不被知晓的无限空间之中。有哪个人能不为自己的渺小而恐惧颤抖？直截了当地说，我们都是被铁链拴住的死囚。每一个瞬间，都会有人在我们眼前被处决。我们没有任何希望，只能等待刀落下的瞬间。时光不等人！难道我们只能通过自欺欺人或灌醉自己的方式来度过这短暂的一生吗？你们这些被诅咒的懦夫！难道你们还希冀能依靠那点儿可悲的理性在这短暂的一生中顾影自怜吗？你们这些不知天高地厚的狂妄之辈！你们那可怜的理性和意志，根本连打个喷嚏都无法控制。难道不是吗？"

这是个白净的年轻人，此刻正憋红了脸、用沙哑的声音高声呼喊。真是看不出来，他那略显女性化的高雅气质中，居然还潜藏着这种热烈的壮志豪情。悟净感到非常震惊，看着他那双美丽又充满激情的双眼怔怔出神。悟净感觉到，年轻人的每句话，都像是一支神圣的弩箭，深深地射入自己的灵魂。

"我们能做到的事情，只有敬爱神灵，厌弃自我而已。有些自以为是的人，觉得自己是一个独立个体，并为此而自鸣得意。真是可笑至极！归根结底，我们都要以整体的意志作为自己的意志，个体要为了整体，并且只能为了整体活下去。只有与神融为一体，才能够让自己的灵魂得到升华。"

悟净此时非常清楚，这的确是来自灵魂深处的，神圣而睿智的声音。然而，他也同样非常清楚地知道，他目前正在强烈渴求的东西，并不是这种神圣之音。此番至理名言不失为一剂良药，但是对一个身患疟疾的人来说，这治疗疖子的药，又哪能用得上呢？

在距离十字路口不远的地方，悟净看到一个丑陋不堪的乞丐坐在路边。这个身形佝偻的人长相非常可怕，高高凸起的脊椎骨将他的五脏六腑都提了起来，他的头顶比肩膀还低，下巴陷进了肚脐下面。双肩一直到背部，都长满了红肿的疖子，并且已经开始溃烂。看到他这副样子，悟净忍不住停下脚步，深深地叹了口气。没想到，路边蹲着的乞丐却听到了悟净的这声叹息。他的脖子僵硬，无法灵活转动，于是只能翻了一下那双混浊又红肿的眼睛，咧开嘴笑了一下，露出硕果仅存的一颗长门牙。然后他甩开两条吊起的胳膊，磕磕绊绊地走向悟净，抬头仰望着悟净说：

"恕我冒昧。看你的样子，是在可怜我吗？但是我觉得，跟我相比，你反倒更让人觉得可怜。你觉得我生得这副模样，一定会在心里怨恨造物主，对吗？但是我为什么要怨恨呢？恰恰相反，一想到自己被造物主塑造成这种稀有的样子，我反而觉得自己应该感谢它。从今以后，我还能变成什么有趣的样子吗？我如今可是满心期待呢！如果左边的胳膊变成一只鸡，我便让它去司晨；如果右边的胳膊变成弹弓，我便用它打了斑鸠烤着吃；如果我的屁股变成车轮，灵魂变成马，那就会是一驾上好的马车，使用时一定要爱惜。怎么，你很惊讶吗？我名叫子舆，我有三位至交好友，分别是子祀、子犁和子来。我们四人都师从女偊氏，早已超脱肉体限制，进入不上不死的境界。水淹不死，火烧不死，眠时无梦，醒后无忧。前段时间我们四人还凑到一起谈古论今。我们都是以'无'为首，以'生'为背，以'死'为臀的。哈哈哈哈……"

虽然他的笑声刺耳，但是悟净依旧相信，这个乞丐有可能是一位货真价实的真人。假如他的话都是出自真心，那可是非常了不起的。但是，听他说话时的语气和状态，总是有种炫耀的感觉在里面，让人忍不住要怀疑，他有可能是因为要忍受痛苦才逞强说出这种惊人之语。而且，悟净也非常厌恶丑陋的模样和恶臭的味道。所以，虽然这个乞丐给悟净的心灵带来了很大的触动，但是他却没有想要侍奉这个乞丐。他留意到乞丐曾提起的女偊氏，因此就打探了一番。

"嘿，你想问我师父？他在此地向北两千八百里，流沙河与赤水和黑水交汇之处结庐而居。如果你真心求道，意志坚定，自然能够有所收获。你且潜心修道，也代我向他问好。"

这个乞丐晃动着高耸的双肩，大摇大摆地对悟净说。

四

悟净向北而行，朝着流沙河、赤水和黑水的交汇处前进。

入夜以后，悟净在芦苇丛中小憩，清晨醒来，就沿着漫无边际的水底沙滩一路向北。他日复一日地赶路。看到水底游鱼翻动银鳞，在水中快乐游动，就会心情落寞，他不禁想道：为什么只有我一个人不开心？一路行来，只要遇到有知名修道者的地方，他都会登门拜访，一个都没有遗漏。

悟净拜访了一条以贪吃和强悍闻名的虬髯鲇子。这条鲇鱼精一身黑皮肤，十分健硕，他捋着长须告诫悟净：

"总是为遥远的将来感到忧虑，那么现在也必然会有忧患。所谓达人，都不会去登高远眺。以这条鱼为例。"他说话间就抓住了眼前游过的一条鲤鱼，并立即放到嘴里大快朵颐，"这条鱼，嗯，我们就来说这条鱼，为什么它从我眼前游过并成为我的点心呢？其中有一种必然的因果关系。如果深入探究其中原因，当然更符合哲仙的行事作风。但是，如果在抓住这条鲤鱼之前，就一直沉浸在这些问题的思考中，就只能眼看着猎物从眼前游走。因此，正确的做法就是要先抓住这条鲤鱼，并且吃下去，然后再去考虑这些问题，反正也不算晚，对吧？看看你，我就觉得肯定是那种为了鲤鱼为什么是鲤鱼，鲤鱼和鲫鱼有哪些不同之处等愚蠢的形而上学问题而苦恼，然后总是眼睁睁地看着鲤鱼溜走的家伙。一看到你那种忧郁的目光，我就已经完全清楚了。如何？我说得没错吧？"

悟净低下头，认为这条鲇鱼精所言极是。

此时，虬髯鲇子已经将鲤鱼吃完，并且将贪婪的目光转到悟净低垂的脖子上。突然间，他目露凶光，喉咙"咕噜"作响。刚好悟净在这时候抬起头，看到了鲇鱼精这副饥渴的样子，他立刻感知到危险并迅速退开。好险！鲇鱼精像刀尖一样锋利的爪子擦着悟净的脖子一扫而过。一击不中，这妖怪便恼羞成怒，直扑过去，一张巨大的脸上写满贪婪，直逼悟净而来。悟净用足力气向前游去，搅动了河底的泥沙，像烟雾一样散开，借此为掩护仓皇逃离鲇鱼精的洞府。悟净吓得浑身颤抖，心有余悸地想道：我今天可算是亲身体会一把，那凶猛的妖怪可是让我体验到了"当下主义"的精髓。

悟净参加了著名的无肠公子[①]的讲筵。这位圣僧的思想主张是"爱邻人"。然而让人意想不到的是，他在宣讲途中，忽然觉得腹中饥饿，便"咔嚓咔嚓"地吃掉了自己的两三个儿子（这些本来都是螃蟹精，一次产卵就能有无数颗）。悟净见到以后大为震惊。

一个主张慈悲为怀、忍辱负重的圣人，居然可以当众吃下自

---

① 出自晋·葛洪《抱朴子·登涉》："称无肠公子者，蟹也。"是古人对螃蟹的别称。

己的儿子！更有甚者，他在吃完以后，仿佛已经忘记了这件事，再次宣讲起自己的"慈悲"主义。

不，并非是因为忘记。悟净可以肯定，这位圣人方才的"充饥行为"，原本就是在无意识中完成的。可能，这正是我们应该学习之处！——悟净就这样自说自话地给螃蟹精的行为找到了一种荒谬的理由。

我在日常生活中，是不是也有这种出于本能的"无我"瞬间？——悟净认为自己收获了一条珍贵的教诲。于是他跪下来，朝无肠公子拜了拜。

不，任何事情都需要通过一个个概念进行解释，不然都无法心安理得，这才是我的不足之处。——于是他再次开始反思。

对了，他要做的是将这些教诲全盘接受，而不是存放在一旁。对，正是如此。——悟净对着无肠公子再拜一次，才恭敬地退出去。

蒲衣子所在的道场颇有些与众不同。尽管门下弟子只有四五个，但他们全都如"邯郸学步"一般效仿老师的样子，去探索自然的密钥①。但他们并不太像是自然的探索者，反倒更像陶醉于自然之中。因为他们每日要做的事情就是观察自然，然后让自己完全融入大自然的美妙与和谐中。

"首先要学会感受。要锻炼出极端敏锐和美妙的感觉。若是远离对自然之美的直接感受，那么剩下的就只有灰色的梦境。"一名弟子如是说，"让心灵沉静下来，深入观察一下自然吧。蓝天、白云、微风、飞雪、淡蓝的冰晶、摇曳的红藻、夜间水中光芒闪烁

---

① 原文就是这样写的，指的是解开自然奥秘的钥匙。

的硅藻类、鹦鹉螺的螺旋、紫水晶的结晶、红色的石榴石、翠绿的萤石。如此的美好，如此的令人沉醉，这一切的一切，不都是在向我们倾诉大自然的奥秘吗？"

他口中吐出的，简直就是诗人的话语。

"正是如此。但是，在我们即将破解大自然密码的瞬间，幸福的预感就会骤然消失，于是我们回归到只能面对大自然美丽而又冷峻的侧脸的状态。"另一位弟子接着上一位说道，"当然，这是因为我们修行还不到家，心还不够静。我们仍需要努力磨炼自己。因为，师父口中'看即是爱，爱即是作'的境界，或许再过不久便可以达到。"

在弟子们各抒己见的时候，蒲衣子一言不发，他手上托着一枚碧绿的孔雀石，用盛满温柔和欢愉的目光，深情地注视着。

悟净在此处停留了一个月左右。在此期间，他学着其他弟子的模样，变成了大自然的诗人，赞颂宇宙的和谐之美，抱着一种自己能够与最神秘的生命融为一体的美好愿望。尽管有些时候，他会感觉这个地方并不适合自己，但是这种静谧的幸福带来的诱惑依然难以抵抗。

众弟子中，有一位美丽非凡的少年。他肌肤雪白，像白鱼一样呈透明状。黑色的眼睛总是睁得大大的，仿佛还在梦中。他额头上覆盖的鬈发，像鸽子的胸毛一样柔软。只要他心中稍有一丝忧愁，俊美的面容就会浮现出一抹荫翳，就像是一轮皓月被一片薄云拂过。而只要心情愉悦，他那深邃而清澈的双眸就如黑夜中的宝石一样熠熠生辉。无论是老师还是同窗，都十分喜爱这个少年。率真、纯粹，这个少年的内心根本不曾有过怀疑的情绪。他是如此美丽，如此脆弱，仿佛是由某种高贵之气塑造而成的。然而，唯有这一点，让众人有些放心不下。少年一旦有空闲，就会在白色石板上滴下淡黄色的蜂蜜，并用来绘制牵牛花。

在悟净即将离开之前的四五天清晨，少年外出后就不曾回来。和他一同外出的弟子带来了一个不可思议的消息：他一个不注意，少年便溶化在水中。他亲眼所见，千真万确。

其他弟子听到这个消息，都忍不住笑了出来：怎么会有这种天方夜谭？

但是，他们的老师蒲衣子却非常严肃地肯定了他的说法。他对众人道：

"也许事实就是如此。既然事情发生在那个孩子身上，这倒有可能是真的。因为，他实在太单纯了。"

悟净对比了一下曾经要吃掉自己的那条鲇鱼精的凶悍和这个溶化在水中的少年的美丽，随后便对蒲衣子告别。

告别蒲衣子后，悟净来到了斑衣鳜婆所在之地。虽说这位女妖怪已经有五百多岁，但是她依旧有着吹弹可破的肌肤，跟处女没有什么不同。传闻她妩媚妖娆，身段婀娜，就算是最铁石心肠的人见了她也不免要动凡心。这个老女妖在世上的唯一信条便是极尽肉体之欢愉，她的后院有十间兰房，其中豢养着许多美貌俊俏的少年。她经常闭门谢客，连亲友都不见，沉迷在肉体享乐中，经常通宵达旦。只是每隔三个月才会出来见客。

巧的是，悟净来的时候刚好赶上她每三个月一次见客的日子，因此便幸运地看到了这个老女妖。老女妖听闻悟净是个一心求道的妖，便摆出一副慵懒姿态，但依旧风情万种的样子，开始了一番教诲：

"这个'道'啊，这个'道'啊，要是依我说，无论是圣贤教诲，还是仙哲修道，其关键之处都在于如何抓住这'无上法悦'的瞬间。你看，可以降生在这世上，便已经是这百千万亿恒河沙数无限永劫之中极为偶然又极为幸运之事。而在这之后，死亡却会在我们反应不及的时候飞快地降临。我们便是如此，凭借偶然而生，等待着轻易到来的死亡。你且想想，除了追求'无上法悦'，又能在哪里寻求'道'呢？啊！那种销魂蚀骨的快乐！啊！那种永不厌倦的沉醉！"

随后，女妖又将那沉醉迷梦的双眸眯起，对悟净说：

"虽说你长得太丑，我不愿意留你——这么说或许有点儿不厚道，但实话实说，我后院每年累死的年轻人都有几百个。不过我可以跟你保证，他们死的时候都非常快乐，都为自己能这样度过一生而感到心满意足。他们中不曾有人在死的时候心怀怨恨。不过还是有些会觉得不甘心，因为死后便无法继续享乐。"

最后，鳜婆非常怜悯地看着容貌丑陋的悟净，又说道：

"所谓'德'，便是可以享乐的能力啊。"

悟净先是为自己因容貌丑陋而不能进入每年死去的百人之列表示感谢，然后便向鳜婆辞行，再次开始前行。

圣贤们的教诲简直是天差地别，悟净完全不知道自己要相信哪个的话。

"我是什么？"——关于悟净的这个问题，一位贤者这样回答：

"你先大吼一声看看。如果你的吼声是'波——'，那么你是猪。如果你的吼声是'嘎——'，那么你是鹅。"

另一位贤者是这样告诉他的：

"如果你不是一直强迫自己问'我是什么'这个问题，那么你会更容易理解自己。"

他还说:"眼睛能够看到所有事物,却看不到自己。所谓的'我',便是自己无法理解的事物。"

还有一位贤者说:

"我始终是我。在我如今的意识诞生以前,我便已经过了无尽的时间(尽管没有人记得这件事)。等到如今的我意识消亡之后,我大概也会存在于无尽的时间中。现在,没有人可以预见到这一点,而到了我意识消亡的时候,如今这个我的意识会被完全遗忘。"

也有人这样说:

"一个连续的我是什么东西?不过是由记忆的影子堆积而成的东西罢了。"

他还给了悟净这样的教诲:

"咱们每天在做的事情,概括起来就是记忆的丧失。因为我们把忘记的事情彻底忘记了,所以很多事情对我们来说才会变得新奇。实际上,这都是我们曾经彻底忘记的事情。不只是昨天的事情,就算是上一个瞬间的事情,也就是当时的知觉和当时的情感,我们都会在下一个瞬间彻底忘记。而这些事情中只有极少的一部分,可能会留下一些朦胧的痕迹。所以说,悟净啊,就是此时此刻,是多么重要,多么珍贵啊。"

五年光阴,就这样匆匆逝去。在这五年里,面对悟净的同一个"病症",不同的"医生"都给出了各自不同的处方。悟净不断地重复一件愚蠢的事情,就是在不同的"医生"之间辗转,而最后他却发现,这么多医生并没有让自己聪明一点儿。非但没有聪明,他反而觉得自己变成了一个飘忽的(完全不像自己的)不知所谓的东西。虽然以前的自己也很愚蠢,但跟现在比至少更结实,还是肉体的感觉，不管怎么说，从前的自己还是很有分量的。但是现在呢，一点儿分量都没有，好像风一吹都能飞起来。虽然外面被涂得花里胡哨，但是内在却空空如也。

"这样下去可不行！"悟净心想。

他同时也有一种预感，在运用思考来探索意义之外，应该还有其他更直接的答案才对。正在他逐渐意识到这一点的时候，他又看到眼前的水变得暗紫，开始浑浊。原来他已经到达了目的地，女偊氏的所在。

乍一看，这位女偊氏是个非常普通的仙人，甚至还有点儿迂腐。自从悟净来到这里，既没有被分到什么差事，也没有学过什么东西。俗话说得好，死人呆板，活人柔顺，看来这位女偊氏不太喜欢那种纠缠不休非常执着的求学态度。不过只有在一些非常少见的时候，她才会表现出一种似乎毫无针对性的状态，低声自语。每当遇到这种情况，悟净都会马上跑过去倾听，但是她说话的声音太小，几乎什么都听不到。结果，三个月转眼就过去，而悟净依旧不曾得到过任何教诲。他只从女偊氏这里听到过一句话：

"较之于贤者之知人，愚者则更识己。所以，自身的疾病，最后还要自己来治疗。"

直到第三个月过完，悟净已经彻底不抱希望。他来到老师跟前，与她辞别。却不料女偊氏居然在此时开口说话，而且是口若悬河地说了很多东西，包括："以为无法长出第三只眼而感到痛苦的人，是非常愚蠢的""非要通过自己的意志来控制头发和指甲生长的人，是非常不幸的""一个人喝醉酒以后从车上掉下来，是不会受伤的""虽然不能概括性地认为所有思考都是不好的，可是正如猪不会晕船，人若是不思考也会幸福。但是，对思考这件事情本身进行思考却是不对的"，等等。

然后，女偶氏还讲述了自己曾经认识的一个拥有神一样智慧的妖魔的故事。据说这妖魔上至星辰运转，下至微生物的生死，无所不知，而且他可以通过本身精妙高深的计算，推测出曾经发生过的一切，甚至还可以预测即将出现的未来。虽然如此，这个妖魔依旧非常不幸。因为，忽然有一天，这个妖魔想道："自己可以预测这个世界上所有的事情，为什么（不考虑发生过程，而是从本质原因出发）一定会按照这样的方式发生？"而他还发现，虽然自己拥有精妙高深的计算能力，但依然无法找到这个终极原因。为什么向日葵是黄色的？为什么草是绿色的？为什么一切事物都会以这样的方式存在？以上所有的问题，都让这位法力无边的妖魔感到头痛不已，最终导致他以一种悲惨的方式死去。

此外，女偶氏还讲述了另外一个妖怪的故事。这个妖怪非常小，而且还非常寒酸。她总是对别人说，自己来到这个世界上，就是为了寻找某种闪闪发光的小东西。不过没有人知道她要找的那个发光的东西究竟是什么，但是这个小妖怪却始终怀着无限的热情和坚定的信念在寻找。她因此而生，也为此而死。直到最后，她也没能找到这个闪闪发光的小东西，但是所有人都认为这个小妖怪度过了非常幸福的一生。

女偶氏单纯地讲故事，却不去阐明故事背后的意义。只是在故事的最后，她补充了这样几句话：

"理解神圣之癫狂的人是幸福的。因为他们通过杀死自我的方式，达到了自我救赎的目的。无法理解神圣之癫狂的人，他的一生就会是一场灾难。因为他们既不会杀死自我，也不会救赎自我，他们能做的只是缓慢地走向死亡。你要知道，所谓的'爱'，只是一种更高级的理解。所谓的'行',只是一种指向更明晰的思考。悟净,你一定要把这世上所有的事情都浸泡在意识的毒液里面,是多么的值得怜悯啊。你该明白,一切能够左右我们命运的重要转变,其发生和发展都是与我们的意识无关的。你仔细想想,在出生之前,自己是否曾经意识到这点?"

悟净非常恭敬地回答了这个问题:

"老师的教诲,现在我已经可以深刻地理解。其实,经过了长久的游历,我已经逐渐意识到,单纯地进行思考,只能让我越发地泥足深陷,可又苦于如今陷入瓶颈,无法得脱,突破自我,因而痛苦万分。"

听到这番话,女俪氏对他说:

"溪流到达断崖附近,便会形成一个旋涡,最后化为一道瀑布飞流直下。悟净啊,你如今的状态便是驻足于旋涡之前。一旦被卷入,就会直接跌落谷底。而在坠落的过程中,你完全没有时间思考、反省和踌躇。懦弱的悟净啊,你怀着无限的恐惧和怜悯站在一边,看着那些正在旋涡中转着圈向下落的人,而自己还在犹豫着要不要跳。你很清楚自己最后还是会掉落谷底,只不过是或早或晚的问题,你也很清楚即便不被卷进去也并非幸福。就算如此,你依然舍不得这个旁观者的位置吗?愚蠢的悟净啊,你难道不明白,被卷入生命的旋涡中得以喘息的人,其实并不像旁观者想象中那么不幸吗(起码他们要比站在一旁观看的怀疑论者更幸福)?"

悟净认为自己从老师那里得到了非常珍贵的教诲,这令他铭感五内,但是总有些模糊不清的东西,让他无法释怀。于是,悟净便在这小小的遗憾之中,与老师告别。

“我再也不要去跟任何人请教了。”他心里默默地想道。

“不管哪一个，看上去都一副高深莫测的样子，但其实什么事都没弄明白。”

他嘴里嘀嘀咕咕地开始返程。

“‘就算每个人都知道自己其实一窍不通，却还是要不懂装懂。’——每个人似乎都是这样约定俗成地活着。要说这是早就有的约定俗成，那么现在我这样到处跟人说‘不明白，不明白’，那也未免太不明事理。”

<h1 style="text-align:center">五</h1>

因为悟净是一个很笨拙驽钝的家伙，所以也不可能有类似于“豁然开朗”或“大活现前①”这种让人刮目相看的举动，但是在他身上，依然有些东西在潜移默化地发生改变。

最初的时候，还是一种放手一搏的心态。如果现实只允许做出一个选择，其中一个是永无止境的泥泞道路，另一个是虽然困难重重却有获救可能的道路，那么任何人都会选择后者。既然如此，为何自己现在却又踟蹰不前了呢？这是悟净第一次感知到，自己内心怀着一种鄙陋的功利主义倾向。如果选择了一条历尽艰难的道路，最终却没能获得救赎，那岂不是白忙一场？——正因为有了这种患得患失的心态，他现在才会这样举棋不定。因为不想要“白忙一场”而让自己停留在一条虽然没有艰难困苦，但是却注定走向毁灭的道路上——我正是带着这样一种怠惰、愚昧且

---

① 作者有意在此处使用禅宗用语，意思是生活的真谛就这样活生生地出现在眼前。

卑劣的心态。在女偊氏的处所时，我的心灵被驱使着朝向一处。最初是被驱使着过去，后来变成主动靠近。悟净逐渐明白了，自己从前都不曾追求过幸福，而是在探索世界的意义，这是一个巨大的谬误。事实上，自己正是通过这种怪异的方式，在异常执着地追求自身的幸福。而在一种非常廉价的满足而不是卑劣的心态驱使下，悟净深刻地意识到，自己并非那种想要探求世界的意义等问题的那种伟大人物。于是，他的内心突然涌现出一股强大的勇气。他发现：在无所顾忌、急功近利之前，首先要做的是对这个自己明显毫无了解的自己进行测试。遇事举棋不定之前，先对自己进行测试。完全不考虑行动的后果，只是拼尽全力测试一下自己，就算是要承受决定性的失败也完全不在乎。那么，时至今日，那个曾经因为害怕失败而放弃努力的自己，已经上升到了一种对"白忙一场"也毫不介意的境界。

六

悟净的肉体非常疲惫，已经到了极限。

有一天，他突然倒下，就这样在路边睡了过去。这一觉睡得很沉，他失去了知觉，甚至忘记了饥饿，就这样一直昏沉地睡了好几天，其间甚至连一个梦都没有做过。

等到悟净再次睁开双眼，就看到周围是一片青白色，非常明亮。原来此刻正是夜晚，一个月色明亮的夜晚。春日里一轮满月又大又圆，明亮的月光从水面上射下来，清浅的河底便洒满了柔和的月光。悟净睡饱了，便神清气爽地站了起来。忽然间，他觉得腹中饥饿非常，于是随手抓住了五六条身旁游过的鱼，一口气塞到口中大嚼特嚼，然后囫囵吞了下去。随后他又抓起腰间挂着的酒葫芦，对着嘴大口吞下。呵，太畅快了。他就这样"咕咚咕咚"将葫芦里的酒喝了个干净，便带着愉悦的心情继续前行。

此时水里很明亮，就连河底的细沙都一粒粒清晰可见。水草周围，不断有水银球一样的小水泡，带着闪闪亮光摇曳着升到水面上。隔三岔五总会有一些小鱼被他惊动，然后那些闪耀着白光的肚皮就会在惊慌中匆忙地隐藏到蓝色水藻的阴影中。悟净的心灵突然进入一种沉醉的状态，甚至一改往日作风唱起了歌，就差没扯开嗓子放声唱。正在此时，有一阵歌声，不知何人吟唱的歌声从异常遥远的地方飘过来。他就静静地站在那里，侧耳倾听。这歌声似乎是从河水之外传来的，又好像是从遥远的水底深处传来的。虽然这声音很低沉，却很清楚，仔细听来其中的歌词似乎是这样几句：

> 江国春风吹不起，
> 鹧鸪啼在深花里。
> 三级浪高鱼化龙，
> 痴人犹戽夜塘水。[①]

悟净当即坐下来，沉醉在歌声中。这非常单调的歌声，在这个被白色月光染得清透明亮的水底世界里回荡，就像是狩猎时随风而逝的号角，低回婉转，不停地在耳边萦绕。

悟净陷入了一种似醒非醒的状态，他就坐在那里，一直处在

---

① 出自禅宗语录《碧岩录》（第七则）的一首颂，此处暗示悟净即将获得新生。

神思恍惚的陶醉情绪中。没过多久，似乎进入了一种如梦似幻的玄妙境界。水草也好，游鱼也罢，都好像一瞬间消失不见了，从遥远的地方还有一种说不清道不明的如兰似麝的芳香隐隐传来。正在这时，他见到了迎面而来的两个陌生人。

前面一位，手持锡杖、相貌清奇，是个伟岸的丈夫。而后面这位则更加不同寻常，但见此人头顶高肉髻，宝珠璎珞缠绕其上，宝相庄严，隐约可以看到背后的圆光。走在前面那人来到悟净面前说道：

"我乃托塔天王二太子木叉，南海观音大徒弟惠岸。这位是我的师父，南海观世音菩萨摩诃萨。自天龙、夜叉、干达婆起，至阿修罗、迦楼罗、紧那罗、摩侯罗伽以及人和一切非人，我师父皆一视同仁，心怀慈悲。此番我师父见悟净你深陷苦海，特来此点化于你。你且好自为之。"

悟净的头不受控制地低下来，一个曼妙的女声在耳边响起——这是妙音、梵音，抑或是海潮之音？

"悟净啊，要仔细听我说，好好地加以领会。悟净啊，你可真是不知天高地厚啊。未得而谓得，未证而谓证，世尊责之为增上慢①。而如你悟净这般，强求去证那不可证，那就是更上一级的增上慢②。你正在追求的东西，就连阿罗汉、辟支佛都不能追求，也不想去追求。可怜的悟净啊，你是如何将自己的灵魂引入这般歧途的？正观得而净业成立，可你却是因为己身心相羸劣，方致今日陷入三途无量之烦恼。如此看来，你已经无法经由观想而得救，只能通过勤勉劳作来求得解脱了。所谓时间，无非是人定之物。

---

① 佛教用语，指尚未完全开悟却以为自己开悟，且骄傲自满。
② "七慢"中的第五，意思是以自己证得增上之法等而起慢心。

此间世界，纠其全部仿佛全无意义，然着眼于细枝末节，却也有无穷之意义。悟净啊，你首先应当做的，是将自己放在合适的位置上，然后再由此而开始合适的作为。从今日起，你要将那不知天高地厚的'为什么'彻底忘记。想要求得解脱，于你只此一道，别无他法。"

"今年秋天，会有三个自东土而来的僧人，他们会横渡流沙河向西而行。此三人乃是西方金蝉长老转世的玄奘法师及两个徒弟。他奉大唐太宗皇帝之敕命，前往天竺国大雷音寺求取真经。悟净啊，你便随玄奘前往西天去吧。这便是你适合的位置，也是你适当的作为。这一路，会历尽艰难险阻，你切不可动摇，更不要怀疑，只管砥砺前行。玄奘的弟子中，有个名叫悟空的。他无知无识，却笃定不疑。你要多多向他学习，必然会受益颇多。"

待到悟净再次将头抬起，四周已然空无一物。他站在水底的一片月光下，脸上一片茫然，心里却有一种非常玄妙的感觉。虽然脑中仍是混沌成一团，但却不受控制地想：

"……这可真是，事因人而起，适时而发。若是在半年之前，我绝不可能会做这种怪诞的梦。……刚才那梦中的菩萨所言，若仔细想想，与那女偶氏和虬髯鲇子之流并无什么不同之处，但今夜听来，我却觉得这话十分受用，真真怪哉。话虽如此，可我也不至于蠢到将梦中之语当成是真的，认为自己可以由此获得救赎。然而，不知为何，我总有一种感觉，梦里那菩萨说的，唐僧一行将会由此经过的事情，可能是真的。这可真是，事情适时而发呀。……"

想着想着，悟净的脸上露出了久违的笑容。

七

就在这个秋天，悟净果真与来自东土大唐的玄奘法师相遇了，并且在其法力的帮助下走出水底，成为一个人。就这样，他和无所畏惧、至纯至真的齐天大圣孙悟空及好吃懒做、天性乐观的天蓬元帅猪悟能一道，踏上了西行之路。但是这一路上，悟净也没能改掉自己那种自言自语的老毛病。他自言自语地说：

"好奇怪啊。老是感觉心里不那么踏实。不强迫自己再去探究那些不明之事的答案，难道就能说懂得了吗？这事情看起来为什么那么糊弄？这样的变化也太不明确了！呵呵，真是接受不了。不管怎么说，有一点还是好的，自己不再像之前那么痛苦了……"

悟净叹异①
——沙门悟净之手记

吃好午饭，师父便在路边的松树下纳凉休息，而悟空带着八戒来到附近一片空旷的地方，监督他练习变化之术。

"你过来，试一下。"悟空说道，"心里想象自己会变成一条龙。你要认真地去想，知道吗？要拼命想，用力想！不要有任何杂念，不能分心。知道吗？现在是要玩儿真的。你要拼尽全力地想，毫无保留地想。"

"好！"八戒应承了一声，随后闭上双眼，双手结印。忽然间，八戒就这样凭空消失，空地上出现一条大青蛇。我一看，就扑哧一声笑了出来。

"呆子！你难道就只会变青蛇？"悟空骂道。随即大青蛇不见，八戒变回了原来的样子。

"不成啊。这是怎么回事呢？"八戒有些讪讪地，用鼻子哼出声来。

----

① "叹异"是作者用的汉文，意为赞叹诧异。

"不成，不成！根本就不专心。再来一次。你仔细听着。要专心。要一直想着'变成龙，变成龙，变成龙'。知道了吗？只要你一心一意地想着要变成龙，然后让自己消失就成了。"

"好吧。"说罢，八戒再次双手结印。不同的是，这次出现在地上的是个奇怪的东西。大体上看，这是一条锦蛇，却在前面长出了两条短小的腿，看着倒像是只大蜥蜴。而且还长着跟八戒一样的大肚子，鼓鼓的一团。它还用那两条短腿向前爬了几步，那副模样真是太丑了。我这次还是没忍住，开始哈哈大笑。

"好了，好了，你快给我变回来！"悟空生气地大叫。八戒变回原形，不停地挠着脑袋。

悟空说："因为你想要变龙的意念不够强，所以才会一直都变不出来。"

八戒说："绝对没有。我可是一直在拼命想'变成龙，变成龙，变成龙'呢。真的是在用心、用力地想。"

悟空说："可既然你还是没变出来，就证明你不够专心。"

八戒说："你怎么可以这么说？你这是结果论啊！"

悟空说："嗯，是的，你说得对。单纯根据结果来批判原因，显然不是最好的方法。不过，这可能是这个世界上最有效的办法。对你来说，这办法正好。"

依照悟空所言，所谓变化之法，便是如此：当想要变成某种事物的意念纯粹专注到极致，强烈到了极点，你最后就能变成这种事物。如果变不成，原因就只能是你的意念还不够迫切、不够强烈。所谓修行之法，其实就是在练习如何让自己的意念变成一种非常纯净并且非常强烈的存在。这种修行当然非常困难，但是只要达到了这样的境界，以后就不需要再这样麻烦费力，只需要将自己的意念专注于某种形态，就可以马上变成这个东西。事实上，不只是变化之术，这个道理是相通的，用在修习其他技艺上也同样适用。如果你要问，为什么人类无法修习变化之术，但是狐狸却可以？其原因就在于人类心中牵挂太多，无法集中精神，但野兽却没有这样的顾虑，不必为琐事分心，自然也就更容易集中精神。

毫无疑问，悟空的的确确是一个天才。当我第一眼见到这个猴子的时候，我已经有所察觉。最初，我看着他那张毛茸茸的红脸蛋，还觉得非常的丑，但是没过多久，便深深地折服于他那由内而外散发出来的无穷魅力，于是他那丑陋的外表便马上被忘了个彻底。而且到现在，有些时候我甚至还会觉得这个猴子长得很漂亮（就算称不上漂亮，至少看上去也是非常周正）。他的每一个表情，每一句话都能非常形象地让人看到他对自己的信赖。悟空为人坦诚，从来不说假话。这种坦诚不只是针对别人，在面对自己的时候更甚。就好像他的身体里有一团烈火，正在熊熊燃烧。并且，这团烈火还可以很快烧到周围的人。只要听到他说的话，你就会非常自然地相信他所相信的一切。只要有他在你身边，你也一样会变得充满自信。他便是一粒火种，而这个世界便是为他准备好的干柴。这个世界存在的意义，就是被他点燃。

我们眼中很多平平无奇的事情，在悟空看来，都是自己冒险一试的理由，是自己大显神威的机会。与其说是他发现了外部世界的意义，倒不如说是他把意义赋予了外部世界。他用自己体内燃烧的烈火，将外部世界里闲置的冰冷火药一一引爆了。他不是在用侦探的眼睛去发现，而是在用诗人（但也是个任性妄为的诗人吧）的心灵去温热自己遇到的所有（有时也会烤焦），并让各种意料之外的事物从中萌芽，乃至开花结果。所以，悟空所见的事物中从没有什么是平淡和陈旧的。每日清晨，他一起来肯定要敬拜朝阳，而且带着仿佛初见一般的赞叹，发自内心地歌颂和感叹它的壮丽。这种场面几乎每天都要出现。就连松子发芽的样子都会让他看得目瞪口呆，并且由衷地感叹生命萌动的不可思议。

不过他在与强敌交战时的英勇风姿，却跟前面提到的那种纯粹天真形成了强烈的反差。那究竟是一种什么样的本领！英勇彪悍！武艺超群！浑身上下找不到一点破绽，一根金箍棒耍得滴水不漏，招招直指对方要害。他的身体强壮、矫健，似乎永远不知疲倦，挥汗如雨依旧在那里上下腾挪，给人一种压倒性的力量感，一种强大的精神力量，似乎无论遭遇什么样的艰难都可以一笑置之。尽管他看上去只是一只毫不起眼的猴子，但是只要一动手，他身上散发出的壮美之气就可以超越闪耀的日光、盛开的向日葵和聒噪的鸣蝉，那是一种更加令人沉醉、无我、强大且强烈的美。

大概在一个月之前，悟空在翠云山和牛魔王大战一场，那时候他战斗的英姿，我至今仍然可以清楚地记得。在赞叹之外，我还详细地记录了这场大战的经过。

……牛魔王变成一只香獐，悠闲地啃食青草。悟空识破了他的术，随即变作一只猛虎，飞扑而至，眼看就要将其一口吞下。情急关头，牛魔王变成一头豹子，向老虎扑过去。悟空看了一眼正扑过来的豹子，变成狻猊与之对战。牛魔王再次施展变幻之术，一头黄狮出现在眼前，狮吼狂怒如霹雳一般，感觉要将狻猊撕个粉碎。悟空就地一滚，变成一头大象，鼻似长蛇，獠牙如笋。牛魔王一时抵挡不住，只能现出原形，转眼间变成了一头大白牛。但见这牛头似山峰，目光如电，双角壮似铁塔。从头至尾足足千丈有余，由蹄向背自有八百丈高。他高声吼道："泼猴，看你能奈我何！"悟空见状也现出原形，他大喝一声，便显出一万余丈的高大身影，头若泰山，眸如日月，一张嘴好似血池。他大力挥舞着金箍棒，对着牛魔王打去。牛魔王用犄角架住悟空的铁棒，在半山腰恶斗了一番，这一战打得人惊心动魄，只看到一片翻江倒海、山崩地裂之景……

这场面何其壮观！看得我真是赞叹不已！我甚至根本不想前去助战。会有这种想法，与其说是我对孙行者落败一点儿都不担心，倒不如说是我看着他们打斗时的感觉，就像是在欣赏一幅绝世名画，根本不敢让自己拙劣的笔迹出现在上面。

对悟空体内那团烈火来说，油就是劫难。只要遇到艰难困境，他就会由内而外整个地（精神和肉体）熊熊燃烧起来。而在风平浪静的日子里，他就会变得萎靡不振，意兴阑珊。换句话说，他就像个陀螺一样，一旦不再转个不停，就会立刻倒下去。他眼中的各种困难，都像是一张地图，上面有一条清晰的粗线，勾画出了通往目的地的最短路径。当他看清自己面临的真实情况的时候，同时也非常清楚地看到了通往目的地的道路。或许，更准确地说，应该是"除了这条路以外，他什么都看不到"。他眼中浮现出的景象，就如同在漆黑的夜里闪闪发光的文字，只有一条路，除此之外全部视而不见。在我们这些驽钝之人还处在迷茫无措之中的时候，悟空早就开始采取行动了。顺着通往目的地最短的那条路，迈步前行。大家总是对他的神勇强悍赞不绝口，但令人不解的是，居然没有一个人发现他身上天才一样的睿智。就他本身来说，这种思考和判断的能力仿佛与生俱来，已经在你毫无察觉的时候渗透到了他的武力行为中。

我清楚一点，悟空是一个文盲，而且肚子里一点儿墨水都没有。因为天庭曾经封他做一个叫"弼马温"的马倌，但是他既不认识"弼马温"这三个字，也不知道这个官究竟要做些什么。但是我依旧觉得，他那种融会贯通在神力中的智慧和判断力，是无可比拟的。至少他在动植物和天文学领域里有着非常丰富的知识。一种动物，他只要看一眼就知道其性情如何，是否强大，主攻武器是什么，等等。在植物方面也一样，哪种有毒，哪种可以入药，他一看便知。然而这些动植物的名字，我是说世俗通用的那些名字，他却一个都叫不出。他很擅长通过星象来辨别方位、时间和季节，但是他却叫不出"角宿""心宿"等星宿的名字。相比于能够流利背诵出二十八星宿的名字，但事实上却一个都辨认不出来的我，两者差距真是天壤之别！面对这只目不识丁的猴子，我能够深切地体会到，仰赖文字教养的自己是多么无力且悲哀。

悟空全身上下的每个部分，都显得十分欢快，不管是眼睛、耳朵和嘴巴，还是双手双脚，总是一派生机盎然、兴高采烈的样子。特别是在战斗的时候，这种快乐就更加倍地体现出来，就像夏日里穿梭于花丛中采蜜的蜜蜂，只差没有高兴得"哇哇"大叫了。虽然悟空在对战的时候全情投入，非常专心，更兼气势迫人，但可能是因为这一点，让他在打斗的时候总有一种玩世不恭的戏耍之意在里头。人们总把"抱着必死之心"的话挂在嘴边，但是悟空却从不会想到自己的死亡。不管眼前的情况如何凶险，他最关心的都只是任务（可能是打败妖怪，也可能是营救三藏法师）能否完成，而自身的安危，却从不在考量之内。当初在太上老君的八卦炉中就是这样，在遇到银角大王的时候，对方用泰山压顶大法将泰山、须弥山和峨眉山一起压在他身上，导致他差点儿被压死的时候也是这样。他从不会为自身的性命安全呼天抢地。最艰难的一次，是他被小雷音寺的黄眉老佛收入了一个神奇的金铙中。悟空在里面用尽力气，也无法捅破这个金铙。他本打算将自己变大，撑破金铙，但是金铙也会随之变大。当他把自己变小的时候，金铙也会随之缩小。悟空拔下一根毫毛变作锥子，想要在金铙上钻一个孔，但是金铙却毫发无损。而在悟空来回折腾的时候，金铙的法力也开始发挥了，那就是化物为水。悟空感觉到自己的屁股开始变软。而就算是此时，他心里仍旧在担心被妖怪抓走的师父。悟空似乎对自身命运有着绝对的自信（但是他本人却好像不知道这种自信的存在）。不久，天界派来亢金龙为悟空助战，他用尽力气，将自己坚硬如铁的角插入了金铙之中。但是，金铙虽然被龙角刺穿了，然仍旧如同皮肉一般紧紧包覆着亢金龙的角，一点儿空隙都不留。要知道，只要留下一点点空隙，悟空就可以变成一粒芥菜籽儿钻出来，但实际情况是连这点空隙都不给。悟空的屁股眼看就要溶化了，就在这眼看着山穷水尽的时刻，他突然灵机一动，从耳中掏出金箍棒来变成金刚钻，在亢金龙的角上钻出一个小孔，再把自己变成一粒芥菜籽儿藏进去，让亢金龙将角拔出，才终于得以脱身。但是逃出金铙以后，他完全不管自己已经变软的屁股，就立马赶过去救师父。等到事情平息以后，他也不曾提过自己当初面临的艰险。或许在当时，他也没有过"危险"或者"吾命休矣"的感觉。可想而知，他也不可能会想过自己的生命或者寿元一类的事情。或许等到他有一天要死了，也会是在不知不觉中"扑通"一下就死了。而在临死前那一刻，他一定还是生龙活虎威风凛凛的样子。归根结底，这个家伙的作为会让人觉得壮烈，却没有一点悲壮的味道在里面。

大家总说猴子会模仿人类，但是这只猴子却从来不模仿人类！不要说模仿，但凡是自己不认同的、强迫他接受的观念，即便是千百年流传下来，即便是所有人都承认的，他也一概拒不接受。

传统也好，盛名也罢，在他眼中一点儿权威都没有。

悟空的另外一个特点就是，从来不会谈论自己的过去。更准确地说，应该是他仿佛忘记了过去发生的一切，至少不记得每一个单独的事件。但是，过去的各种经历所带来的教训，他却可以充分吸收并且融入自己的血肉中。也可能是出于这种原因，他才不需要去记得每一个单独的事件吧。他从不会在战略上犯两次同样的错。仅凭这一点，我们就能知道他已经吸取教训。但自己究竟是在经历过怎样一番磨难后才有了这样的教训，他早已彻底忘记了。这就说明，这个猴头具备一种神奇的能力，他可以在潜意识里将经验教训完全吸收。

不过，也有一个例外，唯一的一次例外，那是他无论如何都无法忘记的恐怖经历。他曾经跟我描述过，当时经历过的恐怖感受。事情就发生在他第一次遇到如来佛祖的时候。

当时的悟空究竟有多大的本事，连他自己都搞不清楚。他足蹬藕丝步云履，身穿黄金锁子甲，手中挥舞着重达一万三千五百斤的如意金箍棒，这是他从东海龙王那里抢过来当作兵器的，这样的悟空，上天入地，无人可以匹敌。他先是跑到众仙云集的蟠桃大会上捣乱，被惩罚关进八卦炉后又将其打破逃出，随后就是大闹天宫。无数天兵天将被他打翻在地，佑圣真君率领三十六员雷将前去追杀他，与他激战了足足半日有余。刚好释迦牟尼带着迦叶、阿难两位尊者路过此地，便将悟空拦下，喝止了众人的打斗。悟空暴跳如雷，向着释迦牟尼飞扑而来。如来笑道：

"你可真威风啊。到底是从何道修成的？"

悟空答曰："我是从东胜神洲傲来国花果山的石头中生出来的。你是何人？居然不晓得我的神通！我已修得长生不老之术，可御风乘云，一个瞬息便可飞出十万八千里。"

如来道："可不要吹牛！不要说十万八千里，我看你这样子，怕是连我的手掌心都跳不出去。"

"休得胡言！"悟空勃然大怒，飞身跃入如来掌中，"我既能够飞出十万八千里，又怎么会跳不出你的掌心？"

话一出口，他就翻了一个筋斗向外飞去。过了一会儿，悟空找了个云头落下，心里想道这一下至少也要二三十万里。他抬头一看，前方有五根巨大的红色柱子，于是就走到跟前，挑了正中的一根柱子，蘸了浓墨写下几个大字："齐天大圣到此一游"。写完后便腾云驾雾回到如来掌心里，非常得意地说道：

"不要说你这手掌，我刚刚飞出了三十万里，还在一根大柱子上做了标记。"

如来笑骂："你这蠢猴！你这神通可有什么用？刚刚也不过就是在我的手掌上跑了个来回罢了。你若不信，且来看一看我这根手指。"

悟空惊诧不已，定睛一看，果然发现如来右手中指上有几个墨迹淋漓的大字"齐天大圣到此一游"，显然正是自己所书。

"这到底是怎么回事？"

大惊之下，悟空仰头看向如来。突然看到如来脸上再也不见笑容，换上了一副严肃的表情并一眨不眨地看着他。随后，如来的身体变得越来越大，仿佛要遮天蔽日一样，缓缓压向悟空。悟空感受到了前所未有的恐惧，身上阵阵发冷，全身的血液都仿佛要冷冻凝结。他仓皇地想要逃出如来的手掌。只见如来一翻手掌，五根手指立时化作五行山，将悟空压在山下，并在山顶上贴了写下六字箴言的金符"唵嘛呢叭咪吽"。悟空只感觉到一阵头昏眼花，好像这个世界都已经天翻地覆，他自己也和之前的自己不一样了。讲到这里的时候，他的身体依旧会有轻微的颤抖。事实上，对他来说，这个世界从那时开始，就已经天翻地覆了。从那以后，他饿了吃铁丸，渴了喝铜汁，日夜轮转，他却只能被困在山底洞窟，静静等待刑罚期满，完全无计可施。而此时的悟空，其心态也从之前的极度增上慢，转变为如今极度的不自信。随着时间推移，他开始变得懦弱，在面对艰难困苦的时候甚至会偶尔不顾颜面地号啕痛哭。五百年后，三藏法师在前往天竺求取真经时途经此处，将贴在五行山上的咒符揭去，他才得以重获自由。当时的悟空也曾经为此而号啕大哭，不过这一次是喜悦的泪水。他自愿跟随三藏法师前往天竺，也是因为这种单纯的喜悦，因为对这次难得机会的珍视。这是一种极度纯粹和强烈的感恩与报答。

如今看来，当初被释迦牟尼制伏而生出的恐惧，就仿佛是给从前那个无法匹敌的（超越善恶的）悟空这一存在加上了一个地面上的约束。而且，为了把这个长得像猴子的庞然大物变成一个对世间之人有益的存在，通过五行山下那五百年之久的重压将其缩小凝聚，也是必不可少的。但是，如今这个浓缩后的悟空，在我看来是多么的卓尔不群，多么的令人钦佩啊！

三藏法师是个让人出乎意料的神奇的人。他非常的柔弱，甚至到了令人震惊的程度。变化之术就不用说了，那是根本不可能会的，而且这一路上只要遇到来犯的妖怪，他就会立马被抓住。我们甚至都该用柔弱来形容他，这人根本就是完全没有自保的能力。那么问题来了，这么窝囊的三藏法师，为什么能让我们三个这样着迷呢？（恐怕三人之中，也只有我会思考这个问题。因为悟空和八戒，就只知道单纯地敬爱师父）我想，应该不是师父身上那种柔弱之中隐含的悲剧性色彩将我们吸引住了吧？因为这是唯一一种，在我们这三个从妖怪转而为人的家伙身上，绝对不可能存在的东西。三藏法师可以清楚地感知到自己（人类，也可以说是生命）在浩瀚宇宙中所处的位置，这是一种非常可悲但同时也非常可贵的地方。而且，他在承受住这种悲剧性的同时，也不放弃对正确和美好事物的追求。我们没有，但师父却拥有的，正是这样的东西。当然，我们要比师父更强壮，掌握了一定程度的变化之术，可只要发现自己处在一种悲剧性之中，就绝对不会再坚定地追求正确和美好的事物了。如此柔弱的师父，内心却存在着如此可贵的坚韧品质，真的是令人赞叹不已。所以我觉得，师父的魅力就在于这种隐藏于柔弱外表之下的内在的珍贵品质。虽然那个不靠谱的八戒说，我们对师父的敬爱中，或多或少都掺杂了一点儿男色幻想，至少悟空是如此。

　　相较于悟空那种堪称天才的行动力，三藏法师在处理实际问题方面简直就是个白痴。但是因为这两个人的人生追求并不相同，所以他们彼此也并没有矛盾。当遭遇外部困难的时候，师父不会向外寻求解决之道，而是向内寻求，也就是让自己做好准备，足以承受这种苦难。啊，而且，他还不是等到事情发生才匆忙去准备好自己，而是在日常就已经在做这样的准备，让自己遇事时仍旧可以保证内心坚定不移。师父已经锻炼出了强大的内心，这让他无论在何种情况下面临穷途末路都可以保持一种强烈的幸福感，因此他完全不必向外寻求解决之道。在我们看来，肉体上的不设防是一件非常危险的事情，但是对于师父的精神来说，却无伤大雅。悟空虽然看上去很有智慧，但是利用自己的聪明才智，仍旧无法解决这世上所有的问题。关于这一点，师父却不必担心。因为对师父来说，这个世界上没有什么需要解决的问题。

在悟空身上，只会出现愤怒而不会出现烦恼，只会出现快乐而不会出现忧郁。他对"生"这一事实只是纯粹地加以肯定，完全不觉得有什么值得奇怪的地方。可三藏法师是什么样呢？他体弱多病，毫无自保之力，还总是被妖怪们伤害。但纵使如此，他依旧满心欢喜地对"生"加以肯定。你难道不觉得，这件事本身就已经很不寻常吗？

还有件事很有意思，关于师父比自己更了不起这件事，悟空并不知道，他只知道自己无法离开师父。而且在心情不好的时候，悟空还会将其归因于师父会念紧箍咒，所以自己只能跟着师父。(悟空头上套着一个金箍，只要他不听话，师父就会念紧箍咒，金箍收紧嵌进肉里，就会让他疼痛难当）师父被妖怪抓走了，虽然他口中抱怨着"真是不让人省心"一类的话，但总会急忙赶去营救。有的时候他也会说"太危险了，实在是看不下去。真是拿师父没办法！"什么的。还能因为这份悲悯之心深深地自我感动一番。事实上，悟空对师父的这种感情，是生物都具备的，这是一种对崇高之人出于本能的敬畏之心，还有对于美好和珍贵之物的向往，不过他自己并没有意识到这一点。

更有意思的是，连师父自己也没有发现他比悟空更了不起。每当悟空把他从妖怪手中救出来，他都要双目含泪地表达谢意，口中说着"如果不是你来救我，我已经死了"一类的话。事实上，不管想要吃掉他的妖怪有多么凶恶，他都不可能死掉。

两人都不清楚彼此间真正的关系，却能维持互敬互爱的状态（诚然，偶尔的小摩擦不可避免），不过作为旁观者就会觉得很有意思。我发现，这两个人虽然分属于两种极端，但实际上，却存在着一个，也是唯一一个共同之处，那就是这两个人都会将生命中遭遇的所有事情看作一种必然，而且将其视为全部，进而把这种必然当成是自由。据说构成金刚石和炭的是同一种物质，这两个人的生活方式（其中的差距甚至远远超过金刚石和炭）也一样是建立在这种对待现实的基础之上，因此看上去就觉得很有趣。而这种"必然与自由的同价"，恰恰就是这两人作为天才的一种标志。

　　悟空、八戒和我，三个人之间的差异非常大。甚至可以说，这种差异已经达到了一种好笑的程度。例如，在天色将暗的时候，三个人商讨后最终决定在路边破庙里过夜。尽管三个人在决定上达成了一致，但是每个人的想法却完全不同。在悟空看来，这样破败的寺庙正是降妖除魔的好去处，因此便选了这种地方过夜。八戒的理由则是不愿意再去找其他地方，他一心只想着早点儿休息，早点儿吃饭，然后早点儿睡觉。我的想法呢，自然是觉得"无论在什么地方都会碰到凶恶的妖怪，既然如此，选择这个地方又有什么不可以的？"难道说，一旦三个大活人像这样凑到一起，就会这样心思各异吗？如此看来，这些活物们的活法当真是这世上最有意思的事情。

　　与光芒四射的孙行者相比，猪八戒当然会显得黯然失色。但是，他肯定也是一个非常有个性的家伙。这是个事实，完全不必怀疑。不说别的，单说对此"生"的态度这一点，这头猪就是怀着一种无比的热爱之情，他非常爱这个世界。他通过一切感觉，嗅觉、味觉和触觉来表现自己对现世的执念。曾经有一次，他对我说：

"我们不远千里远赴天竺，究竟是图什么？难道是为了晋升修得善果，来世可以去往极乐世界吗？但是，这个所谓的极乐世界又是什么样子的？如果只是在荷叶上来回悠荡着，又有什么意思？在极乐世界里，我还能一边吹着热气一边喝上滚烫的肉汤吗？也能大口大口地嚼着外焦里嫩香气四溢的烤肉吗？要是这些都没有，只能学那些传说中仙人的样子餐霞饮露，这种活法我可不要！那样的'极乐'世界，我可一点儿都不稀罕。我们生活的这个现世，虽然也会有艰难的时候，但是也有无穷无尽的乐趣，让我可以忘却这些艰难，那就够了。至少对我而言，这个世界已经是最好的。"

随后，八戒马上把他认为这个世界上的赏心悦目之事一一细数，说给我听：在夏天于树荫下睡午觉、在月色明亮的夜里吹奏笛子、在流淌的小溪里洗澡、在春天的早晨睡懒觉、在冬天的时候围炉夜话……他一口气说出了那么多，那么多快乐的事情！而在谈及年轻女子肉体的美妙和四季时令食材的鲜美时，他好像可以连续说个三天三夜，而且还说不完。他话中的内容真的震惊了我。我完全不知道这个世界上有这么多快乐的事情，更没想过有人可以完完全全地享受过这所有的快乐之事。"原来如此！"——我忽然发现，享乐也是需要具备才能的。从那以后，我就再也不会看不起这头猪了。但是，跟八戒聊得多了，我渐渐发现了一点奇怪的事情。在他那颗享乐主义的内心深处，偶尔会出现一些可怕的荫翳。他总是在念叨"如果不是因为敬重师父，又害怕大师兄，我早就跑了"，这句话都快变成他的口头禅了。虽然他看起来一副好吃懒做的样子，我却发现他内心还潜藏着一种如临深渊、如履薄冰似的谨小慎微。也就是说，这一趟前往天竺的拜佛求经之旅，对这头猪来说（正如对我来说那样），是在幻灭和绝望之中能够抓住的仅有的希望。这一点毋庸置疑。但是，我现在还不能耽于探究八戒这种享乐主义背后的隐秘。对现在的我来说，首要的任务是向孙行者学习，并且是全方位的学习。除此之外，我再无暇顾及其他事情。三藏法师的人生智慧，还有八戒的生活方式，都是要等我从孙行者那里学成以后才会去考虑的事情。其实，从悟空那里，我可以说是一点儿东西还没学到呢。自从出了流沙河，我究竟有没有一点进步？不还是"曾经的吴下阿蒙"吗？在这次西天取经的路途中，我的作用也不过只是，在风平浪静的时候劝阻悟空不要行事过激，每日督促八戒要勤勉不可偷懒。只是这样罢了。除了这些，我就再也起不到什么积极的作用。难道说，我这种人无论生活在怎样的世道，都只能是一个调节者、劝导者和观察者吗？我难道就无法变成一个行动者吗？

每当我看到孙行者采取行动，总是会忍不住这样想："一团正在熊熊燃烧着的烈火，是完全意识不到自己正在燃烧的。而通常情况下，如果你感觉自己正在燃烧，那么事实上你还没有烧起来。"我只要看到悟空那种自由自在、睥睨众生的行为方式，就总是会想："所谓自由自在的行为，无非是因为其内在已经完全成熟，必须要采取行动，所以这些行为就非常自然地外化表现出来。"但我也只是想想而已，我根本无法追随悟空的脚步。虽然自己一直想要向他学习，但慑于悟空太过强大的气场，过于火爆的脾气，总让人不由得畏惧，因此无法轻易靠近。老实说，无论从哪方面来看，悟空都算不上是个可以结交的好人选。他从不会考虑别人的心情，生气了就劈头盖脸地骂你一顿。他拿自己作为标准来要求别人，别人的能力如果达不到，他就会发脾气，真是让人难以忍受。当然，这也说明，他并不觉得自己有什么卓越不凡的才能。他为人并不坏，也没有刻意刁难别人的想法。我们都很明白这一点。他想不通为什么弱者的能力会差到这个地步，因此也就根本不会同情弱者那些怀疑、踌躇和不安的情绪，最后总是会因为按捺不住焦躁的情绪而大发脾气。只要我们别表现得太无能而让他生气，这个家伙还是很善良、很单纯的。因为八戒总是贪睡、偷懒，让他变个东西也总是变得不像，所以悟空才总是骂他。而我却不怎么会惹到他，因为我一直都在刻意同他保持距离，尽量不在他眼皮底下犯错。可也正因如此，不管再过多长时间，我都不可能从他身上学到东西。如此看来，就算他的脾气让人受不了，我以后也一定要离悟空更近一些。就算是被他打骂，甚至被逼急了同他对骂也不要紧，我一定要把他的通身本领都学到手。不然的话，总是这么从远处观望，暗自嗟叹，到最后也只能一事无成。

深夜，我一人醒来。

今夜我们没能找到住处，就在山后溪水边的大树下铺上草，师徒四人在草垫上和衣而卧。悟空独自在对面睡着，呼噜打得震天响，每打一声，就会有不少露水从树叶上被震落。虽说现在还是夏天，但是山里入夜后还是会很冷。现在，肯定已经到了下半夜。我从刚才开始就一直保持仰卧的姿势，从树叶间的缝隙去看天上的星星。寂寞，一种难以言说的寂寞充斥了内心。仿佛只有我一个人，孤独地站在一颗寂寞的星球上，正在眺望着漆黑、冰冷、空无一物的世界的夜空。星星在从前的我看来，一直是一种永恒的、无限的存在，所以我从来都无心观察。但我现在这样的姿势，就不得不看了。在一颗比较大的青白色星星旁边，有一颗小一点的红色星星。更下面一点，还有一颗偏黄色的星星，让人感到很温暖，每当清风拂过，树叶随风而动，那颗星星就会变得忽隐忽现。还有一颗彗星，拖着长长的尾巴划过夜空，最后消失不见。我不知为何，突然想起了三藏法师那清澈而忧郁的双眼。它们一直凝视着远方，带着对世间万物的悲悯。我从前一直困惑不解，但是我发现在这个夜里，自己忽然就明白了。原来师父一直以来都在凝望着永恒，与此同时，他也在守望着与之形成鲜明对比的，世上所有事物的命运。毁灭，终有一天会到来，然而在此之前，智慧也好，爱情也罢，各种美好的事物依旧在尽情绽放。师父那饱含悲悯之情的眼睛，不正是在注视着这些事物吗？就在这样仰望星空的时候，我无意中领悟到这件事。于是我坐起身，看着正睡在我身旁的师父的脸。我就这样凝望着师父的睡颜，静静聆听他的呼吸，就在这一刻，我感觉到胸口微微发热，仿佛有一团火苗"噗"地一下冒了出来。

牛
人

①

　　鲁国叔孙豹，年轻时曾因躲避战乱而出奔齐国。在路经鲁国北部边境一个名叫庚宗的地方时，邂逅了一位美丽的妇人。二人一见倾心，便在一起春风一度。次日清晨，一阵依依惜别后，叔孙豹来到了齐国。在齐国安顿下来以后，叔孙豹迎娶大夫国氏之女为妻，共育有二子，日子一长，当年行路途中的那段露水姻缘便被他忘了个彻底。

　　有一天晚上，叔孙豹做了一个梦。梦里，他感觉到周围的空气十分压抑，整个房间都弥漫着一种不祥的氛围。忽然之间，房顶开始悄无声息地下降。虽然下降的速度十分缓慢，但却真的是在不断下降，一点点地缓慢地下降。房间内的空气开始变得凝重，甚至连呼吸都变得越来越不顺畅。他开始挣扎，想要逃离，但身体却一直保持仰卧的状态，一点儿都动不了。天空，一片漆黑，如同一块巨石，带着沉重的分量压在了屋顶上，虽然他看不见这

一切，但是心里却非常明白。

屋顶降得越来越低，就在这难以承受的重量落在他胸口上的时候，他偶然间向身旁看去，见到一个男人就站在那里。此人肤色奇黑，身材佝偻，眼窝深陷，嘴巴向外突出，仿佛一头野兽。整体看上去就像一头通体黝黑的牛。

"牛！快快救我！"

叔孙豹的呼救脱口而出。那奇黑无比的男子果然伸出一只手，替他挡住了来自上方的无穷重量。同时，将另一只手伸出，在叔孙豹胸口轻轻地抚摸了一下。刚刚那种窒息的感觉，就突然消失了。

"啊，这下好了。"

当这句话脱口而出的时候，他已经从梦中苏醒。

第二天一早，叔孙豹召集了府中所有侍从、奴仆，一一辨认，却没有找到与梦中"牛人"相像的人。此后，他依旧在暗中留意出入齐国的各色人等，却从未见过长相类似"牛人"的人。

又过了几年，故国再次出现动乱，叔孙豹匆忙之中将家眷留在齐国，独自返回鲁国。一直到他在鲁国当上了大夫，才想到把留在齐国的妻子和孩子接到鲁国来团聚，但这时候他的妻子已经和齐国的某个大夫私通，不愿意来到丈夫身边，最后，只有两个儿子——孟丙和仲壬重回父亲身旁。

一天早上，有位女子携山鸡为礼前来拜访。叔孙豹最开始还没有想起对方的身份，但是简单交谈过后，他马上就清楚了。这个女子正是他在十几年前逃往齐国的时候，在庚宗邂逅并与之共度良宵的那位美妇。叔孙豹询问她是否独自前来，美妇言道自己是与儿子同来的，并且这个孩子正是当年与叔孙豹所生。叔孙豹让她把儿子领过来，一看之下不由大惊：只见此人肤色奇黑、眼窝深陷、身材伛偻，与当年梦中搭救自己的那个黝黑的"牛人"几乎一模一样。

"牛！"

叔孙豹不禁脱口而出。但出乎意料的是，那个黑乎乎的孩子居然也带着诧异的表情答应了。叔孙豹大为震惊，询问孩子的名字，小孩告诉他：

"我叫牛。"

随即，叔孙豹将母子二人收留在府中，并让这个小孩做竖，也就是童仆。正因如此，这个在长大成人之后，依旧看上去很像牛的男子，便被人称作"竖牛"。不过这个孩子跟他的外表却不相符，本人十分伶俐，也很能干，成日里脸色阴沉，也不跟其他童仆一起玩闹。除主人以外，他对任何人都不假辞色。叔孙豹十分宠爱这个孩子，在他长大成人以后，就将府中所有事务都交给他打理。

竖牛长着一张眼窝深陷、嘴巴突出的黑脸，在难得一见露出笑容的时候，看上去倒也十分滑稽有趣。人们会觉得，长相如此好笑的一个人，也不可能会有什么坏心思。而事实上，在面对一众尊长时，他露出的就是这样一副面孔。但是如果他面色严肃地思考问题时，看上去就非常奇怪，会有一种不同于常人的残忍怪异的感觉。这样一张脸，就算是同伴看到也没有一个不害怕的。而他本人却似乎在潜意识里，可以很自然地根据不同情况，切换两张面孔。

叔孙豹对这个竖牛，虽说是完全信任，但是也从来没想过把他变成自己的继承人。原因也很简单，他觉得竖牛可以做一个最好的内务总管或者管家，但是要作为鲁国名门的一家之主，他在人品上就不过关。关于这一点，竖牛自己也非常清楚。所以，他面对叔孙豹的儿子们，特别是他从齐国接回来的孟丙和仲壬，一直都非常的殷勤，想尽各种办法去讨好。这些儿子都非常鄙视和厌恶他，但也不会因为父亲宠爱这个人就嫉妒他。想来可能是因为，这两位公子的性格之中都有着强烈的自信吧。

自从鲁襄公薨逝，昭公继位之后，叔孙豹的身体每况愈下。后来有一次去丘莸打猎，他在归来途中染了风寒，居然就从此卧床不起。从那以后，从侍疾到命令传达，一切事务都由竖牛一人包揽。而他对孟丙等几位公子的态度，却比往日更加恭敬。

在病重之前，叔孙豹曾经决定为长子孟丙铸钟，并对长子说：

"你同本国的士大夫们关系还不够亲近，等钟铸成，你可以以庆贺为由，设宴招待诸位大夫。"

这弦外之音，明显就是暗示孟丙已经被定为继承人。

这口钟一直到叔孙豹卧病在床之后才铸成。孟丙想到父亲曾吩咐自己设宴招待诸位大夫，便想着询问一下父亲要在哪天设宴，于是让竖牛代为转达。因为那段时间里，如果不是重要的事，竖牛以外的人是不被允许进入病房的。竖牛接受委托后进入病房，却没有转告此事，待了一会儿便走出来。然后他谎称是主君的意思，随便指定了一天。

等到那一天，孟丙在府中大宴宾客，并且当场试敲新钟。叔孙豹在病房里听见钟声，十分诧异，便叫来竖牛询问外面的情况。竖牛回答说，孟丙在府中庆贺新钟铸成，盛宴款待众位宾客。病中的叔孙豹听闻，勃然变色，说道：

"未经我允许，他居然胆敢自称是继承人，简直岂有此理！"

竖牛还在一边煽风点火，说他远远看去，在宾客之中还见到了孟丙母亲一方的人。因为他很清楚，但凡提起那个不贞的妻子，叔孙豹就会非常震怒。果然，他听到这里就开始大发雷霆，甚至想要站起来，然而竖牛却紧紧抱住他，苦苦哀劝他要爱惜身体。

最后，叔孙豹咬牙切齿地说：

"他这是觉得我这病好不了，所以就敢如此无法无天。"

叔孙豹立即对竖牛下达命令：

"你把他逮捕入狱。不要怕。如果他敢反抗，你就算杀了他也不要紧！"

宴会结束，这位叔孙家年轻的继承人带着愉悦的心情送走了宾客。但是，第二天早晨，他却变成了一具尸体，被人抛尸在屋后的乱草丛中。

孟丙的弟弟仲壬和鲁昭公近侍交好，某一日入宫访友，刚好遇到鲁昭公。昭公问了他几个问题，他都对答如流，鲁昭公十分高兴，就在他告别之际很热情地将玉环赐给他。仲壬是一个非常安分守己的青年人，他觉得玉环既是国君所赐，就应当先告知父亲，然后才可佩戴。因此他委托竖牛将这件荣誉告知父亲，并要求他将玉环呈给父亲一看。竖牛拿着玉环进入病房，但是没让叔孙豹看，甚至没有告知他仲壬来过。从病房出来，竖牛告诉仲壬：

"父亲非常高兴，命你立即佩戴玉环。"

然后，仲壬就将玉环佩戴起来。

过了几日，竖牛向叔孙豹进言，称孟丙已死，自然该立仲壬为嗣，现在就让他去拜见主君昭公，如何？叔孙豹说，立嗣之事尚未确定，如何能让他现在就去拜见主君？

竖牛马上回答说："但是，无论父亲想法如何，做儿子的却早就认定了呀。其实，他已经拜见过主君了。"

"怎会有这等事？"

看到叔孙豹的怀疑，竖牛便向他指出：

"最近仲壬可是佩戴着主君所赐的玉环呢。"

仲壬立刻被召到跟前。叔孙豹果然看到他身上佩戴玉环，他自己也承认是昭公所赐。父亲的身体显然已经不听使唤，他艰难起身，对着儿子大发雷霆。儿子的辩解他一句都听不进去，直接让他回去闭门思过。

仲壬当天晚上就偷偷地逃往齐国。

叔孙豹的病情越发严重，立嗣的问题就变成了当务之急，他不由得开始慎重考虑。此时，他想起了仲壬，认为还是要将他召回。于是他命令竖牛，召回仍在齐国的仲壬。竖牛领命而出，当然，他也不会派出使者前往齐国。随后他向叔孙豹复命，说他立即派出使者接回仲壬，但仲壬却回答说，无论如何都不会再回到这暴虐的父亲身边。

时至今日，叔孙豹也不免要开始怀疑自己的这位近臣，于是他吞吞吐吐地问：

"你说的这话，究、究竟是真是假？"

"我为什么要骗你？"

竖牛如此回答。但是叔孙豹虽然身患重病，却还是看到了他略略上扬的嘴角，仿佛是在嘲笑自己。叔孙豹突然醒悟：一切的事情，不刚好都是在他入府之后才发生的吗？他怒不可遏，勉强地艰难起身，奈何全身无力，马上就被打倒。那张如同黑牛一般的脸，正从上而下，神色冰冷地俯视他。这一次，丑陋的脸上分明是一种轻蔑、鄙夷的表情。这就是他之前展示给同伴和手下的那副面孔。叔孙豹想要呼唤家人或者其他近臣，但是因为积习已久，如果没有竖牛，他已经叫不来任何人。当天夜里，叔孙豹想到了已经被杀害的长子孟丙，身患重病的叔孙豹悔恨不已，却也只能默默流泪。

天亮之后，残酷的折磨就此展开。

此前，因为病人自己不想接触外人，所以饭菜都是先送到外间，再由竖牛端到病人床前，这已经成为一种习惯。但是现在，作为侍者的竖牛，居然不允许病人进食。饭菜被端进来，他自己全部吃掉以后，把空了的碗碟放到外面。送饭的人不知晓这里面的缘故，以为饭是叔孙豹吃掉的。病人喊着饿，这牛人也只是站在一旁冷笑，完全不回应。就算是想要呼救，此刻的叔孙豹也是求救无门。

有一次，家宰杜泄来到府中探病。病人向杜泄痛陈竖牛的恶行，但是杜泄很清楚，叔孙豹一直都非常信任竖牛，所以此刻也觉得他是在开玩笑，并没有放在心上。叔孙豹见杜泄不信，言语之间就表现得越发严肃和凄凉，但是这一次，杜泄又开始怀疑这个病人是不是已经神志不清，开始胡言乱语了，而与此同时，竖牛也在一旁跟杜泄眉来眼去，表示自己也很苦恼，要侍奉一位精神失常的病人。最终，病人焦急又愤怒，一边流泪，一边用枯瘦如柴的手指着一旁的宝剑，对杜泄说：

"快拿起剑，把这个家伙杀了。快点！给我杀了他！"

当叔孙豹终于发现，不管自己怎么说，都会被人当成是在说疯话的时候，那虚弱已极的身子终于忍不住颤抖起来，开始号啕大哭。杜泄看了一眼竖牛，眉头紧蹙，悄悄离开了病房。访客一离开，牛人的脸上立即露出了诡异的笑容。

　　病人带着饥饿与疲惫哭号了一阵，便陷入了昏沉的梦境中。不，或许他根本不是在做梦，而是看到了幻象。一个阴沉的满是不祥气息的房间里，一灯如豆，静静地在角落里发出暗淡的白光。紧紧地盯着看，却发现这灯是在很远的地方，仿佛是在十几二十里之外。他仰天而卧，正上方的屋顶，正像他不知何时做过的那场梦一样，正在缓缓降落。降落的速度很慢，但确实一直在下降，自上而下，压在了他身上。他想要逃，但是却动不了。侧目一看，只见一个黝黑的牛人正站在一旁。叔孙豹向他呼救，但是这一次，牛人却没有伸出援手，只是一言不发地站在一边，脸上带着诡异的笑容。绝望中的叔孙豹再次哀求，牛人却突然板起脸，好像是生气了，连睫毛都不曾动一下，就这样定定地俯视着他。就在漆黑的屋顶压在他身上，而他发出最后一声哀号之际，病人醒了过来。……

　　他看到屋内一片漆黑，似乎已经入夜，角落里一灯如豆，静静地在角落里发出暗淡的白光。他刚刚在梦里看到的，大概就是这盏灯。侧目一看，发现竖牛也和梦中一样，脸上带着冷酷的表情，默默地俯视着自己。这张脸已经不属于人类，而是属于某个来自黑暗的原始混沌之中的怪物。叔孙豹感受到了彻骨的寒冷。这不是面对一个将要杀死自己的人而产生的恐惧，这是一种即将遭遇世上最恶毒的事情时才有的恐惧。刚刚爆发的愤怒，已经屈服于宿命一般的恐惧。此时的叔孙豹，再也没有一丝力量可以抵抗这个牛人。

　　三日后，鲁国著名的大夫，叔孙豹被活活饿死了。

弟
子

一

　　子路姓仲名由，乃是鲁国卞邑的一位游侠。某日，他打算去羞辱近来颇具贤名的一位学者——陬人孔丘。

　　"一个徒有虚名的贤者，能有多了不得？"——子路气势汹汹地直奔孔丘家中。但见子路"蓬首突鬓，垂冠，短后之衣"，左手提一只雄鸡，右手倒提一头公猪。他摇晃手中鸡猪，以禽畜嘈杂刺耳之嚎叫声扰乱儒家弦歌诵经之声。

　　然后，伴随动物嘈杂之声以愤怒姿态闯进孔丘家中的莽撞青年，与圜冠句屦、佩玦凭几、平易近人的孔子之间展开了下面一段交谈：

　　"你喜欢什么？"

　　孔子问道。

"我喜爱长剑。"

青年昂然以对。

孔子听闻微微一笑。因为他经由青年的语气神态，看到了一种过于天真的自负和骄傲。青年生得浓眉大眼，一张年轻气盛的脸上有着显而易见的蛮横之气，可同时还透露出一种令人欢喜的率直质朴。

孔子又问：

"关于学习你如何看待？"

"学习？学习什么用都没有！"

因为说出这句话本就是子路的来意，因此在回答这个问题时他气势十足，仿佛是吼出来一样。

如今"学"的权威被人蛮横质疑，当然不能再付之一笑。因此孔子开始言辞恳切地讲解"学"的必要性："人君若无谏臣，则有失公正；士大夫若无诤友，则会失听；木材难道不是因为墨绳加以规范才变得笔直吗？正如马需要马鞭，弓需要檠，人若要矫正狂妄放荡的性情，必然不能少了'学'。唯有经过匡正磨砺之人，才堪称栋梁之材。"

孔子的言辞极具说服力。在这方面，只看他流传下来的文字语录，我们很难想象。原因在于这种说服力不仅体现在言辞内容之中，更体现在他那沉稳又不失抑扬顿挫的语调，以及他言谈间笃定的神态之中。

也是出于这一点，青年在听闻孔子这番教诲之后，骤然改变态度。脸上的不恭之色逐渐消却，最终变成了满目崇敬的倾耳细听。

"但是，"即便此刻，子路仍保留了一部分质疑的勇敢，"我听闻南山之竹不必烘烤矫正，生来便是笔直而立。将其砍下，便可洞穿厚重的犀甲。由此可见，生而卓越的才俊，根本用不着学习！"

这样稚嫩的比喻，孔子想要将它击破简直轻而易举。

"你口中的南山之竹，如若将其制成箭杆，绑上羽毛，装上箭头并将箭头打磨锋利，又岂止能洞穿犀甲？"

听到孔子这一番话，这位质朴可爱的青年再也说不出一个字。他满脸羞愧地呆立在孔子面前，似乎陷入思考之中。不久之后，他突然扔掉手中的公鸡和公猪，低头说道：

"承蒙赐教！"

子路心服口服。

他不只是哑口无言，其实早在闯入房内，看到孔子的那一刻，他便知晓自己不该提着公鸡和公猪来恶作剧。因为孔子身上那种远超过自己的宏伟气势早已令他折服。

当日，子路便行过拜师之礼，成为孔子门生。

二

子路从未见过如此人物。他见过力拔千钧的勇士，也听说过明察千里的智者。但孔子却不具备这种近乎妖异的才能，他所具有的东西，不过就是将所有的常识进行升华和完备。无论是知、情、意，还是各种体能方面的能力，孔子都会因为自身高度的不同而将看似平凡的能力表现得卓尔不群。他的各项能力发展得是如此均衡，以至于他的某一项能力单拿出来都不会令人眼前一亮。子路平生第一次看到拥有如此博大精深的才华之人。而更让子路诧异的是，孔子依然可以保持豁达自如的状态，在他身上完全感受不到其他道学家的那种酸腐之气。子路还有一种感觉，孔子是一个经历丰富、阅尽千帆的人。还有一点非常好笑，子路一直以来最自傲的便是武艺和膂力，但在这方面孔子还是要胜过他。不过孔子平日从不张扬表露而已。可以这样认为，身为游侠的子路最为惊惧的正是这一点。此外，孔子还具有一双可以洞察人心的慧眼，这让子路怀疑他在年轻时是否也曾放浪形骸。从此处的现实到至圣至纯的理想主义，其间跨度如此之大，子路只要想到这里就会无比惊叹。总而言之，无论立于何处，孔子都是个顶天立地之人。不管是从最严格的道德层面，还是从世俗角度来说，他都是一个大丈夫。在此之前，子路遇到的所有伟人，其伟大之处仅在于利用价值。也就是说只因为在某一方面有用处而变得伟大。而孔子则不然，他仅仅是站在那里，一切都会变得完美，至少在子路眼中是如此。子路完全沉醉。拜师不过一个月，他便发现自己再也无法远离他的精神支柱。

在孔子之后异常艰苦而漫长的流浪生涯中，众弟子中也只有子路一人始终无怨无悔跟随左右。子路完全不想凭借孔子门徒的身份谋得一官半职，更好笑的是他甚至不是为了精进才学品德跟随在老师身边。让这个男人一直留在老师身边的是那种至死不渝且毫无所求的纯粹的崇敬之情。正如子路从前剑不离手，如今他再也无法离开自己的老师。

当时孔子还未到不惑之年，也只是比子路年长九岁而已。然而这九年在子路眼中，几乎成了不可逾越的天堑。

而在孔子眼中，子路这种与众不同的桀骜也令他大为惊奇。如果是纯粹的好刚恶柔，也并不奇怪，但是像子路这般轻蔑的却从未见过。例如"礼"，究其本质是精神层面的东西，但是要学"礼"却必须从形式开始。但是子路却很难接受这种形式先于理论的学习方式。所以在听到老师讲"礼云礼云，玉帛云乎哉？乐云乐云，钟鼓云乎哉？"等理论时，便会觉得如沐春风欣然接受，但是在老师讲《曲礼》细则的时候，子路就会感到索然无味。因此这个男人对于形式主义的种种，有着一种近乎天然的厌恶和避忌。因此孔子想要教授他"礼乐"就变得更加困难。

但是对于子路来说，还有比学习"礼乐"更困难的事。

子路崇敬孔子，是因为他身上具备异于常人的强大魅力。然而却不能理解，这种魅力的强大来自平日的点滴积累。他知道"有本才有末"的道理，却缺乏如何培养"本"的实践思维，因此经常会被孔子责备。所以，他虽然对孔子由衷信服，却不一定能够成功被孔子感召。

孔子在讲到"唯上智与下愚不移"时，并未考虑到子路其人。因为在他看来，子路虽然有很多缺点，却绝不属于"下愚"之人。他反而比所有人都看好这个豪迈不羁的弟子。因为他发现了这个弟子身上有一种独一无二的"美"，那是一种纯粹的"无利害性"。因为这种"美"在国民之中实属罕见，所以除孔子之外无人认为子路的这种倾向乃是一种"德"，他们觉得这看上去更像是一种难以理解的"愚"。然而孔子很清楚，这种罕见的"美"，在子路的天生之"勇"和政治之"才"面前都变得一文不值。

在与父母相处时，子路在行为上谨遵教诲，自我约束，至少做到了相应的形式。所以在拜入孔子门下之后，他的亲戚便对他刮目相待，赞不绝口，说他从一个横冲直撞的莽撞青年变成了一个恭顺有礼的孝子。然而这些赞誉却让子路十分不自在。在他看来，这哪算得上是"孝"？只不过是在装腔作势。倒不如之前率性而为，让父母头疼不已的时候坦诚。他甚至认为，那些为如今这个虚伪的自己感到高兴的亲戚们十分无聊。尽管他并不是心细如发可以洞察人心，但是至少他为人正直，才会有这种想法吧。多年之后，子路忽然惊觉父母垂垂老矣，再回想当初两人的矫健身姿，不禁潸然泪下。从此，子路才开始了挚诚之孝。此前的"孝"只是一种形式主义，不过尔尔。

三

子路走在街上，偶遇两三位往日好友。尽管这些人算不上游手好闲之辈，却也是些放浪不羁的游侠。子路停下来与几人闲聊。其中一人对子路上下打量一番，看着他的衣着嘲讽道：

"呵，这就是所谓的儒服？看上去可真寒酸。"

又道："你不再喜欢长剑了？"

子路没有理会。但是他接下来的话却教人不得不应。

"如何？你那老师名叫孔丘的，我听说就是个大骗子。一副道貌岸然的样子，整天说些子虚乌有的事情，偏还有很多人被他蒙骗。"

其实他这么说并无恶意，不过是跟从前一样，在老友面前一逞口舌之快。

却不想子路听到以后勃然大怒，左手突然抓住对方胸口衣襟，右手挥拳狠狠击中对方脸颊。一口气打了两三拳才放手，对方很没用地倒地不起。然后子路故意用挑衅的目光看向其余两人，但他们很清楚子路的厉害，完全不敢还手，只能将被打倒在地的朋友扶起，一言不发地仓皇离开。

这件事后来传到了孔子耳中。

孔子将子路叫到跟前，并没有直接询问此事，但却这样告诫他：

"古代君子以忠为质（本性），以仁为卫（保护），遇不善，则以忠化之，遭侵暴，则以仁固之（用仁来安定暴乱之徒），由此可见，蛮横强力在此毫无必要。唯有小人动辄以不逊为勇武，君子之勇武立于仁义，此之谓也。"子路听后心服口服。

几天后，子路又来到街上。忽然听到路旁树下有几个闲人在高声争论些什么。听起来像是在说他老师孔子的坏话。

"以前以前，不管讨论什么问题，老是要'借古讽今'一番。反正以前是什么情形，没有人见过，随便他怎么说。但是话说回来，按照从前的规矩就能治理好天下？如果真能奏效，还有谁要浪费这个力气。依我们看，活生生的阳虎大人可要比死去的周公伟大很多。"

当时正逢乱世，盛行一种"下克上"的风气。鲁国的政治实权从最初的鲁侯旁落到大夫季孙氏手中，现如今这个实权似乎又要落到季孙氏家臣阳虎这个野心家手里。说出这种话的人，很有可能就是阳虎的家臣。

"但是，听说阳虎大人要起用孔丘，前不久曾多次发出邀请，但是孔丘却避而不见。由此可见，这个人虽然夸夸其谈，经常大放厥词，但是在政治实践上却毫无建树。一点儿信心都没有。哈哈，这种人——"

正说到这儿，子路从背后分开人群，大步走向说话之人。那个老头刚刚还口若悬河说个没完，一看到子路就吓得面如土色，毫无缘故地鞠了一躬就躲到人群之中去了，想来一定是子路双目圆瞪的凶恶之相吓到了对方。

此后一段时间里，相同的事情曾在很多地方出现。但凡有人看到子路高耸肩膀怒目圆睁的样子，就会立刻闭上嘴巴不再说孔子的坏话。

为此，子路被孔子训斥过很多次，但却屡教不改。事实上，他也不是没有自己的想法：那些所谓君子之流，如果像我这样愤怒还能保持忍耐，那实在是太令人钦佩。但实际上这些人并没有感受到与我相同的愤怒。至少说明他们的愤怒不够强烈，没有到无法忍耐的地步。定是如此……

大约一年以后，孔子苦笑着感慨：

"自从仲由成了我的门生，我就再也没能听到别人诋毁自己。"

四

某日，子路在房中鼓瑟。

孔子在另一间房中倾听片刻，随后对身旁的冉有说：

"你且听听这瑟音，是否满是暴虐之气？君子之音必然中正平和，有涵养生育之气。舜帝曾弹奏五弦琴，作《南风》诗，其诗云：'南风之薰兮，可以解吾民之愠兮；南风之时兮，可以阜吾民之财兮。'如今你听子路鼓瑟之音，一片杀伐之气，此非南音，而是北音，将弹奏者内心之荒怠暴虐展露无遗。"

随后，冉有来找子路，将孔子之言转达给他。

子路原本就清楚自己缺少音乐天赋，却一直以为是自己耳不聪手不灵。但当他知道其中还有更深层的精神因素时，不由得惊惧不已。此刻他才知晓原来技艺娴熟并不是最重要的，更重要的是深思熟虑。因此他将自己关在房里，不饮不食，只一味沉思冥想，以至于瘦骨嶙峋。几日后，他坚信自己已有所感悟。就再次开始鼓瑟。这一次他鼓得小心翼翼。但孔子听完以后却一言不发，面上毫无愠色。子贡后来将此事告知子路。子路听闻老师并没有责备自己，不由得眉开眼笑。

见到这位敦厚的师兄展露笑颜，年轻的子贡不禁莞尔。但是以子贡的绝顶聪明，他很清楚：子路的瑟音，依旧满是杀伐之气的北音。而夫子没有再责备他，也只是因为怜惜他冥思苦想到日渐消瘦的憨直傻气而已。

五

孔子门下弟子众多，但是像子路这样频繁被老师训斥的人，大概也只有他一个。不过，大概也找不出第二个如子路一般，可以对孔子毫无顾忌地提问的学生。比如，他会问孔子：

"我想请教老师，是否能不考虑历代先贤的训诫，全凭个人主观想法行事？"

很显然，提出这种问题是要被老师训斥的。

子路还会完全不客气地直接对孔子说：

"果真如此吗？那您也太过迂腐了！"

弟子中敢如此说话的人，除了子路再无第二个。

但这不过是子路为人的一个侧面。另一面，弟子中也没有第二个人会像子路一样对孔子完全依赖。他会直接向老师提问，没有任何顾忌，完全出自他的率真本性，如果不是真心接受，就无法假装认同。此外，他还有一点与其他弟子完全不同，那就是不会因为害怕训斥或嘲笑便事事小心翼翼。

在其他时候，子路是个力争上游顶天立地的男子，也是个言出必践的好汉。正因如此，当他作为一个毫不起眼的弟子侍奉在孔子左右时，的确会给人一种怪异之感。其实，只要在孔子身边，子路的确会产生一种滑稽心理。那就是所有需要费心思考严肃判断的问题都交给老师解决，他则作为一个无忧无虑的弟子，完全不需要思考忧虑。这就如孩童在母亲身边时的情形：明明有些事情可以自己去做，却总要母亲为自己操劳。私下里子路偶尔会仔细思考这种情形，也颇觉好笑。

但就算是面对孔子这位圣人老师，子路仍然保留了一处内心的隐秘，这是他不容触碰的地方，也可以说是唯一不能退让的地方。

子路认为，世上有一件事至关重要。即便是生死这样的大事，在它面前也变得不值一提。如果称之为"侠"，有些显不出其厚重；若称之为"信"或"义"，又未免多了些学道之气，少了些自由灵动之感。在子路看来，它更接近一种愉悦之感。但无论如何，有一点非常清楚，能够让他感受到这种愉悦的，就是"善"；而"恶"从来都与此无缘。直到今日，他仍对此深信不疑。孔子所谓之"仁"，似乎也有些不同，但通过老师的教诲，子路却可以得到能够强化这种伦理的东西。例如：

"巧言、令色、足恭，匿怨而友其人，丘耻之。""无求生以害仁，有杀身以成仁。"

又如："狂者进取，狷者有所不为也。"等等。

孔子最初也曾想过要矫正子路的这只犄角①，但后来却作罢。

———————

① 作者此处使用了一个"矫角杀牛"的日本谚语，意思接近"矫枉过正"。

因为无论有多少种理由，孔子都觉得子路即便保持原状，也称得上是一头好"牛"。孔子非常明白，门下这些弟子有些人需要自己的鞭策，有些人则需要自己的约束。尽管作为弟子的子路很难驾驭，但是他性格上的缺陷，恰恰也是他可以担当大任的优势。他需要做的便是为子路指明方向。

而诸如"敬而不中礼，谓之野；勇而不中礼，谓之逆""好信不好学，其蔽也贼；好直不好学，其蔽也绞"等等此类训诫，很多时候与其是说给作为一名弟子的子路听，不如说是讲给身为"塾长"的子路听。因为子路是一个很特别的人，在他身上被视为一种魅力的东西，如果是在其他弟子身上，通常是有害无益的。

六

有人听闻在晋国一个叫魏榆的地方，一块石头口吐人言。贤者说，这是当地民怨之声，借顽石之口发声；大周王室国祚衰微，随后一分为二，纷乱四起；十几个大国互相勾结，征伐不断；齐侯与臣子的妻子私通，每晚潜入其室，与之欢好，最终死于人夫之手；楚国王族之中，有人趁楚王卧病在床将其勒死，并篡夺王位；吴国则有被砍去双脚的罪人刺杀国主；晋国还有两位大臣互换妻子。

乱象丛生，世风日下。

却说鲁昭公意欲讨伐上卿季平子，败落后反被驱逐，穷困流亡于一国，七年后郁郁而终。而即便是被逐出国，鲁昭公仍有机会重返鲁国，但随侍臣子却因担心归国后自身及家族安危，生生阻断鲁昭公归国之路。因此鲁国先是被季孙氏、叔孙氏、孟孙氏三家瓜分，后又落入季氏丞宰阳虎之手。

但是阳虎正应了那句聪明反被聪明误，其人善用阴谋诡计却最终自作自受，到手的权势转眼失去，鲁国政局也因此风云变幻。然而恰逢此时，孔子被起用为中都宰，这有些令人意想不到。当时，官吏中基本找不到公正无私之人，政治家也都实行苛政，孔子采取公正的施政之法，并通过缜密谋划得以实施，最终在短时间内卓见成效，政绩之卓越令人不敢相信。

鲁定公身为鲁国君主，对此赞叹不已，并曾向孔子问询：

"你以此法治理中都，若为鲁国又当如何？"

孔子答曰：

"何止鲁国，以此法治理天下也毫无不可。"

鲁定公见从不会口出狂言的孔子语气恭谨面不改色地说出这番豪言壮语，便更为惊叹。他立即擢升孔子为司空，没过多久再次升大司寇并兼任宰相。孔子便在这时向季氏举荐子路为宰，季氏当时可被视为鲁国内阁秘书长。子路自此开始执行孔子的内政改革方针，可谓是一名真正的改革先锋。

孔子施行内政改革，要做的第一件事就是加强中央集权，也就是提升鲁国君主的权威。为此便要削弱叔、季、孟三桓的势力，当时三者在权势上已经超过君主。他们分别在郈、费、成的居城建筑规制都已超过百雉①（三丈厚，一丈高）。孔子决定先要拆毁越制建筑，子路则是负责执行这一决定的人。

眼见自己的工作可以快速起到实际效果，并且是自己从未经历过的宏大规模，像子路这样的人内心定然是无比畅快。特别是

---

① 雉为计算城墙面积的单位，长三丈高一丈为一雉。原注"厚三丈"，有误。

能够亲手破除旧日政治氏族建立的邪恶组织和社会陋习，让子路体会到一种前所未有的生命意义。而孔子由于可以一展长才，实现多年以来的抱负，忙碌的身影显得更加英姿勃发，子路见此情此景内心也更加喜悦。同样，此时的子路在孔子眼中，也不再只是自己的学生，他现在更是一位行事果决、可堪重用的政治家。

子路奉命拆毁费城时，遇到一个名叫公山不狃的人出面抵抗。他率领费人进攻鲁国都城。鲁定公到武子台上避难，叛军箭矢也随即射到台上，情况一度危急。而孔子凭借精准的判断和英明的智慧，最终化险为夷。孔子在处理实际事务中展现出的过人能力，再次让子路叹服不已。孔子作为政治家精于权谋之计，作为男子膂力惊人，这些子路都心知肚明，但是他从未想过孔子在实际指挥作战中也可以做到这般有如神助。当然，在这次战斗中子路一直冲锋陷阵，奋力厮杀。许久不曾挥舞长剑，那种酣畅淋漓之感却不曾改变。归根结底，与引经据典、演练古礼相比，子路的性格更适合这种直面残酷现实的生活方式。

为与齐国定下屈辱合约，鲁定公带孔子在夹谷与齐景公相会。其间，孔子怒斥齐国的无礼，齐景公和在场诸位公卿都遭到斥责，让身为战胜国的齐国君臣都被吓得两股战战。这件事显然会让子路心中无比畅快。但此后，强大的齐国就开始忌惮这位邻国宰相，也开始忌惮在他治理下越发强大的鲁国。他们费尽心思制定了一个中国古代很典型的计谋——苦肉计[①]，齐国给鲁国送来一批精通舞乐的美人，以此迷惑鲁定公，进而离间他和孔子这对君臣。更具中国特色的情况随即出现，如此简单的计谋，在鲁国内部孔子

---

① 此处应为"美人计"，文中乃作者笔误。

政敌的有心促成之下，其效果居然称得上立竿见影。鲁定公很快便耽于美色，不理朝政。而正所谓上行下效，整个鲁国自季桓子之下都开始争相效仿。

子路是第一个不甘忍受这种风气的，他在怒气之中与人发生争执，就此辞官归家。孔子不像子路一样气馁，仍旧在想尽办法维持政局。但是子路却只想让孔子早点挂冠而去。他并非担心老师盛名受损，而是单纯见不得孔子身处这种污浊风气之中。

没过多久，孔子也忍无可忍，只得放弃。子路也终于可以放心。他追随孔子离开鲁国。回望渐行渐远的鲁国都城，词曲兼修的孔子不禁唱道：

"彼美妇之口，足以驱赶君子。彼美妇之辞，足以令君子身死名裂……"就此，孔子开始了漫长而艰辛的周游列国之旅。

七

一直以来，有一个很大的困惑萦绕在子路心头。应该说，这个问题自子路儿时便已经有，而待成年之后，甚至是接近年老时，问题依旧在，不曾得到解答。这个问题来自一个大家都习以为常的现象，是一个关于邪恶猖獗肆虐、正义却饱经摧残这一常见之事的问题。

每每见到此事，子路便控制不住满腔悲愤之情。

为什么？为什么事情变成这样？

人人都说善恶到头终有报，恶人也只是一时得意。可能有过这样的事情。可这难道不是生老病死的自然规律？说起好人大获全胜的例子，子路不知古代如何，但就他所处的现世，却是闻所未闻的。

为什么？为什么？！

子路内心就如一个大孩子，因此再怎么愤怒都不过分。他捶胸顿足，痛心疾首。他在想：这"天"究竟是什么？"天"是否看到了世间之事？如果说这样的命运都是"天意"，那他就只能反了这"天"。因为如果是这样，不就像这"天"一样，不区分人和兽，也不区分善与恶了吗？正邪之分不就变成了人与人之间短暂的约定俗成吗？

带着这个问题，子路去请教孔子，孔子却一直对他说，这便是人生的幸福真谛。那么为善之果报，不就只是"我行善事"的一种自我满足吗？跟老师探讨这个问题时，子路觉得自己接受了教诲，但是独自一人思考时，子路总觉得难以释怀。他不能接受这种略显牵强的幸福观。只要实实在在的那种让每个人都觉得理所应当的善报没有落到"义人"头上，子路就觉得这个世界毫无乐趣。

而有关天道不公的这种不满，子路在老师孔子身上感受最为强烈。孔子才德兼备，可与圣人比肩，但为什么却境遇坎坷，怀才不遇？家庭不幸，还要在耄耋之年饱受颠沛流离之苦。为什么老师要受到这种悲惨命运的折磨？

某晚，孔子喃喃自语：

"凤鸟不至，河不出图，吾已矣夫！"

子路听罢，不禁潸然泪下。

但是孔子的感慨是为天下苍生而发，子路的泪水却只是为孔子一人而流。

自从为孔子和他怀才不遇之境落泪开始，子路便暗下决心：

自己一定要挺身而出，不让孔子再被这污浊尘世伤害。孔子在精神上指引和护佑自己，那么他就代老师承受世间所有苦难和屈辱来报答吧。虽有越俎代庖之嫌，但这就是自身使命之所在。或许自己在学问和才能上无法与其他同辈和后辈弟子相比，但若是在老师危难之际，自己绝对是第一个挺身而出为老师献出生命的人。子路对此深信不疑。

八

"有美玉于斯，韫椟而藏诸？求善贾者而沽诸？"子贡这样问孔子，他随即答道：

"沽之哉！沽之哉！我待贾者也。"

孔子可以说正是在这种想法中开始踏上周游列国之旅的。而选择跟随他的弟子也都有"沽之哉"的意愿，但子路却是个例外，他对于"沽"其实可有可无。他经历过通过权力实现自身抱负的过程，也从中得到了满足。但在他看来这需要一个特别的、绝对的条件，那就是必须要在孔子手下做这件事。否则，他宁愿选择一种"被褐怀玉"的生活方式。就算终其一生都是孔氏看家犬，他也无怨无悔。子路并非没有世俗之虚荣心，但他认为委屈自己做个小官对他磊落的性格反而是祸害。

选择追随孔子的弟子也都各有不同。冉有是个行事果决的实干家；闵子骞是个温和的长者；子夏是个喜欢追根究底的掌故家；宰予是个略带诡辩家色彩的享乐主义者；公良孺是个志气高昂、刚正不阿之人；子羔则是一个身高只有孔子（传闻孔子身高九尺六寸）一半的矮小愚直之人。但无论是年龄还是气度，子路都应该是众弟子之首。

　　子贡小子路 22 岁，毫无疑问这是一个令人瞩目的青年才俊。与孔子最喜爱的颜回相比，子路更喜欢子贡。年轻的颜回，几乎就是一个缺少坚忍生命力和政治意识的孔子，子路与他显然合不来。但是子路对颜回毫无嫉妒之心（事实上，孔子格外看中颜回，倒是让子贡、子张这些弟子有些嫉妒）。子路本来就跟颜回相差很多岁，而且子路天生就不太在意这些事情。但是子路也完全看不出颜回这种忍气吞声的性格有什么长处。首先，那种毫无精气神的温暾模样让人看了就不舒坦。子贡在性格上虽然有时略显轻浮，但他精力充沛才华横溢，显然更合子路心意。而且也不只是子路一个人惊叹于子贡的聪明才智。但是他才智过人，人格却还不成熟，这一点众人也都很清楚。但这也只是因为年纪尚轻。尽管子路也曾经因为他的轻浮而大声训斥过，但是整体看来，子路对这个年轻人的感觉依旧是"后生可畏"。

　　有一次，子贡跟三两同门弟子闲谈时说了一段话，大意如下：

　　——人们都说夫子厌恶巧辩，但是我观夫子之"辩"却是极为"巧"妙。我们要注意这点。因为夫子之"辩"同宰予等人的"巧辩"完全不同。宰予之"辩"，其"巧"浮于表面，能给人以"乐"，却不能给人以"信"。正因如此，这种反而可以说相当安全。但是夫子之巧辩则不然。尽管看似不是行云流水般顺畅，却给人一种不容置疑的重量；虽无诙谐逗趣给人一乐的部分，却有含蓄深沉之譬喻。这种巧辩，是完全不容人辩驳的。当然，夫子之言九成九都是毫无疑问的真理，夫子之所行九成九也都该为我辈效仿。但就算如此，也有那么一分——就是夫子那不容辩驳的论辩中的一分，也偶尔会有些为夫子性情（性格中与普遍真理有可能不同的极少部分）辩护的部分。这正是我们需要小心的地方。这可能是因为我跟夫子过于亲近，毫无距离感才会产生的一种过分的要求。其实，后世之人将夫子推崇为圣人，也是理所当然之事。因为我生平从未见过如夫子一般完美的人，想来以后也不会再有。我想要说的只是，就算是夫子，身上也还会有那么极少的极细微的部分需要我们加以小心。像颜回那样跟夫子性格相合的人，是不可能产生我这种不满意的。夫子总是对颜回赞不绝口，归根结底，也许就是因为两者性格相合吧……

黄口小儿竟敢背后议论夫子，真是不知天高地厚！——子路听闻此言，不禁气愤难当。但是，他虽然知道子贡这样说是因为嫉妒颜回，但是他也察觉到子贡话中值得注意的部分。因为性格是否相合这一点，他自己也有所察觉。

我们只是隐约察觉的事情，这小子居然可以清楚地讲出来。——对于这个狂妄自大的小子这种卓越才能，子路虽然非常轻蔑，也不得不佩服。

子贡曾向孔子问过一个妙题：

"死者有知乎？将无知乎？"

这个问题涉及人在死后是否有知觉，或者说是一个关于灵魂是否不灭的问题。

孔子对答也十分巧妙：

"吾欲言死之有知，将恐孝子顺孙妨生以送死；吾欲言死之无知，将恐不孝之子弃其亲而不葬。"这种答非所问的回应，想来子贡会很不服气。

孔子当然知道子贡想问什么，但孔子是一个现实主义者，他最为关注的是日常生活，这样回答也只不过是想要让这个聪明的学生转移注意力。

子贡对老师的回答不满意，所以就跟子路说起这件事，子路其实并不关心这类问题。但是相较于死亡本身，子路更好奇孔子的生死观，于是有一次他特意问了一个与死亡有关的问题。

"未知生，焉知死？"孔子这样答道。

说得好！——子路心悦诚服。

但是子贡却觉得自己空欢喜一场。他脸上分明写着：

"此话不假，但我指的却不是这个！"

九

身为君主，卫国的卫灵公显然不具备坚强意志。虽不至于蠢到贤愚不辨，但相较于逆耳忠言，他更喜欢甜言蜜语的谄媚。而真正掌控卫国的人，却深居后宫。

卫灵公夫人南子一直以来淫荡之名都是路人皆知。当南子还是宋国公主时，便同自己的异母哥哥朝私通，朝是一位美男子，而嫁给卫灵公后，她又将朝请到卫国，任命为大夫，二人之间的淫荡关系也继续维持。

南子自诩才华横溢，经常干预卫国朝政，卫灵公也对她言听计从。久而久之卫国便形成一种惯例，要向卫灵公进言，就必先取悦于夫人南子。

孔子初入卫国，便受召谒见卫灵公，但是却没有拜见他的夫人。南子因此感到十分不满。于是立即遣人告知孔子："四方之君子不辱欲与寡君为兄弟者，必见寡小君。寡小君愿见。"

孔子无奈，只能前往拜见。见面时南子在细葛布帷帐之后，孔子面朝北行叩拜之礼，南子于帷帐之后叩首回礼。行动之间，环佩叮当作响。

孔子从王宫回来，子路脸上的不满显而易见。他本来就希望孔子可以无视南子那种卖弄风骚一样的要求。他倒不担心孔子会被这妖妇迷惑，只是不满自己心中高贵圣洁的夫子向一个不洁的妇人叩首行礼。这就好比珍爱美玉之人，连美玉中映照出一点误会的影子都无法忍受。子路是个行事果决的实干家，但性格却像孩子一样率直，为此孔子好笑之余也觉得头痛不已。

一天，卫灵公派人告知孔子，说他要和孔子同车巡视国都，沿路请教一些问题。孔子听闻十分高兴，整理好衣装便欣然前往。

但是南子夫人原本就不满卫灵公对这位高大严肃的老者这般敬重。听说丈夫要抛下自己与孔子同车巡视，就更是觉得不可理喻。

孔子谒见卫灵公，随后出来便要与他同乘一车，结果却看到盛装打扮的南子已经坐在车上。车上已经没有自己的位置，南子则带着一脸不怀好意的笑容。孔子十分不快，冷眼看向卫灵公。卫灵公也觉得十分羞愧，不敢直视孔子，也不敢责备南子，只能无声为孔子安排后面一辆车。

两车一同在卫国都城巡游，前面一辆是奢华的四轮马车，车内与卫灵公同乘的南子夫人光彩照人，犹如一朵盛开的娇艳牡丹；后面一辆车是简陋的二轮牛车，孔子一人独坐其中，面色肃然目视前方。沿途遇到城中居民，有人摇头叹息，有人眉头紧蹙。

子路也同样站在沿途的人群当中看着这一幕。想到接受邀请时夫子兴高采烈的样子，子路顿觉心如刀割。当故意大惊小怪、不停娇声惊叫的南子出现在子路眼前时，他再也控制不住怒火。

正在他双拳紧握，准备分开众人扑上去的时候，有人从背后将他拉住。子路怒目回望，想要挣脱身后束缚，却看到拉住自己的不是旁人，正是同门师弟子若和子正。二人双目含泪，紧紧拉住子路。见此情景，子路只能作罢。

翌日，孔子一行便离开卫国。

在离开时，孔子发出一声感慨："吾未见好德如好色者也。"

十

叶公好龙，于是房内帐中皆刻画龙的形象，整日被群龙环绕。天上真龙闻知此事，不由欢欣难抑。便择一日降临叶公之宅，想要面见如此崇拜自己的人。但真龙身躯太大，只有头钻进窗户，龙尾还留在堂前。叶公见此情景，吓得面无人色，落荒而逃。他"失其魂魄，五色无主"，看着实在无能。

各国诸侯之于孔子，也无异于叶公之于真龙，他们只是喜好孔子贤名在外，却并不赞赏孔子的精神。在他们看来，真的孔子也同样"太大"。君主们有些待孔子以国宾之礼，有些则请孔子的弟子入仕，但却无人想要真正实践孔子的政治主张。

在匡邑，多次被暴民凌辱；在宋国，被奸臣迫害；在蒲邑，遭遇歹人袭击。此外，诸侯对他敬而远之，皇家学者对他极度仇视，政客们对他排挤贬抑，前路上等待孔子的就是这些。

但就算面临如此困境，孔子和弟子们依旧不停地与人论道、四处授业，他们奔走于各国之间，毫无倦怠之意。"鸟则择木，木岂能择鸟？"虽然孔子有鸿鹄之志，却绝非游戏人间，他一直希望自己可以为世所用，这一志愿并非为了自己，而是为了黎民苍生，为了心中的道，这实在是令人赞叹！再多穷困也不减其乐观，再多苦难也不灭其希望。这样一群人，实在是让人猜不透，也看不懂。

孔子一行受楚昭王召见，陈国、蔡国诸位大夫合谋在途中拦截孔子，于是秘密纠集了一群为非作歹之人。他们担心孔子为楚国所用，于是想要从中作梗。尽管孔子一行人也不是第一次被歹人袭击，但是这一次情况最危险。没有粮食，他们已经七天没有生火做饭。在饥饿和疲劳的双重折磨之下，不断有人病倒。但就在众弟子惶恐萎靡的时候，只有孔子还能保持精神饱满的状态，跟平时一样和弦而歌。

子路不忍看同门落得如此凄惨，一脸严肃地来到弦歌的孔子身边，问道：

"夫子此时此刻竟还能和弦而歌，合乎礼哉？"

孔子并未作答，也未曾停下拨弦的手。一曲终了，孔子才开口说道：

"仲由啊，我跟你说。君子喜好音乐，是想要克服骄傲之心。小人喜好音乐，是想要克服畏惧之心。不知我心却一直在我左右，这孩子到底是哪家来的？"

子路在那一刻完全不敢相信自己听到的话。身陷险境，孔子居然还会为了让自己不要骄傲而鼓乐？但是子路立即明白了孔子的心意，于是欣欣鼓舞，直接操戚而舞。孔子抚琴相和，三曲结束。在旁观看的众弟子也都暂时忘却饥饿疲惫，沉醉于舞乐的慷慨激昂。

"困厄于陈蔡"之时，子路意识到一行人无法轻易突围，曾经问过孔子："君子也会有'穷'的时候吗？"

按照孔子平日里的一贯主张，他可以认为君子不存在"穷"的时候。

孔子立即答道："所谓'穷'，难道不是道之'穷'吗？我孔丘如今胸怀仁义之道，却遭逢乱世之艰辛，如何能称得上'穷'？假如说食不果腹、疲惫不堪就是'穷'，那即便身为君子也会'穷'。然而小人却不是如此。一旦'穷'，小人便会自暴自弃，进而为非作歹。君子与小人之不同，便在于此。"子路听闻此言不由赧然，仿佛自己心中的"小人"被夫子言中。明白"穷"同样是命，泰山崩于前而色不变，见到孔子这样，子路不禁赞道："大哉勇也！"与之相比，自己曾经引以为傲的那种"白刃加身眼都不眨一下"的勇，是多么的卑微而渺小。

<h1 style="text-align:center">十一</h1>

孔子一行从许国前往叶地途中，子路与他们走散。他独自行走于田间，遇到一位"荷蓧丈人"。子路轻快地对他点头，并问道：

"请问您遇到夫子了吗？"

老者站定，不耐地说：

"夫子夫子，我哪知道你夫子是谁？"

他对着子路上下打量一番，轻蔑一笑，随即说道：

"看你这模样，倒像是个四体不勤，不做实事，整日里光说不练的家伙。"

随后，老者下到路旁的田里，麻利地割草，连一眼都不再给子路。子路心道，这定是一位隐士。因此他朝着老者作了一揖，然后站在一旁静候老者再次开口。老者沉默不语，直到干完活儿，回到小路上，将子路带回自己家。

见天色已晚，老者杀鸡炊黍款待子路，并将两个儿子介绍给他。老者晚饭时饮了几杯浊酒，饭后微醺，遂操琴奏了一曲。两个儿子在一旁和曲而歌曰：

湛湛露斯，匪阳不晞。
厌厌夜饮，不醉无归。[①]

子路一看便知，这一家人虽不富裕，生活却充满温暖，怡然自得。父子三人安然平和的面庞上有着睿智的光芒，实在让人难以忽略。

一曲歌罢，老者对子路说了一番话：陆地行车，水面行舟，自古如是。而今如若强行陆地行舟，又当如何？于如今世道，而欲行周之古法，便如这陆地行舟。若是让猢狲穿上周公之服，猢狲必定万般惊惧，并将其服撕扯破碎，掷之于地云云。

老者明显知道子路是何人，正因知道他是孔子门徒才会说这番话。老者又道：

"所谓得志，正在于成就人生之乐，而非高官厚禄。"

老者的理想，大概可以说是与世无争，自在怡然吧。

子路并不是第一次遇到这种避世哲学。在长沮、桀溺曾见过，在楚狂接舆之处也见过。但还是第一次走进他们的生活，跟这些人共度一晚。子路听着老者平和恬淡的话语，看着他怡然自得的神情，忽然觉得这肯定也是一种很美好的生活方式，甚至心里还

---

① 出自《诗经·小雅·湛露》，本是周天子宴饮诸侯的诗。

有点儿羡慕。

不过子路也并不是一味附和肯定对方的言论。他说：

"遗世独立固然快活，但人之所以为人，绝不仅在于保全一己之快乐。若是只为区区一人之高洁，而罔顾人伦纲常之败坏，怕也不是为人之道。如今之乱世，大道不行，你我皆知，亦知于乱世中求大道之艰险。然而，不正是因为生逢无道之乱世，才更应该不惧万难，寻求大道吗？"

次日一早，子路告别老子一家，匆匆赶路。路上，子路暗暗将老者和孔子进行比较。孔子的洞察力不输老者，也并不比老者有更多欲望。但是孔子却不愿选择明哲保身，甘愿为"道"奔波于世。想到这里，子路忽然对这位老者产生了厌弃之情，这种感情昨晚可不曾有过。

子路一路上疾步前行，将近晌午时分，才看到远处绿色麦田中，一行人在小路上前行。在看到人群中身躯高大的孔子时，子路心里突然有一种说不出的难过，就像是心脏被人抓了一把。

十二

在从宋国出发，前往陈国的渡船上，子贡与宰予曾有过一场争论。争论的焦点则是夫子曾说过的一句话：

"十室之邑，必有忠信如丘者焉，不如丘之好学也。"

子贡觉得，虽然夫子这样说，但其伟大之处完全取决于超人的天赋。宰予却不以为然，他觉得起主要作用的还是夫子的后天努力。宰予认为，在能力方面，孔子和弟子之间的差距仅仅是"量"的不同，绝对不存在"质"的差异。孔子有的才能，其他人也一样有，但是孔子通过不懈努力，将自身每一种才能都发挥到了极致。但子贡认为，"量"的差距大到极致时，便会产生"质"的不同。以自身之完美为目标努力，可以做到这种程度，这件事本身不就足以证明孔子具有非凡的天赋吗？但是，暂且不说其他，说到孔子天才的核心，那就是——

子贡说道：

"他超凡的中庸本能。无论何时何地，夫子都能做到进退有度，优雅从容。这就是他超凡的中庸本能。"

一派胡言！——子路在一边听着，脸色变得难看起来。这些腹中空空，只能逞口舌之快的小子们！如果现在船翻了，他们早就吓得惊慌失措了。能说会道有什么用！有事情的时候，能给夫子帮忙的人只有我！

看着两个口若悬河的师弟，子路细细品味着夫子曾说过的"巧言乱德"的话，不禁为自己的坦荡高洁而骄傲。

但是，子路对老师也不是完全没有微词。

百年之前，陈灵公与臣下之妻通奸，还在上朝时穿着淫妇的内衣炫耀。当时有位臣子名泄冶，苦谏无果竟招致杀身之祸。有弟子以此事问孔子：泄冶因诤谏被杀，与古之名臣比干死谏相同，可以称之为"仁"吧？

孔子答曰："不可。比干乃纣王血亲，且官至少师，故而舍身诤谏，希望纣王可以因自己之死而悔改。他的做法可以称之为'仁'。但是泄冶非卫灵公血亲，官职也不过是一介大夫，看到国君行为失德，国家风气不正，就应该洁身自好，做到明哲保身，但是他却不自量力，想要凭一己之力匡正国家的歪风邪气，最终只能枉送性命。这种作为怎可称得上'仁'？"

那名弟子听到孔子的回答，满意地离开了。但是，站在一旁的子路却无法认同。他马上问夫子，先不说"仁"与"不仁"，就说他这种不顾自身安危，想要匡正国家不正之风的作为，其本身之伟大不是已经超越了智与不智吗？即便他最终死于非命，又怎么能被说成是枉送性命？

孔子答道：

"子路，你似乎只看到'小义'之伟大，却不曾看到更高处的意义。古时之士，国有道，则尽忠辅佐；国无道，则退而避之。这其中有关于'出处进退'的奥妙，你仍不清楚啊。诗曰：'民之多辟，无自立辟。'①泄冶处世，不当之处就在于此。"

子路思考了很长时间，然后说道："那依您之见，这世上最重要的仍然是自身安危了？一个人最看重的也应该是自身安危，而不是什么舍生取义吗？难道个人的'出处进退'是否得当，甚至重于天下苍生之安危吗？诚然，泄冶如果眼见乱伦之事就只是皱皱眉头转身走开，那么对自身而言可能是好事，但是对于黎民苍生而言又该作何解释？或是明知死谏无用却依然要谏，借此来影响国民风气，不是更有意义吗？"

"我并没说人要只顾自身安危。要是这样，我也不会说比干可以称之为'仁'。我只是想说，就算是舍生卫'道'，也需要审时度势。具备洞察时势的'智'，也不是为了一己私利。总而言之，匆匆送了性命，绝对算不上什么能耐。"

听老师这样讲，子路也觉得有道理，但是他却没有完全消除疑惑。老师曾说过"杀身成仁"，但是话里话外却经常透露出一种

---

① 出自《诗经·大雅·生民之什·板》，意为：民间今多邪僻之事，徒劳无益枉自立法。

"明哲保身"才是真正睿智的意思。子路对此十分不解。其他弟子好像不太在意此事，也可能是"明哲保身"的思想已经根深蒂固，成了他们的本能。子路觉得，如果他们以"明哲保身"作为立世之根本，而非"仁""义"，那肯定是非常危险的。

子路脸上依旧带着疑惑，他转身离开后，孔子望着他的背影，面露忧愁，说道："国家政治清明时如箭矢般耿直，在国家政治黑暗时仍旧如箭矢一般耿直。子路和卫国的史鱼是同类人，恐怕难以善终。"

楚国攻打吴国时，命工尹的商阳与王子弃疾同车追赶吴军。王子弃疾催促商阳道：

"如今正是为君效力之时，你应当拿起弓箭。"

听到这话，商阳拿起弓箭。王子弃疾又催促道：

"你倒是射箭啊！"

于是，商阳抬手射杀了一名敌军，但随后就将弓箭收了起来。王子弃疾再次催促他射箭，他又取出弓箭，射杀了两名敌军。但是每射杀一人，他都要挡住眼睛。等到他射杀了三个人，便说道：

"以我现在的身份，如此便可以复命了吧。"

于是，他就掉转车头，乘着战车返回了。

孔子听闻此事，不由赞叹道：

"然也，即便于战场中杀人，也要有'礼'啊。"

但如果换成子路，他听到后肯定要说，这真是太荒谬了！特别是"对自己而言，杀三人足以"的话，明显有一种置个人利益于国家之上的意思，这就足以令子路气愤难当了。

他生气地顶撞孔子：

"遇到君国大事，身为臣子应当鞠躬尽瘁死而后已。老师您怎么可以称赞商阳的所作所为？”

就算是孔子也难以反驳，只能笑着说：

“你说得对。我只是对他不忍多造杀孽的善心表示赞赏而已。”

十三

孔子先后四次出入卫国，在陈国滞留三年，足迹遍布曹、宋、蔡、叶、楚等国家和地区，子路自始至终追随左右。

如今子路不再盼望哪位国君愿意施行孔子之道，但神奇的是子路也不再为此而感到焦躁不安。他曾为乱世之祸、国君之昏庸和孔子的怀才不遇而焦躁不安，并为此而义愤难平。但是多年颠沛流离的生活，终于让他模糊地领会了孔子和包括自己在内的众多追随者的人生意义何在。

然而，他的领悟完全不同于消极的“宿命论”观点。即便同样是“宿命”，他也清楚地知道加诸自己身上的是那种“不囿于某一小国、某一时代，乃是为天下万代之木铎”的使命，一种十分积极的“宿命”。

在匡地被暴民围困时，孔子曾昂然说道：“天之未丧斯文也，匡人其如予何？”子路如今已经完全明白这句话的含义。夫子那种，无论何时何地，从不丧失希望，也从不轻视现实，在能力之内追求尽善尽美的睿智，还有意在为后世树立典范的种种作为的含义，现在的子路也终于可以看明白，并且予以肯定了。

反倒是聪明绝顶的子贡，很难领会到孔子这种超越时代的使命感，可能是因为他拥有太多世俗才华，反而让悟性受到影响。子路性格率直，对夫子的感情也极为纯粹，因此才能懂得孔子的伟大。

随着逐年漂泊，子路也已经年近五旬。虽然说不上圭角尽没，但为人到底更加稳重了。现在的子路，身上再也不见当年落魄游侠的狂妄，无论是"万钟于我何加焉"的傲骨，还是坚毅有神的目光，都透露出一种卓然的大家风范。

十四

孔子第四次来到卫国，应年轻的卫侯和正卿孔叔圉的请求，举荐子路在卫国出仕。十几年后孔子再次应召回鲁国入朝为官时，子路并没有随他一起，而是继续留在卫国为官。

因为南子夫人祸乱朝纲，卫国最近十年一直纷争不断。起初公叔戌打算排挤南子夫人，却不料她进献谗言，致使公叔戌亡命鲁国。卫灵公之子，卫国太子蒯聩密谋刺杀母后南子夫人，计划败露后逃亡晋国。在太子逃亡国外的时候，卫灵公去世。朝中重臣别无选择，只能立蒯聩之子，尚且年幼的辄为继任卫侯，即卫出公。此时，逃亡在外的蒯聩在晋国的帮助下秘密返回卫国西部，准备伺机而动夺回卫侯之位，却被卫出公派人阻挡。父亲预谋抢夺儿子的卫侯之位，儿子派人阻止父亲归国。子路出仕卫国时，卫国正处在这个状态之中。

子路出任"邑宰"，职责便是为孔家治理蒲地。孔氏乃卫国名门，其在卫国的地位与季孙氏在鲁国的地位相当，孔氏一族地位之高可见一斑。族长孔叔圉乃是一位久负盛名的大夫。蒲邑正是公叔戌从前的领地，旧领主因南子夫人进献谗言而流亡在外，因此蒲地之人对驱逐旧主的政府颇有敌意，其中更不乏叛逆之徒。蒲地本就民风彪悍，当初子路随孔子途经此处，也才会遭遇当地暴民袭击。

就任之前，子路前去拜见孔子。在提起当地民风时，他说道"邑多壮士，极难治也"，并向孔子请教治理之法。孔子说：

"你若怀有敬重之心，勇猛之人便会顺从于你；你若公正宽宏，权势之辈便会听命于你；你若处事温和果决，奸佞之徒便会被你制服。"子路听罢，再次拜谢孔子，随即欣然前往蒲邑赴任。

一到蒲邑，子路就召集当地豪强和乱民，并与之开诚布公地畅谈一番。但这也不是什么怀柔政策和安抚手段。孔子常说"不可不教而刑"，因此子路认为自己最先要做的就是让对方了解自己的想法和目的。子路这种坦荡的处事风格，大概刚好适合当地豪放的民风。子路那种爽快豁达的作风，也让当地豪强心悦诚服。而且子路此时已经是孔子门下第一豪爽男儿，名声四海远扬。孔子曾称赞他"片言可以折狱者，其由也与"，这句话也在人们口耳相传中越发夸大了。显然蒲地豪强折服于子路，也不乏他盛名在外的缘故。

三年后，孔子途经蒲邑，刚进入蒲地就说："子路做得好，恭敬且言出必践。"等走进城内就说："子路做得好，忠信且待人宽宏。"而来到子路官署以后，孔子说："子路做得好，公正且明察秋毫。"

听到这番夸赞，执辔赶车的子贡便问道，还未见到子路，夫子为何就这般赞不绝口？孔子答道："进入蒲邑，入眼便是良田广袤，沟渠纵横，可见治理者恭敬有信，群众方能全心尽力。进入城内，便可见民宅整齐，树木繁茂，可见治理者忠信宽宏，百姓方能安居乐业。而官署之内，毫无繁忙之象，仆从各司其职，可见治理者明察秋毫处事果决，政务方能处理得井井有条。因此，我虽未曾见到子路，但是不也明显看到他的政绩了吗？"

十五

鲁哀公于西面大野狩猎时捕获了麒麟，此时恰逢子路从卫国返回鲁国。小邾大夫射叛国投鲁。射与子路曾有一面之缘，便对他说"使季路要我，吾无盟矣"。当时有一定俗，若一人逃亡他国，需得到该国盟誓保证其生命安全，方可安心在此定居。而这位小邾大夫却说"只要子路做出承诺，便不再需要鲁国盟誓"。人都道"子路无宿诺"，子路为人信守承诺，心怀坦荡，此时的他早已名满天下。

有人问他，连一个千乘之国的盟誓都不敢相信，却对你的一句话深信不疑，作为一个男子汉，还有什么更崇高的愿望吗？为何你不以为荣，反以为耻呢？

子路答曰："若鲁国与小邾发生战事，便是要我死于他们城墙之下，我也别无二话。可如今射这个家伙却是叛国之臣，若我向他承诺，就等于说我认可了一个卖国贼。这件事到底能不能做，难道还值得费心思量吗？"

熟悉子路的人听到这话，不禁会心一笑。这种说话做事的风格，真的是太"子路"了。

同年，齐国陈恒弑君篡国。孔子斋戒三日，随后拜见鲁哀公，言道出于两国之"义"，鲁国应伐齐。孔子就此事向鲁哀公请求三次。但是鲁哀公畏惧齐国的强大，并没有应允此事，只对孔子说："你去同季孙商量吧。"季康子当然也不会同意孔子的想法。

孔子从鲁哀公处回来，就对他人说："因为我忝列大夫之末，所以不得不如此谏言。"

也就是说，明知谏言无用，但是因为自己大夫的身份，所以还是要说上一句（孔子当时在鲁国享受的是国老待遇）。

子路听闻此事，心中十分不满。他心道：夫子的做法，难道不是形式主义？夫子的"义愤"，难道仅此而已吗？难道单纯地走一个形式就可以，完全不在意最后是否付诸实践吗？

受教于孔子四十载，子路与孔子之间的这道鸿沟，依旧无法跨越。

十六

子路回到鲁国这段时间，卫国政坛支柱孔叔圉去世。孔叔圉之妻是卫国流亡太子蒯聩的姐姐伯姬，孔叔圉去世后，她以未亡人的身份走上卫国政坛。伯姬的儿子悝继承了父亲的位置，但也只是一个政治傀儡。卫国时任卫侯是伯姬的外甥，而想要抢夺卫侯之位的前太子蒯聩是她弟弟，本来二者与她在血缘上的亲疏关系并无不同，但因这其中还有很多爱欲和利益纠葛，最终她决定帮助弟弟争夺王位。因此，丈夫孔叔圉死后，她便通过一位美男子侍从浑良夫与弟弟蒯聩频繁往来，在这位信使的沟通下密谋驱逐如今的卫侯。

子路重返卫国时，父子二人的王位之争已经到了最关键的时刻，政治局势风云变幻，战争一触即发。

周昭王四十年闰月十二月某日，临近黄昏，使者惊慌地闯进子路家中。此人受孔家总管栾宁派遣，给子路送口信：

"前太子蒯聩已于今日潜入国都。目前正在孔府，与伯姬、浑良夫一同挟持家主孔悝，要挟他拥戴自己为卫侯。恐大势已去。

我（栾宁）现在要侍奉卫侯逃往鲁国。日后之事，便托付给你了。"

该来的终究要来，子路心道。无论如何，我身为孔氏家臣，既已知道主人孔悝被人挟持，又岂能无动于衷？子路提起宝剑，直奔孔府而去。

子路来到孔府门前，正待闯入，突然一个矮小男子从府内跑出来，与他撞了个满怀。此人正是子羔，孔子的晚辈弟子，经由子路引荐为卫国大夫。此人公正刚直，却有点心胸狭隘。他对子路说："内门已经关闭。"子路回答："无论如何，我都要闯一闯。"子羔说："大势已去。你如今闯入府中，恐怕会遭遇不测。"子路大喝一声："既然食孔府之禄，岂有遇难而逃的道理？"

子路甩开子羔，冲入内门一看，果然见到大门紧闭。他大力敲门，门内有人喊道："不得入内！"子路闻言大怒。高声吼道：

"说话之人是公孙敢吧。为避祸而变节，我可做不出这种事。既然食君之禄，就该救君于难。开门！开门！"

刚好此时有人从里面出来，子路便趁机冲了进去。

子路进到院内，看到里面挤满了人。这些人都是因为要以孔悝之名宣布拥立新卫侯蒯聩，而被紧急召集于此的臣子。这些人都带着或惊恐或不解的神情，好像正在摇摆不定。年幼的孔悝站在院子前面的露台上，看情况正在其母伯姬和叔父蒯聩的挟持下，发布政变声明。

子路站在人群之后，朝露台大声喊道：

"你们抓着孔悝做什么？快把他放了。就算将孔悝杀了，你们也不可能杀光所有正义之士！"

子路想到的第一件事是救出主人。看到院内所有人都安静下来，正回头看着自己，他便鼓动众人说：

"太子为人懦弱众所周知。大家快放火烧台。只要你们放火，太子就会因为害怕而放了孔叔（悝）。快点放火！快放火！"

此时已近黄昏，院内角落都燃起篝火。子路指着篝火大喊："放火！快放火！凡是感念先代孔叔文子（圉）的人，都去放火，如此便可救下孔叔。"

台上的篡位者十分惊惧，遂命令石乞、盂黡两名剑客去杀掉子路。

子路与二人奋力搏杀。但是岁月不饶人，当初勇猛无敌的子路，如今渐露颓势，开始气力不济。众人见他败局已定，便纷纷表明立场。他们开始对子路恶言相向，对他棍棒相加，投掷石块。

突然，敌人的长戟擦过子路的脸颊，割断了冠缨，子路头上的冠眼看便要落下。他用左手去扶头上的冠，另一个敌人趁机将长剑刺入子路肩头。瞬间鲜血四溅，子路摔倒在地，冠也随之掉落。但子路仍旧将冠拾起，端正地戴在头上，快速系好冠缨。面对敌人的利刃，子路浑身浴血却奋力高呼：

"你们看！君子是正冠而死的！"

子路就这样死了，被人剁成肉泥。

远在鲁国的孔子收到卫国政变的消息，脱口而出：

"子羔会回来吧！子路会送命吧！"

在得知自己果真不幸言中时，已经年迈的圣人闭目伫立良久，默默垂泪。

在得知子路的尸首又被施以醢刑①时，孔子便命人扔掉家中所有腌制食物，并禁止食案上再出现酱。

---

① 醢（hǎi）：古代的一种酷刑，把人杀死后剁成肉酱。

李陵

一

汉武帝天汉二年秋，时值九月，骑都尉李陵率步兵五千人出边塞遮虏障北上。阿尔泰山脉东南端已是乱石丘陵遍布，此处深入戈壁沙漠，军队已经行进整整三十日，在强劲的冷风中，孤军深入万里之遥，何等慷慨的气概，何其沉重的任务。他们此刻已经深入匈奴腹地。虽然还是秋天，但北地早已是一派肃杀景象。苜蓿枯萎，榆树和杞柳也只剩光秃的枝干。不要说树叶，除营地附近之外，连树木都难得一见，放眼望去只有黄沙、岩石、河滩与干涸的河床，到处是荒凉衰败之景。目之所及，荒无人烟，只能偶尔看到外出寻找水源的羚羊。高山在远方突兀耸立，割裂了秋日的天空。沿着高山之巅，向上仰望苍穹，一行大雁正在向南而去。但是这种情景却一点儿都不能激起将士们的思乡之情。

如今的处境何其凶险，他们全都心知肚明。

敌军是匈奴骑兵，而己方只有李陵和少数幕僚骑马的步兵军队，居然敢孤军深入敌境，简直是鲁莽至极的做法。而且步兵也仅仅是五千人，军队所在的浚稽山距离最近的汉军营寨居延也有一千五百多里[①]（古华里）。由此可见，如果不是对主帅李陵绝对的信赖和服从，是绝对无法完成这样的行军任务的。

每年秋风一起，汉朝北疆便会有大量匈奴人来犯。这些人凶狠残暴，骑着胡马来去如风。所过之处，烧杀掳掠，官吏被杀，居民和牲畜被抢夺殆尽。五原、朔方、云中、上谷、雁门等地，每年都深受其害。曾经凭借大将军卫青和骠骑将军霍去病的骁勇善战，自元狩至元鼎年间，也曾有过"匈奴远遁，漠南无王庭"的安稳时期，但最近三十年又开始连年边患不止。霍去病死后十八年，卫青死后七年，浞野侯赵破奴率全军降虏，光禄勋徐自为在朔北建造防御工事，然而很快就遭到破坏。此时能令全军信服的将帅，便只有远征大宛声威大震的贰师将军李广利了。

时间再向前倒退几个月，天汉二年夏，五月，贰师将军李广利率三万骑兵出酒泉，计划在匈奴来犯之前，在天山击溃对西疆虎视眈眈的匈奴右贤王。汉武帝命李陵负责大军辎重。然而李陵却在未央宫武台殿上极力请辞。李陵本是"飞将军"李广之孙，承袭祖父风范，弓马娴熟。几年前就已官拜骑都尉，在汉庭西部酒泉、张掖等地操练士兵，教练骑射。李陵年近不惑，正值壮年，负责押运粮草未免有些屈才。于是便向汉武帝请愿："臣于边境操练之兵士，皆为荆楚勇士，可以一当十。臣愿率兵出征，牵制匈

---

①　古时以三百步为一里，约合 405 米。

奴侧翼。"并得到皇帝首肯。但十分不巧,此时各地都在频繁抽调兵马,到李陵这里已经无马可用。即便如此,李陵依旧表示"无妨"。他又何尝不知这样出战过于勉强,但是与其押运粮草辎重,他宁愿与肯将身家性命托付给自己的五千士兵共赴战场。他口出豪言壮语"臣愿以少击众",汉武帝听闻此言龙心大悦,便应允了李陵的请求。

李陵返回张掖,休整麾下兵卒后,即刻北上。当时强弩都尉路博德驻屯居延,接到汉武帝诏令,远赴中途接应李陵。直到此时一切顺利,但之后的情况却有些不容乐观。

路博德本是久经沙场的老将,年轻时曾在霍去病麾下效力,凭借赫赫战功被封为邳离侯。更有甚者,他还曾官拜伏波将军,率军十万灭南越。只因后来触犯王法,才会被削爵贬官,落得如今这般田地,只能镇守西关。单论年龄,他可以算是李陵的父辈。因此,如今这位曾封侯拜将的老将军却要去迎接李陵,难免有些意难平。

在前去迎接李陵时,路博德派人往京城递了奏章。其中言道:如今正值秋天,匈奴膘肥马壮,胡虏善骑射,李陵以寡兵迎击恐难挡其锋芒。不如就此扎营,等到冬去春来,从酒泉、张掖两地各发兵五千协同出击,方为上策。李陵对此事自然是毫不知情。汉武帝看过奏章不禁勃然大怒。他以为奏章所言之策是李陵与路博德合议后向他呈报,心想:这李陵在我面前夸下海口,一到边境却畏首畏尾,简直岂有此理!于是他分别给二人下达诏令。他在给路博德的诏书中说:李陵在朕面前夸下海口,说自己可以"以少击众",因此你不必协助他。匈奴现今已侵入西河郡,你需即刻奔袭西河,阻断敌军,不必再管李陵。给李陵的诏书则说:命你即刻深入漠北,沿东至浚稽山,南至龙勒水一带侦察敌情,若无异动，则循浞野侯之故道，率军至受降城休整。当然，还严厉斥责了他与路博德上书之事。

事实上，李陵将面临的险境已经一目了然。先不论"以寡兵徘徊于敌境"之凶险，单单是让一队没有战马的步兵行军数千里，就已经难如登天。试想一下，徒步行军速度缓慢，车辆辎重又只能靠人力牵引，还有北地入冬以后的严寒，这些是所有人都心知肚明。汉武帝绝非昏君，隋炀帝与秦始皇也不是，但他们却拥有同样的优点和缺点。当初，贰师将军李广利，是汉武帝宠爱的李夫人的哥哥，在进攻大宛时因兵力不足暂时退兵，但此举却触动了汉武帝的逆鳞，因此被挡在玉门关外。远征大宛的初衷，只是为了获得良马。天子一言，任性也好，随意也罢，都要言出必践。更何况这一次是李陵主动请缨，自己领的任务。尽管季节和距离条件都十分严苛，但是绝不能因此而畏缩不前。于是，李陵就踏上了"没有骑兵的北征之途"。

李陵所率五千步卒，于浚稽山谷中滞留十余日。滞留期间，每日都会派斥候刺探敌军情况。而且，他们必须将附近山川地形巨细靡遗地绘成图册呈奏给朝廷。图册及奏章都会由李陵帐下一名为陈步乐的军士随身携带，并单骑送往京城。他拜别李陵，翻身上马，这马是军队中不足十匹马中的一匹，只见他一路挥鞭沿着山谷疾驰而去。众人怀着前程未卜的忐忑之心，目送他渐行渐远，最终消失于荒凉的茫茫大漠之中。

十日内，浚稽山东西三十里范围内，都不曾发现胡兵身影。

贰师将军李广利早在夏天就率军挺进天山，曾大败匈奴右贤王，但在大军回程途中却因被匈奴大军围困而惨败。这一役汉军折损十之六七，更有人说就连将军都险些丧命。李陵等人自然也收到了消息。而大败李广利的敌军，如今身在何处呢？因杅将军公孙敖如今正在西河、朔方一带御敌（路博德与李陵分道扬镳后，正是去驰援他所率部队）。而从时间和距离上计算，他抵御的敌军也不像匈奴主力部队。这么短的时间，匈奴不可能从天山飞奔四千里来到河南（鄂尔多斯）作战。所以无论怎么想，匈奴主力都应该在李陵目前的宿营地至北方郅居水之间驻扎才对。

李陵每天都会站在山顶向四周眺望。但由东至南，只望得见一片茫茫黄沙；自西向北，则是草木凋敝的连绵山脉。天上，偶尔会有鹰隼从秋日云间掠过；地上，却一直不曾见过胡兵的影子。

李陵等人在山间稀疏的树林外侧将兵车首尾相连，列为圆阵。阵内彼此相连的帷幕，则是兵士们的宿营地。一到夜间，山中气温骤降，士兵们只能收集本来就不多的树枝生火取暖。他们在此驻扎十日，满月渐亏，终至不见。可能是因为空气干燥，星空看上去凄美异常。天狼星闪耀在每个夜里，从黢黑的山头洒下惨白泛蓝的星光。十几日就这样安稳度过，李陵决定明日启程离开，沿着既定路线向东南进发。可就在前一晚，一名步哨无意间仰望天狼星，突然在下面发现了一颗硕大的赤黄色星星。正自惊异，又见这颗前所未见的巨星，拖着赤红的光尾晃动起来。随即，两颗、三颗、四颗、五颗同样的光点出现在它周围，隐隐闪烁。就在他禁不住要大声疾呼的时候，远处的光点突然消失不见。仿佛刚才所见都只是一场梦境。

李陵接到步哨禀报，即刻号令全军，于明日天亮时做好出战准备。他巡视各营，将一切部署安排妥当。等他再次回到营帐，和衣而卧，顷刻间便已酣然入睡。

翌日天还未亮，李陵醒来走出营帐，便见全军已经按照昨夜部署，摆好阵形静候敌军。将士们整齐排列在兵车外围，持戟持盾者在前，弓弩手在后。

此刻静夜无声，山谷两侧的山峰依旧耸立在黎明前的黑夜之中，而巨大岩石的背后，到处都能让人隐约感觉到有什么东西潜伏其中。

朝阳升起时（匈奴习俗，单于拜过朝阳后，才会有所行动），两侧群山的影子投射到山谷中，原本空无一人的左右山峰，突然间有无数的人影从山顶和山坡上出现。震天的喊杀声中，胡兵从山上直冲而下。胡兵前锋逼近汉军二十步时，原本鸦雀无声的汉军营地中才响起隆隆战鼓。霎时，万箭齐发，数以百计的胡兵应弦倒地。在其余胡兵惊慌失措之际，汉军前列持戟的兵士在瞬间发起攻击。匈奴部队瞬间溃不成军，胡兵四散而逃。汉军乘胜追击，斩杀数千人。

这一仗赢得漂亮。但是敌军却绝不可能善罢甘休，就此撤兵。单从今日交战情况判断，敌军有足足三万人。根据山头飘扬的旗帜，可以肯定他们是单于的近卫军。既然单于在此，那么可以想见后面还会有八万到十万的后续部队。因此李陵当机立断，决定拔营南撤。他改变了之前确定的向东南行进两千里前往受降城的计划，而是打算沿着半月前的来路尽快退回居延塞（即便如此，行军里程也有上千里）。

南撤第三日正午，在汉军身后北方遥远的地平线上，扬起漫天烟尘。匈奴追兵已至。次日，八万胡兵奔腾而来，利用骑兵行动迅捷的优势，将汉军团团围住。然而他们似乎吸取了先前的教训，并没有急于靠近。他们远远地策马围住汉军，并持续从远处放箭。一旦李陵命令全军停下，摆阵迎战，匈奴便策马而去，避免与汉军的近身战。只要汉军继续前行，他们便再次上来围兵放箭。如此一来，汉军的行军速度明显下降，并且伤亡数字也在逐日攀升。匈奴军队却好比一群野狼，一直在饥寒交迫、疲惫不堪的汉军身后骚扰。匈奴利用这种战术消耗汉军，并伺机给对方致命一击。

就这样，汉军且战且退，继续南行数日后，在一个山谷中休整一天。此时军中伤兵众多。李陵命人清点军中人数，统计伤亡情况，随后命令负伤一处者正常持械作战；负伤两处者推兵车；负伤三处者方可乘车前行。而且，由于人力匮乏，阵亡者的遗体便只能沿途处理，被曝尸荒野。

当夜，李陵在军中巡视，偶然发现辎重车上有一个女扮男装之人。于是命全军一一检视所有车辆，居然发现有十几个女人都以同样的方式隐藏在军队中。原来，当初关东群盗被剿灭，其妻女均被驱赶到西部。这些妇孺饥寒交迫，大都嫁与戍边士卒为妻，沦为娼妓侍奉他们的也为数不少。正是这群人藏身兵车之中，千里迢迢跟来漠北。李陵下达了一个简短的命令，将她们统统处死，却没有处置藏匿这些女人的兵士。谷中低地上瞬间充斥着女人凄厉的哭喊，营帐中，将士们沉默地听着，神情肃穆。但这声音也只是响了一会儿，就湮没在黑夜的寂静中。

次日清晨，胡兵在沉寂多日后再次发动近战。汉军全员放手一搏，与敌军酣战一场。最终敌军退败，折损了三千多人。汉军士气大振，被胡兵不停骚扰的郁闷和烦躁情绪也全都被抛到九霄云外。

次日，汉军继续沿着龙城古道向南撤离。匈奴再次恢复了远距离围困骚扰的游击战术。第五日，汉军踏入了黄沙地随处可见的沼泽。冬日的水都已冰冻大半，泥泞没胫的干枯芦苇地似乎看不到尽头。一队胡兵绕到上风处，在芦苇丛中放火。强风之下火势迅猛，阳光下暗淡的白色火焰，快速朝着汉军扑来。李陵果断下令烧毁附近的芦苇，才躲过一劫。

虽然逃过了葬身火海的劫难，但是推车跋涉在湿地中的艰难，也是语言难以描述的。因为没有可以扎营休整的地方，汉军只能在泥泞中连夜行军，待天亮时才登上一处丘陵。但敌军主力早就预先在此处设伏，汉军未得喘息之机，便要面对敌人伏击。

短兵相接，人和马正面冲突。为避免敌军马队冲击造成的伤害，李陵放弃车辆辎重，将战场转移到山脚下树木稀疏的地方。

汉军依靠树木掩护，用弓弩对外猛烈射击，这种战术也确实非常有效。此时刚好赶上单于带着亲兵来督战，汉军调集连弩猛攻。就看到单于胯下白马高高扬起前蹄，直接将身披青袍的胡人首领摔到地上。单于亲兵中立刻冲出两骑。但见二人并不下马，略一弯腰，便一左一右将单于带起。其余人一拥而上，将单于围在中央迅速撤退。虽然汉军方面经过长时间混战，最终击退强敌，但也经历了一场前所未有的恶战。敌人伤亡众多，数千尸体留在了树林内外，可是汉军方面也有近千人阵亡。

同时，汉军从当日的胡兵俘虏口中得知了部分敌情。汉军听说，单于震惊于汉军之顽抗，认为汉军面对二十倍于己方的兵力居然可以无畏应战，且有计划地向南撤退，恐是诱敌之计。担心是因为附近设有伏兵，才会令汉军有恃无恐。前夜，单于召集众将领，说出自己的疑虑，并商议对策。最终主战派占据上风，他们觉得，尽管有可能是敌方计谋，但单于亲率数万骑兵，若不能全歼这支弱旅，未免太过丢脸。此处向南，便是四五十里的山谷，不如在这一带进行猛攻。等出了山谷，来到平原地区，再全力出击，如果不能全歼敌军，回兵北上也不迟。最终商议结果就是如此。听闻对方计策，自校尉韩延年以下的汉军幕僚们，不免都生出一丝希望，觉得自己或许还有一线生机。

匈奴从第二天开始进行前所未有的猛攻。也许正如俘虏所言，敌军在进行最后的猛攻。一日之内，这种程度的攻击居然反复十几次。汉军一边顽强抵抗，一边徐徐向南撤退。三日后，终于来到平原上。平缓地势让骑兵战斗力陡增，匈奴人想要借助骑兵在平原上的优势，一举拿下汉军，便开始不顾一切地发动进攻，最终还是在折损了两千人后无功而返。如果那俘虏所言不虚，敌军的攻击应该就到这里了。虽然一个小兵之言不足信，但是幕僚们依旧松了口气。

然而，当天夜里，汉军中有一位军候管敢叛逃，投降匈奴。这人本就是长安城中的恶霸，前一晚因为担任斥候探察敌情时犯错，被校尉成安侯韩延年当众训斥和鞭笞，因此怀恨在心，投降匈奴。也有人说是因为前几日处决的女人中，有他的妻子。管敢知道匈奴俘虏的供词，因此在被带到单于面前时，极力劝说单于不必担心汉军伏兵，也不必回兵北上。他还告知单于，汉军后方并无援军，几近弹尽粮绝，且伤亡日益加剧，就连行军都十分艰难。又说，汉军主要战力就是李将军和成安侯各自率领的八百战力，分别以黄、白两色旗帜为标记。明日进攻只要集中兵力攻破这两队精锐，其余汉军便不足为惧。单于得此消息大喜过望，重赏管敢，立即收回撤兵的军令。

次日，匈奴集中精锐，向汉军黄、白两旗阵营发动进攻。攻击时，匈奴还高喊："李陵、韩延年速速投降！"敌军攻势凌厉，一点点将汉军逼向平原西面山谷，最终将他们全部困在远离大路的山谷中。敌军从西面高地向谷底的汉军射箭，飞箭如蝗。汉军此时箭矢耗尽，完全无力抵抗。从遮虏障出发时，汉军每人携带一百支箭，共计五十万支，如今已经耗尽。其实不单是箭矢，刀枪剑戟等近战兵刃也已经损耗大半，真正是到了手无寸铁的境地。即便如此，没有兵器的将士也要砍下车辐做兵器，军官们手持短刀艰难应战。退入深谷以后，地势越来越狭窄。敌军便开始从四周山崖向下投掷大石块。与弓箭相比，巨石造成的伤亡显然更大。乱石与死尸堆叠，导致堵塞道路，至此，汉军已是寸步难行。

当夜，李陵身穿窄袖短襦，禁止任何人跟随，独自离开营帐。此时，月亮已经爬上山头，洁白的月光洒向遍布山谷的尸体。撤出浚稽山的时候，刚好是月亮消失的日子，如今它又开始重现光明。月光如水，银霜铺地，山坡上一片晶莹，犹如浸润在水中。

营帐中留守的将士看到李陵衣着，便猜到他是要独闯敌营，伺机刺杀单于，与其同归于尽。

李陵迟迟未归。将士们凝神关注外面的风吹草动，只能听到远处山头传来的阵阵胡笳声。过了很久，李陵才无声无息地掀开帐帘，重新坐回营帐中。

"休矣！"

他突兀地说了这样一句，便颓然跌坐在马扎上。

"除了全员战死，再无出路。"

不久之后，他又这样自言自语地说。

营帐之中无一人开口，针落可闻。过了一会儿，才有一名军吏说，早年赵破奴被胡军生擒，数年后逃回汉朝，汉武帝也未加责罚。由此可见，将军能凭借区区少数步兵震慑匈奴至此，便是逃回京城，想必皇帝也会以礼相待。

李陵马上打断此人，说道："单只李陵一人，已不足为虑。如今的情况，若还能剩下十几支箭，尚且可以突围，可如今一支箭也没有，待到天明，就只能全军束手就擒了。若是今夜突围，向四面散去，或许有人可以逃脱，抵达边塞并将此地军情告知天子。我们如今的位置，应该是在鞮汉山北面山地，突围后几日便可抵达居延。此事胜败难料，但事已至此，我们可还有其他选择？"

众将士幕僚纷纷表示赞同。李陵遂令全军将士每人分二升干饭，一块大饼，不计一切朝着路前进。他们还将营中所有旌旗斩断、掩埋，将武器兵车等所有可能被敌军利用的事物全部销毁。

夜半时分，击鼓出兵，但鼓声却十分低沉，不再嘹亮。

李陵和韩校尉做先锋，率领十余名壮士开路。他们想从东面突破这个被迫进入的峡谷，然后向南奔去。

此时，月亮已经落霞。敌军因为毫无防备，所以汉军中有三分之二的人成功突围。但是骑兵行进迅速，很快就追了上来。汉军中有半数人片刻间就被斩杀、俘房，不过还是有几十人趁乱抢夺了敌军战马，挥鞭直奔南方。漫漫黄沙，在夜色中泛着白光。汉军横冲直撞四散而逃。李陵看到成功突围逃往南方的人数已经过百，就重新返回谷口与敌人厮杀。他全身上下已经有几处受伤，铠甲也都被自己和敌人的鲜血浸透，愈来愈重。刚刚与他并肩作战的韩延年，已经战死沙场。他看到己方全军覆没，自觉无颜再见天子。

李陵手持长戟，再次冲入敌阵。黑暗中难分敌我，李陵的坐骑似乎被一支流矢射中，猛然向前栽倒。当时正要挺戟刺向敌人的李陵，突然被人从脑后重击，晕倒在地。在他坠马后，想要生擒李陵的胡兵就纷纷朝他扑去。

二

这五千汉军九月向北进发，十一月返回边塞时，只剩下不到四百残兵，且全都是主帅已失，筋疲力尽的伤兵。

李陵战败的消息，很快便通过驿站传回长安。

武帝并未因李陵战败而震怒，这个结果看似意料之外，但也在情理之中。北征主力李广利的大军都在前线惨遭败绩，武帝怎会寄希望于李陵这一小队人马可以获胜？而且他坚信李陵已经战死沙场。不过李陵先前派回的信使陈步乐却因此而陷入绝境。当初他带回了吉报，称"战线无异常，士气颇旺盛"，因此受到嘉奖，还被封为郎官留在京城。如今李陵惨败，他只能自刎以谢天子。虽然其情可悯，但也无可奈何。

次年春天，也就是天汉三年，李陵并未战死，而是被俘投敌的消息传回长安，知道此事的汉武帝终于爆发了雷霆之怒。

此时的汉武帝已近花甲之年，在位四十余载，但是相比于壮年之时，火气有增无减。他喜好神仙之说，宠信方士巫祝，此前已经多次被信赖的术士欺骗。大汉此时国力强盛，已经君临天下几十年的皇帝，在人到中年后，就一直对自己的灵魂世界深感忧虑。正因如此，遭到背叛的失望才会给他带来沉重的打击。这种打击，伴随着他年龄渐长，原本阔达的心胸，也开始滋生猜忌的阴霾。李蔡、青翟、赵周等人皆为宰相重臣，却都被皇帝问罪赐死。如今的丞相公孙贺，在领旨拜相的时候，因为害怕自己日后不得善终，居然在武帝面前号啕大哭。自从以正直廉洁著称的名臣汲黯离开了朝堂，武帝周围就只剩下佞臣和酷吏。

汉武帝随后便召集重臣，商议处罚李陵。当然，李陵不在京城，因此定罪后，真正会受到惩罚的就是他的妻儿、其余家人及财产。

当时汉朝上下都盛行媚上之风。例如，有个廷尉素有酷吏之名，最善于揣测圣意，再通过合理手段歪曲律法，迎合皇帝。有人曾用法的权威性指责他，他却回答说："先王所定乃为律，今王所定乃为令。若两相矛盾，则以今王所定之令为准。除此之外，怎么可能还有其他法律？"实际上，当时殿上群臣也都是这酷吏之流，因此自丞相公孙贺、御史大夫杜周、太常赵弟之下，便无一人愿意为李陵辩解，这些人都惧怕天子之怒，异口同声地叱骂李陵的叛国行径。甚至有人说只要想到曾与李陵这种变节叛臣同朝为官就感到万分羞愧。所有人都说，李陵平日里的一举一动都非常可疑。就连李陵的弟弟李敢仗着太子宠信便横行霸道，都能成为他们诋毁李陵的依据。于是不予置评就成了同情李陵的最佳表达方式。但能这样做的人也是凤毛麟角。

唯有一人，目睹此情此景，不由得心生厌恶，并表现在脸上。他想：如今大殿上极力诋毁李陵的人，跟数月前李陵离京时为他举杯饯行的，不是同一批人吗？当使者带来漠北的消息，说李陵部队尚且安好时，大力称赞李陵孤军奋战之勇，说他"不愧为李广之孙"的，不也还是这些人吗？在他看来，这些厚颜无耻的，可以假装忘却前尘的高官们，还有那个明明有足够才智洞察群臣的阿谀奉承，却不愿意听信忠言、明察秋毫的君主，是多么的荒谬。不，这也并不值得大惊小怪。他很清楚，人，从来都是如此。可就算心如明镜，他也无法克制这种极度厌恶的感觉。

这个人不过是一名下大夫，因为也要上朝议事，所以同样会被天子垂问。因此他就直言不讳地称赞李陵。他说：

"臣观李陵平生，事亲以孝，交友以信，尝以身殉国之急难，颇具国士之风。而今不幸战败，平素唯念己身与妻小安危之臣，却夸大歪曲其过失，以蔽圣听，实乃遗憾之至。李陵此次出兵，率不足五千之步卒，深入敌后，致使匈奴数万之师疲于征伐，转战千里，乃至矢尽途穷，仍旧以空弩对白刃，犹自死战不已。正所谓得部下之心而力死报之，虽古之名将无不及也。虽不幸战败，然其善战之骁勇却足以扬名天下。依臣愚见，李陵未战死而降虏，或有意潜伏胡地，伺机报汉，亦未可知。"

这一番话，令群臣震惊。因为没有人能想到，世上居然还有人敢这样说话。他们都害怕地偷偷看向上方震怒的帝王，再想到这个居然敢说他们是"平素唯念己身与妻小安危之臣"的家伙的下场，便不禁暗自好笑。

在这个毫无顾忌的家伙——太史令司马迁从君前退下后，那些被他指斥为"平素唯念己身与妻小安危之臣"的人中，立即有人上前揭发司马迁与李陵过从甚密。还有人指出，司马迁因此而与贰师将军李广利不睦，此番盛赞李陵，不过是欲以此贬斥先于李陵出兵无功而返的贰师将军。总之，群臣一致认为，区区太史令，不过是个执掌星历卜祀的小官，居然敢出言不逊，实在是忍无可忍。于是便导致了一个古怪的结局：司马迁竟先于李陵一家获罪。

翌日，司马迁便被交付廷尉，处以宫刑。

中国自古以来主要有四种肉刑：黥、劓、剕、宫。前面三种刑罚，到汉武帝祖父汉文帝在位时期就已经被废除，仅保留宫刑。所谓宫刑，是一种让男人变得不是男人的奇怪刑罚。也称作"腐刑"，这一名称由来，据说是因为受刑后，伤口会腐烂发臭而得来。还有一种说法是，受刑后男人就再也不中用，犹如腐木再也无法结果。受刑后的人被称为"阉人"，当然，宫中宦官大都是这一类人。而司马迁所受刑罚，偏偏就是这种宫刑。对于你我后世之人，《史记》作者司马迁之名自然是如雷贯耳；然而在当时，太史令司马迁，不过是区区文笔小吏。而要说他明辨是非、头脑清晰，这一点却毋庸置疑。然而他过分相信自己的头脑，不但不善交际，在同人争辩时从不甘居于下风，因此那桀骜、乖僻的名声便由此传开。以至于他被处以宫刑，竟无一人觉得意外。

司马一族原是周朝史官。后到晋国，又出仕秦国。至汉时，第四代司马谈侍奉汉武帝，于建元年间任太史令。司马谈乃是司马迁之父。其人不仅长于律、历、易，且精通道家教义，又博采儒、墨、法名等诸家之长，融会贯通，化为己用。他对自己的头脑和意志拥有绝对自信，这一点他的儿子也完美地继承下来。在儿子的教育上，他最大的贡献在于，在传授过诸子学说后，又令其行万里路，畅游四海。这种家教在当时开始独树一帜，而日后作为史学家的司马迁，当然是受益匪浅。

元丰元年，武帝东巡，登泰山之顶祭天，忠君敬业的司马谈却卧病不起。天子始建汉家之封，自己却未能躬逢其盛，司马谈因此郁结于心，竟至含恨而终。其一生夙愿，便是编撰一部贯通古今的通史，可就在刚刚收集完史料时撒手人寰。司马迁在《史记》的最末，对其父临终前的情况进行了详细描述。文中写道，司马谈心知自己大限将至，便将司马迁唤至榻前，执其手谆谆叮嘱，言修史之重要，哀泣己身无用，身为太史令却不能完成此事，令贤君忠臣之事迹掩埋地下。他说道："我死后，你必定继任太史令。上任后，你切勿忘记实现我著述之志。"又再三叮嘱，对他而言这才是至孝，一定要铭记不忘。司马迁听罢，俯首而泣，发誓谨遵父亲遗愿。

司马迁果然在父亲逝世两年后继任人史令之职。他本意是利用父亲收集的史料和宫中典藏，立即着手完成父亲传给自己的使命，但在上任后却被安排了一项重要工作：修改立法。司马迁兢兢业业地工作，一修就是四年，终于在太初元年完成。随后他便着手编撰《史记》，此时司马迁已经四十二岁。

事实上，有关《史记》如何成书，司马迁早有成算。按照他的想法，他会用一种全新的形式来撰写，这与之前所有史书的形式都不同。纵观以往的史书，若论彰显道义，当首推《春秋》，但此书在传承史实方面却稍嫌不足。司马迁认为，既然是史书，就应该以记录史实为主。与道德训诫相比，史实更加重要。在侧重史实方面，《左传》和《国语》做得更好。特别是《左传》，叙事巧妙之处，令人惊叹不已。不过这两部历史却并不追求刻画具体的历史人物。不得不说，在记述历史事件的过程中，人物形象和表现已经得到极为生动的描述，但是这些人为何要这样做？现有史书对于具体人物的身世溯源方面有很大缺陷。这一点，司马迁显然是不认同的。而且，已有的史书都更侧重于让今人了解过去，却不关心如何让后世之人了解现在。总而言之，司马迁想要的东西，在现有史书中找不到。不过，现有史书中到底有什么令他不满意的呢？这或许要等他自己写完，才能够知道。或者可以这样说，他有一种强烈的愿望，先于他对已有史书的批判，那就是想要将心中郁积已久且一直跳跃的东西写出来。换句话说，他唯有通过创新才能表达自己的批判。而那些他构思良久的东西究竟能不能叫作"史"，他也没有把握。然而，无论叫或者不叫"史"，这些东西都一定要写下来（无论对于后世还是当代之人，这些都是不可或缺的。特别是对他自己来说，这些东西不能不写）。关于这一点，他倒是信心十足。他想要效仿孔子采用"述而不作"的方式。然而"述"和"作"的具体内容却与孔子大为不同。在司马迁看来，单纯罗列历史事件的编年体，其实不能算是"述"；而那些会影响后人了解客观历史，偏重道义的主观判断，就应该被看作"作"。

此时，自汉朝统一中原开始已传至五代，历时百年，曾经因为秦始皇"焚书坑儒"而导致被湮灭或藏匿的书籍，已陆续重见天日，文运将兴的蓬勃之气也越来越强烈。不只是大汉朝廷，甚至整个时代都在期待一部史书的出现。而对司马迁本人来说，父亲的临终遗言一直激励着他，而且随着他学识、眼力和笔力的提升，这种激励的作用不断发酵，一部伟大作品似乎已经近在眼前了。成书工作进行得非常顺利，甚至顺利到让人有点担心，是不是太顺利了。这样说的原因是，从开篇五帝本纪到夏、商、周、秦代本纪，司马迁充当的角色只是一个合理编排史料，追求记述准确周密的技师。但是等他完成秦始皇本纪，撰写项羽本纪的时候，属于技师的冷静客观开始慢慢消失。阅读他的文章，经常会有一种感觉，项羽的灵魂依附在他身上，或者说，他已经变成了项羽。

"项王则夜起，饮帐中。有美人名虞，常幸从；骏马名骓，常骑之。于是项王乃悲歌慷慨，自为诗曰：'力拔山兮气盖世，时不利兮骓不逝。骓不逝兮可奈何，虞兮虞兮奈若何！'歌数阕，美人和之。项王泣数行下，左右皆泣，莫能仰视……"史书可以这样写吗？司马迁自己也不禁开始怀疑。用这样充满激情的笔触记述历史真的可以吗？对于"作"，司马迁时刻保持警惕。他一直告诫自己：唯"述"而已。其实，他的写作也的的确确就是单纯的记述。可是，这种"述"是多么的活灵活现！如果不是有超强的形象思维能力，根本不可能做到这种程度的记述。有时他会担心自己犯了"作"的错误，在写作完成时重读文字，将那些能够生动形象描绘出历史人物的词汇去掉。这样一番删减，这些人物的确不再像一个活生生的人，因此也不用担心他们落入"作"中。然而，（司马迁自问）如此项羽，还是项羽吗？按照这种写法，项羽也好，秦始皇也罢，楚庄王亦然，不全都是一副面孔了吗？千人一面，又何谈"述"呢？所谓"述"，不就是将不同的人记录为不同的人吗？想通了这一点，他只能将已经删掉的字句再重新填上。恢复到当初的样子以后再读一次，心中悬着的疑惑终于可以落地了。不，不只是他，他笔下的历史人物，项羽、樊哙、范增等人，似乎也终于可以安心了。

汉武帝心情舒爽的时候，确实称得上是一位阔达明理的文教庇护者，且太史令一职又需要具备一些朴实的特殊技能，因此司马迁可以避免混迹官场时不可避免的结党营私、排挤谄媚而危及自身地位和生命。

所以，过去几年中，司马迁得以生活得幸福而充实（当时的人与现代人对幸福的理解有很大不同，但是追求幸福的心情却完全一致）。他不知道如何与他人同流合污，只一味凭着一时意气，评古论今，嬉笑怒骂，而将论敌驳斥得哑口无言则是他最为得意之事。

但是，好景不长，几年后自己就突然遭逢大难。

在昏暗的蚕室中——受腐刑后人会怕风，只能在幽闭暗室中生火取暖，休养几日。这种昏暗且温暖的环境，与养蚕用的暗室极为相似，故此得名"蚕室"。——司马迁一声不响。他脑中一片混沌，茫然倚墙而坐。他此刻的心情，或许不应该称为愤怒，他最先感到的是震惊。因为，如果是处以斩首或其他死刑，他对此早有心理准备，也曾想象过自己被处决的场面。当初决定违逆汉武帝的意志出口称颂李陵时，他就想到自己可能因此获罪致死。但他无论如何都不可能想到，各类刑罚中，他居然会遭受最丑陋的宫刑！你若说他迂腐，那他的确是（既然他都能够料想到死刑，那么其他刑罚也应该都能想到），尽管他曾经想过自己会突然遭难，却从未想过如此丑陋之事会发生在自己身上。他常怀有一种妄想，这种妄想近乎信念，他相信一个人的遭遇都会与其本人相当。这种信念是他在长时间接触史料的过程中自然形成的。他认为，即便生逢不幸，慷慨之士遭受的痛苦也应该是悲壮的，只有懦弱之辈所承受的痛苦才会漫长而耻辱。后者说，即便乍看之下有些违和，但是至少在其之后的应对方式中，人们能够发现这种命运的合理之处。司马迁一直认为自己是一个大丈夫。尽管只是一介文笔小吏，但是他仍旧坚信自己比武力强大之人更有丈夫的气概。而事实证明，这也并不是他本人在妄自尊大，即便是平日与他不和的人，都认可这一点。因此，如果是按照他往日坚信的道理，即便日后会受刑，与自己对应的也应该是最为惨烈的车裂。可是哪想到自己已近半百之年，却要蒙受如此奇耻大辱！而他如今身在蚕室，也觉得自己怕不是在梦中？他希望这不过是一场梦。但是在倚着墙壁睁开双眼时，眼中所见却只有三四个如同行尸走肉一般的人。同处一室，这些人在昏暗中或躺或坐，看上去都是散漫而邋遢。在意识到自己如今也是这样一副惨相时，他的喉咙中发出了惨号，却听不出是怒吼还是呜咽。

在满心愤懑的那几天里，司马迁偶尔也会出于学者的习惯，进行一些思考，或者说是自省。他在思考：这样的事，究竟是什么人，还有这个人身上的哪一种恶导致的？汉朝的君臣之道与日本既然不同，而要说他怨恨的人，汉武帝自然首当其冲。其实，他曾经有一段时间非常怨恨汉武帝，满心都是怨恨，无暇他顾。但是在短暂的情绪狂乱过后，他身上史学家的冷静客观也终于回归。司马迁与普通文人不同，即便是面对先王，他也非常清楚自己要以史学家的眼光来评判其价值，因此面对汉武帝，他也不可能因为心怀怨恨而妄下判语。他很清楚，无论如何，汉武帝都称得上是一位伟大的帝王。虽然这个人有很多缺点，但只要他还能稳坐朝堂，大汉江山就会稳固如初。在大汉历代君王中，先不论高祖，即便是被合称"文景之治"的两位明君，与汉武帝相比也有不及。然而，伟大人物的缺点一样会被放大，对于此事我们也无能为力。就算处在极端愤怒的情绪中，司马迁也没有忘记这一点。无论如何，自己此番算是遭受了一场无妄之灾，如同疾风暴雨雷电交加。此念一起，他心中便有了无尽的怨愤，但同时又产生了一种心如死灰之感。

司马迁不能一直对君王心怀怨恨，否则就一定会将怨恨转嫁到他周围的一帮奸佞身上。诚然，这是一群令人深恶痛绝的家伙。然而，这些人身上的恶，也不过屈居其次，是一种附带的恶。而且，司马迁素来倨傲，认为这样一群小人还配不上自己怨恨。

因此，他便将自己的愤怒对准了那些毫无原则之人。这些人让他产生了一股前所未有的极度愤怒的情绪。他认为这些人比佞臣、酷吏还要棘手。你只要立在一侧旁观，就会忍不住气愤。这些人非常容易让自己心安理得，也会让别人觉得不足为虑，但正因如此，不是更为荒谬吗？这些人不辩护，也不驳斥；不自省，更不会自责。丞相公孙贺之流便是其中的代表。同样是为了迎合圣心的谄媚之行，如杜周（此人近来构陷自己的前任王卿，顶替了御史大夫的位置）之辈做事绝对是刻意为之，然而到了这位老好人丞相这里，恐怕连这点主观能动性都不具备。有人骂他们"平素唯念己身与妻小安危之臣"，他们或许也不会光火。若是这样，这些人又哪里值得怨恨？

最终，司马迁愤怒的对象就变成了自己。其实，如果非要有一个愤怒的对象，那么到最后就只能够是自己。自己又何错之有？替李陵申辩，这件事是毫无错处的。即便是申辩的方式，也完全无可厚非。只要自己不愿同流合污，做个谄媚之人，就必然会这样做。身为一名士大夫，只要自己的所作所为无愧于天地，那么无论结果如何都应该无怨无悔。既然如此，那么无论是车裂还是腰斩，自己也一定毫无怨言。然而，官刑——居然会落到如此地步，更有甚者，这刑罚会令自己变成这种模样——却不能与之相提并论。虽是残疾，但其残缺却与膑足、削鼻截然不同。此刑绝不该加于士大夫之身。身体遭受这种摧残，无论用何种眼光看都会是丑陋的，无论用任何语言都是无法掩饰的。况且，如果只是心灵创伤，还有可能随着时间的推移慢慢愈合，但是这丑陋残缺的身体却是至死不变。先不说自己目的为何，现今已落到这般惨境，就只能送自己一句"谬矣"。然而，又何错之有？苦思良久，究竟自己有什么错呢？根本没有错。自己只是做了一件正确的事罢了。倘若一定要说有错，那便只能是"我"的存在本身就是一种错。

极度虚弱的他，前一刻分明还茫然呆坐，下一刻却突然跳起身，如同受伤的野兽一样不停呻吟，在幽暗、闷热的蚕室中逡巡。这种状态在他无意识的状态下重复多次，他的思想也是一样，不停地徘徊在某处，茫然无着落。

有几次，他因为神志不清而在墙壁上撞得头破血流，但是他却并没有自寻短见的行为。他有过寻死的念头，想着要是可以一死了之就太好了。因为此时他所遭受的耻辱要比死亡可怕得多，因此死亡早已不足为惧。那又是什么原因令他没有寻死？当然，其中一个原因是牢狱里没有可以自杀的工具。但是，除此之外还有一种内在因素在阻止他寻短见。他最初也并未意识到是什么在阻止自己，只是觉得自己在狂乱愤懑中不断地感受到死亡的诱惑，但同时也隐约感觉到有什么在阻止自己采取行动。就好像是，他不知道自己具体忘记了什么，却还是感觉到的确有什么被自己遗忘了。他当时就处于这种心境。

行刑结束后他幽闭家中，才发现自己因为这一个月里一直满心愤怒，竟然将修史这毕生事业完全抛在脑后。但同时他也发现，这只是一种表面上的遗忘，他在无知无觉时依旧执着于这份事业，也正是这份执着一直在阻拦他寻短见。

十年前，父亲在病榻之上，含泪执手满含悲切的那番临终嘱托，言犹在耳。但是，如今他的内心已经满目疮痍，但仍然让他无法放弃修史的，却不单单只是父亲的遗言。归根结底，真正让他无法放弃的，还是修史这件事情本身。但要说是修史具有吸引力或者是他本人对这项事业的热情，那也并非这种令人感到愉悦的事情。诚然，在司马迁心中，修史就是自己的使命，但这其中却并没有那种"非我不可"的豪情壮志。尽管他曾经自视甚高，然而经过这一番磨难，他已经知道了自己其实不值一提。他知道自己曾经满腹豪情、自命不凡，但事实上却变成了一个可怜小虫，被路经的牛蹄践踏。虽然"自我"已经被无情践踏，但是他却仍然坚信修史的伟大意义。如今的自己已经沦落至此，曾经的自信和骄傲也都已经荡然无存，但仍要苟延残喘，继续修史。这样的境遇，无论怎样考虑，都不会觉得快乐。他已经意识到，修史这件事情几乎是全人类的使命——无论你有多少的厌恶，这一生也不可能摆脱。总而言之，他可以明确一件事，那就是为了修史这项事业，他就不可能了结自己的生命（这并非某种责任感在起作用，只是因为这项事业已经成为自己生命中不可缺少的部分）。

在经历过最初那种丧失理智的狂乱惨痛之后，他便回到了人类独有的那种清醒的痛苦中。最让人难以承受的是，他已经清楚自己无法自杀，而与此同时也更清楚一点，那就是这种痛苦和耻辱，除了自杀以外没有任何办法可以解除。他只能认为曾经身为男子汉大丈夫的太史令司马迁，已经死于天汉三年的春天。而在那之后，继续完成修史工作的，仅仅是一个没有意识也没有感觉的写作机器。即便是强迫自己，他也要这样想。修史工作不可能停下，这才是对他来说不可撼动的事情。为了完成这项事业，不管面对多么难以忍受的现实，他都必须要活下去。而能让自己苟活于世唯一的办法，就是将自己看成行尸走肉。

五个月之后，司马迁再次拿起笔。重新动笔的他再也感受不到一点儿快乐的情绪，只是如同一个受伤的旅人，拖着被伤痛困扰的腿艰难前行，怀着必须完成这项事业的强大意志，逐字逐句写下去。此时，司马迁早已被罢免，已经不再是太史令。汉武帝因为心中的些许悔意，在不久后任命他为中书令。然而，对于如今的他来说，这种宦海沉浮再也掀不起他内心的波澜。曾经的雄辩之士，如今已沉默寡言，无悲无喜。然而这并非意志消沉，一蹶不振。看着沉默不语的他，人们反而像是看到了某种被恶灵附身的可怕神灵。他那种夜以继日努力的样子，让人们不禁联想，他恐怕是想早点完成这件事，从而获得生命的解脱。

怀着这种悲壮的情绪努力工作了一年，他终于发现，在生命失去了继续下去的快乐之后，只有表达的快乐还能够留存。可就算是这样，他那种绝对沉默的状态也不曾改变，那种可怕的神情也没有一点点缓和。在写作时，如果不可避免地需要使用"宦官""阉奴"等词语时，他都会不可抑制地发出痛苦的呻吟。不管是独处一室，还是夜里躺在床上，只要想到那屈辱的一刻，全身都像是被炙烤一样疼痛。他会突然跳起来，口中发出奇怪的叫声，不断呻吟着在室内徘徊，然后再咬紧牙关，强迫自己平定情绪。

三

且说李陵在混战中被击晕生擒后，醒来时已在单于的大帐中，帐内的羊油灯和牛粪都在燃烧，他随即想到了眼前的出路。一个是现在就自裁，以免日后受辱；另一个是假意投降，伺机逃脱，并带上足够抵消自己败绩的"厚礼"回归大汉，除此之外再无第三种选择。最后，李陵选择了第二种。

单于亲自为李陵松绑，并许以高官厚禄。为他松绑的是且鞮侯单于，上一代呴犁湖单于是他的哥哥，但见他巨目赤髯，身材魁梧，是个伟岸的中年人。他曾跟随几代单于同汉军作战，但如李陵这般强悍的敌人，他却说平生仅见，而且还举了李陵祖父李广的例子，来赞扬李陵的骁勇善战。其实，曾经徒手杀虎、飞箭入石的飞将军李广，至今在胡地威名赫赫。李陵能够得到可汗的礼遇，一方面因为他是李广之孙，另一方面则是因为他本人的强大。依照匈奴的风俗，分配食物时一直都是将最好的部分给强者，剩下的部分才能轮到老弱之人。因此，匈奴人绝不会辱没强者。李陵作为降将在此处自然会被厚待，单于分配给他一顶大帐和数十名侍者。

李陵在此之后展开了一段奇妙的生活。住在戎帐穹庐中，食肉、饮兽乳、喝酸奶酒，身披狼、羊、熊皮织成的旄裘。平日要做的事情就是畜牧、狩猎和掠夺。广袤无垠的高原，以河流、湖泊和群山为界碑，单于直属领地以外的地区，都分配给左贤王、右贤王、左谷蠡王、右谷蠡王等诸王，各自管辖的牧民只能在自己的领地内迁徙。这个国家没有城镇，也没有农田，虽然有一些村落，但也不是固定在某个地方，而是逐水而居，根据季节迁移。

李陵没能分得领地，他和单于麾下诸位将领一样，始终追随在其左右。李陵计划割取单于首级，却苦于一直没有机会。实际上，如果没有天赐良机，就算杀了单于也不可能带着他的首级逃之夭夭。而且，在胡人看来，单于被刺杀是一件非常耻辱的事情，绝对不会传扬出去，中原也不可能知道这个消息。但是李陵仍然选择含垢忍辱，耐心地等待着那个似乎完全不可能出现的时机。

除李陵之外，单于麾下还有其他汉朝降臣。其中有一人名叫卫律，此人并非武将，却得到单于赏识，被封丁灵王。卫律的生父本就是胡人，因为一些原因，他是在长安出生的。在长安时也曾是汉武帝的臣子，但是早年却因为协律都尉李延年之事受到牵连，他担心汉朝皇帝降罪，便投奔了匈奴。因为他原本就有胡人血统，因此很快便适应了胡地的生活。且由于个人能力出色，他经常会参与且鞮侯单于帐中议事，承揽所有谋略筹划事宜。李陵和卫律几乎不接触，对归降匈奴的其他汉人也是如此。原因是李陵认为，这些人中没有一个可以与之共谋大事。其实这些汉人因为身份尴尬，彼此之间也都没有频繁往来的想法。

有一次单于召李陵到他帐中，向他请教用兵之道。因为是针对东胡的战争，李陵爽快地提出了自己的想法。后来单于再次找他探讨军情，但因为是对大汉发动战争，所以李陵便沉默不语，而且十分明显地表现出不快的情绪。单于见到他这样表态，也没有勉强他。过了很久，单于命李陵率一队人马劫掠代郡和上郡。李陵听到以后明确表示了拒绝，声明自己绝不会同汉军作战。那次以后，单于再也没有对李陵提出过这种要求。但是，单于对待李陵的态度却并没有改变，他的配给也不曾减少。这让人觉得单于善待李陵，并非想要让他为己所用，而是单纯地礼贤下士。李陵想，平心而论，这位单于都称得上是个大丈夫。

单于的长子左贤王，不知出于什么原因非常亲近李陵。他的行为与其说是在示好，倒不如说是敬仰。左贤王是一个刚过二十岁的青年，他为人粗犷，诚实而勇敢。这个青年非常崇拜勇者，这种崇拜之情强烈而纯粹。他来找李陵的初衷，是为了学习骑射。而实际上，他的骑术完全不亚于李陵，骑裸马的本事更是远远超过李陵。因此说是请教骑射，但是李陵真正能够指点他的也只有射。因此，年轻的左贤王成了李陵身边热情好学的学生。李陵只要一说起祖父李广出神入化的箭术，这个学生就会听得两眼放光，兴致勃勃。师徒二人常常出门狩猎，他们一般只带几个随身侍从，在广阔的草原上纵马驰骋，尽情射杀狐狸、豺狼、羚羊和野鸡等猎物。

有一次外出狩猎，临近黄昏时，已经将手上的箭矢用光，而侍从又被远远甩在身后，这两人便被狼群包围了。虽然已经纵马疾驰，想要以最快速度冲出包围，但仍然有一匹狼扑到了李陵的马屁股上。左贤王紧随其后，手持弯刀快马赶来，十分利落地将狼一刀两断。事后，二人一看，坐骑都已被狼群撕咬得皮开肉绽、浑身浴血。当晚，师徒二人坐在夜空之下，将白天猎到的动物做成羹汤，一边吹散热气一边慢慢吃着。李陵看到火光映照之下，满脸通红的年轻匈奴王子，心中突然涌现出一种友情。

天汉三年秋，匈奴再犯雁门关。翌年，即天汉四年，汉武帝为还以颜色，命贰师将军李广利率六万骑兵、七万步兵出朔方，并令强弩都尉路博德率一万步兵作为后援；因杆将军公孙敖率一万骑兵、三万步兵出雁门；命游击将军韩说率三万步兵出五原，各路大军一道向北进发。近年来，汉军很少有这样大规模的北伐之战，因此单于刚一得到消息，就命人即刻将妇女、老幼、牲畜和财产全部转移到余吾水以北，同时率领十万铁骑驻扎在余吾水以南的草原上，亲自迎战李广利和路博德所率大军。激战十余日，最终汉军不敌退兵。左贤王师从李陵，率一路骑兵向东进发，迎战因杆将军公孙敖，大获全胜。两路皆败，左翼出兵的游击将军韩说只得被迫退兵。至此，汉军此次大举北伐以失败告终。按照惯例，李陵向来不参与同汉军的征战，因此也撤退到余吾水以北地区。但令他诧异的是，自己竟然一直暗中关注左贤王的战况。诚然，针对整场战争，他是希望汉军可以大败匈奴的，但是却唯独不希望左贤王战败。等到他发现自己的想法时，不由得非常自责。

因杆将军公孙敖在对左贤王一役中大败而归，损兵折将，于是获罪入狱。可是他为自己脱罪的理由却很不同寻常。他声称自己从俘虏口中得知，匈奴军队悍勇善战，是因为有一位汉朝降将李将军经常帮他们操练兵马，并教授他们兵法抵御汉军，是以他所率军队才会吃败仗。因杆将军自然没能因为这番狡辩而脱罪，但是汉武帝听到他这番话，却顺理成章地将自己的怒火烧到了李陵头上。李陵的家小此前已经被汉武帝赦免归家，而今又再次获罪下狱，他的老母、妻儿和兄弟统统斩首。又因为世态炎凉，人人只求自保，据记载，当时陇西（李陵原籍陇西）一带的士大夫阶层，都以出自李家为耻。

李陵得到消息，已经是半年之后。一个从边境被绑来的汉军士卒将消息告诉了他，李陵听闻立即跳起身，抓住那小兵的胸脯猛烈摇晃，向他确认事情真相。当他肯定了事实后，便咬紧牙关，不自觉地将全身力气都用在手上。被他抓在手里的人用力挣扎，发出痛苦的呻吟声。原来是李陵在不经意间，双手扼住了对方的喉咙。李陵双手刚一放开，那人便瘫软在地。李陵一眼都不曾看，就直接冲出帐外。

他漫无目的地在旷野上狂奔，脑中充满强烈的怒火。想到惨遭屠戮的老母幼子，他便心痛难当，然而却一滴泪都不曾流过，肯定是过于强烈的悲伤已经让他烧干了所有的眼泪。

又岂止是这一次？朝廷对待我李家，向来如此！——他先是想到祖父李广的下场（李陵的父亲在李陵出生前几个月就已经去世，他是个名副其实的"遗腹子"。因此在少年时期，李陵一直都是在祖父的教导下成长）。飞将军李广在数次北伐中都立下大功，然而皇帝周围的佞臣进献谗言，李广并未得到任何封赏。眼看着自己的部将接连加官晋爵，却只有这位清廉的老将军，不但未能封爵，生活上还非常清贫。后来，李广与大将军卫青起了冲突。卫青本人非常体恤这位老将军，奈何他麾下却有一个仗势欺人的军吏，对飞将军李广大加羞辱，令一代名将羞愤难当，居然直接在营地里自刎了。在听闻祖父死讯后，自己痛哭流涕的样子，至今还历历在目。……

李陵的叔父（李广次子）李敢，又是怎样一个结局呢？他因为父亲之死对卫青怀恨在心，居然到大将军府邸去羞辱卫青。大将军卫青的外甥骠骑将军霍去病为卫青抱不平，在甘泉宫狩猎时，一箭射死了李敢。汉武帝分明知晓此事原委，却因为要包庇骠骑将军霍去病，声称李敢是触鹿角而死。……

李陵不同于司马迁，还是一个比较单纯的人。他感受到的只有纯粹的愤怒（此外还有一点对于没能早点儿刺杀单于，并携其首级潜逃的懊悔）。于是，他需要解决的问题就只有如何发泄眼前的愤怒。他再次想起那个汉朝小兵的话，"听说胡地有一位李将军为匈奴练兵，用来抵御汉军后，皇帝大发雷霆"等等。他终于恍然大悟。那人口中的"李将军"根本不是他李陵，而是同为汉朝降将的李绪。此人原是镇守西后城的塞外都尉，归降匈奴后确实经常帮忙练兵，还传授给将士兵法。半年前，他还曾跟随匈奴与汉军作战（但不曾跟因杆将军公孙敖对阵）。李陵心想：正是此人。同他一样被称作"李将军"的，一定是这个李绪。

当天夜里，李陵只身闯入李绪营帐，不发一言，也不给对方说话机会，直接一剑刺死李绪。

次日清晨，李陵来到单于帐中对他说明事情原委。单于对他说不必担心。只不过母亲大阏氏那里会有点儿麻烦——原来，虽然单于生母已经年老色衰，却跟这李绪有些首尾。单于原本也知晓此事。匈奴当地的习俗，父亲死后，长子要将父亲生前所有的妻妾纳为自己的妻妾，不过这其中并不包括生母。虽然匈奴部落是一个极度男尊女卑的社会，但仍然非常尊重生母。因此单于让李陵去北方暂避，待此事平息，再派人接他回来。因此李陵便带上随从，前往西北兜衔山（额林达班岭）暂避。

不久，大阏氏病逝。李陵被单于召回王庭。重新归来的李陵仿佛换了一个人。在此之前，他坚持不参与对汉军用兵，现在居然主动提出参与商议军事。单于喜出望外，封李陵为右校王，并提出将自己的女儿嫁给他。单于以前也提出过要将女儿许配给他，但是他都回绝了单于，但这次却干脆地接受了。

恰在此时，有一队人马想要到酒泉、张掖一带劫掠，李陵便主动要求随军前往。但是，等众人顺着西南方，来到浚稽山山麓时，李陵的心情开始变得沉重。脚下就是曾经浸透了部下鲜血的沙漠，是他们的埋骨之地，他不禁想起死去的战友，想起自己的身世，于是就失去了南下与汉军交战的勇气。李陵当即以身体不适为由，掉转马头，独自一人折回北方。

次年，即太始元年，且鞮侯单于逝世，同李陵交情甚笃的左贤王继位，是为狐鹿姑单于。

如今的李陵已经是匈奴的右校王，但直到现在他依旧举棋不定、犹豫不决。当然，母亲妻儿被无辜杀戮的怨恨已经是刻骨铭心，但是前面的事情也可以证明，他做不到带兵与汉军交战。虽然他已经发誓再也不踏入汉地一步，虽然新单于对自己情深义重，但是自己能否变成一个真正的胡人，在此终老，他依旧不敢肯定。

李陵生来不善深思，每每心中烦闷不已，他都会独自骑马驰骋于旷野中。秋高气爽，天空一碧如洗，李陵像疯了一样催马疾驰于草原和丘陵之上。一口气狂奔数十里，直到人困马乏之际，便寻一弯高原上的小河，饮马河畔，他自己则仰卧在草地上，带着筋疲力尽的畅快，尽情凝视高远、纯净的蓝天。他偶尔也会想：啊，我本来就是这广袤天地之间的一粒尘埃，是胡是汉与我何干！休息过后，他再次跨上马背，恣意狂奔。直到日落西陲，黄云漫天时，他才拖着疲惫不堪的身体返回营帐。疲劳，只有疲劳才能让自己得到解脱。

有人将司马迁为李陵辩护，反而因此获罪的消息告知与他。然而李陵却没有感激之情，也不曾同情司马迁的遭遇。虽然他认识司马迁，但二人充其量不过点头之交，并没有很深的交情。李陵反而觉得司马迁不过是个口若悬河的讨人厌的家伙罢了。其实，如今的李陵，想要压抑内心悲苦，就已经拼尽全力，哪里还有心思去了解别人的苦难？虽然他并不认为司马迁是多此一举，但他也没有因为司马迁而心怀愧疚。

关于胡地风俗，李陵最开始觉得既荒谬又野蛮，然而结合当地实际环境来看，便觉得非常合理，也就不存在野蛮一说，因此便一点点接受了。如果不穿厚厚的毛皮胡服，就无法熬过北地寒冬；如果不吃牛羊肉，就无法培养耐寒的体质；胡人不建造固定房屋，是因为生活形态的关系，不该不分青红皂白，一味贬损他们低级和原始。若是坚持按照汉人习俗生活，在这环境恶劣的胡地，恐怕一天都活不下去。

李陵仍然记得上一代单于且鞮侯单于曾说过，汉人张口闭口都说自己是天朝大国，礼仪之邦，却觉得匈奴人的行径如同野兽。然而汉人口中的礼仪又到底是何物？无非就是对丑陋的事物进行外在美化，那不就是"虚饰"吗？若论见利忘义、嫉贤妒能，汉人与胡人哪一方更严重？再说贪财好色，汉人与胡人哪一方又更不知羞耻？如果剥去华丽的外衣，两者应该并无不同。不过是因为汉人懂得伪装与欺骗，而胡人不懂。当他以汉朝初期骨肉相残、排挤和诛杀功臣的例子来佐证自己这番话时，李陵哑口无言。

其实，李陵身为武将，也曾多次质疑过这种繁复的礼仪。他认为，很多时候，胡人的质朴粗野，远远好过汉人隐藏在美名之下的奸诈狠毒。他一直认为，将华夏风俗一律奉为高雅，将胡地风俗全部贬为野蛮，这种不问缘由的评判完全是出自汉人偏见。例如，他曾不假思索地认为一个人除了"名"，还一定要有"字"，但仔细思考一下，就会发现这件事完全没有必要。

李陵的妻子是一个非常温顺朴实的女人。到现在为止，她在丈夫面前仍然胆小怯懦，不敢多说一个字。但是二人生下的孩子却一点儿都不怕他这个父亲，有事没事就会爬到他膝盖上。李陵看着儿子的小脸蛋，就会想到自己曾经留在长安的儿子的样子，想到他和母亲、祖母一起被斩首，就觉得心如刀绞。

就在李陵投降匈奴的前一年，大汉中郎将苏武被扣押在胡地。

苏武本来是作为和谈使臣来到胡地，专门负责交换俘虏的事宜。但是，因为团队中的副使很不走运地卷入匈奴的内部纷争，导致整个使团都被囚禁。单于并不想杀掉使团的人，却准备以命相挟，迫使他们归附匈奴。最终只有苏武一人宁死不降，更有甚者，他为了不受辱，直接拔剑刺穿了自己的胸膛。苏武随即晕倒在地，而当地胡医，则采用了一种十分不可理喻的方式将他救活。据《汉书》记载，众人在地上挖了一个坑，将苏武置于坑中，并在他背上用力踩踏，将瘀血排出。神奇的是，这种看上去十分粗暴的治疗方式，却真的令苏武死而复生，他在昏迷半日后终于清醒。且鞮侯单于对苏武非常重视。几十天后，苏武的身体逐渐恢复，单于便派了自己的近臣，正是前面提到的卫律，过来劝降苏武。结果他却被苏武劈头盖脸地痛骂一番，羞愧难当，最终只能逃也似的离开。随后，苏武被囚禁在地窖中，甚至需要靠毡毛和雪来充饥，再后来被丢到荒芜的北海之滨（贝加尔湖畔）牧羊，并被告知，若是公羊不产乳，他便不得返回。此事流传甚广，与他持节云中十九年的盛名一样为众人所知，恕我此处不再赘述。总而言之，当李陵迫不得已下定决心要在北地了却余生的时候，苏武已经在北海度过了很长时段孤独的牧羊时光。

李陵与苏武是二十几年的老友。两人曾经同住过，也在一个衙门里做过侍中。李陵觉得，苏武虽然过于偏执，而且还有些不合时宜，但不可否认他是一个铁骨铮铮的汉子。天汉元年，苏武出使北地不久，他的老母亲病逝，李陵一路护送其亡母灵柩至杨陵。而且，就在李陵准备动身北伐的时候，还听闻苏武之妻因为得知丈夫南归无望而改嫁他人的传闻。听闻此事的李陵，还曾经因为老友娶了这样一个薄情寡义的妻子而替他抱不平。

但是，李陵无论如何都没想到自己会投降匈奴，作为汉朝降臣的他，从此再也没有过去见苏武的想法。在他得知苏武被迁往北地，两人不会再见的时候，他反而松了一口气。特别是在得知自己全家遭难后，他已经彻底断绝了归汉的念头，那么就更是对这位"手持汉节的牧羊者"避之不及了。

狐鹿姑单于继位以后的几年中，曾有过苏武生死不明的传闻。狐鹿姑单于想到这位坚强不屈的汉朝使节，再想到自己的父王也未能将其降服，就想托李陵去一趟北地，看看苏武是否安好；如果此人健在，便再次劝其归降。因为单于早就听闻李陵与苏武是多年好友，所以就将此事托付给他。李陵无奈，只能奉命北上。

李陵一行人顺着姑且水一路北上，到达姑且水与郅居水的交汇处，随后穿越丛林向西北进发。众人沿着被积雪覆盖的河岸行进数日，终于望见了在森林和原野另一边的碧绿湖水，北海到了。当地丁灵族向导带着众人来到一间简陋的小木屋前。许久无人造访，屋内人被惊动后拿着弓箭跑出来。此人从头到脚都被毛皮包裹，胡须蓬乱，看起来就是个长得像熊一样的野人，但是从这张脸上，李陵却看到了曾经那个栘中厩监苏子卿的影子。不过对面的人却花了有一段时间，才认出眼前这位身穿胡服的高官，就是曾经的骑都尉李少卿。其实，苏武根本就不知道李陵已经成为匈奴的降臣。

久别重逢的感动，一瞬间就盖过了李陵曾经因为顾虑而不想见到苏武的抵触情绪。两人再次见面，一时间都激动得差点儿说不出话。

李陵的随从很快在附近搭起了几顶帐篷，这块荒无人烟的地方突然就热闹了起来。众人将早已备好的酒食放到苏武的小屋里，难得一见的欢声笑语，甚至将夜晚林中的鸟雀惊飞。李陵一行人，在此处停留了很多天。

李陵虽然对自己身着胡服的缘由难以启齿，但仍旧原原本本告诉了苏武，他没有为自己辩解，只是将自己的经历据实陈述。苏武也平静地将自己数年来的惨淡经历讲给李陵听。他说，数年前，匈奴於靬王狩猎时偶然经过此处，对苏武的悲惨遭遇深感同情，于是连续三年间都提供衣食之物给他，但后来於靬王去世，他就只能在冰天雪地中挖野鼠充饥。而关于他生死不明的传闻，可能是因为他蓄养的牲畜被悍匪抢掠殆尽后，众人以讹传讹的结果。李陵将苏母的死讯告知苏武，但是实在没办法说出，他的结发妻子已经抛夫弃子、改嫁他人的事情。

令人费解的是，究竟是什么信念支持苏武活到现在的？难道时至今日，他还在对有朝一日重回汉地抱有希望吗？但听他言语之间透露的意思，似乎现在他已经对此不抱希望。那么他日复一日地忍受这种惨淡又煎熬一般的生活，究竟是为了什么呢？如果他愿意向单于表示臣服，肯定会得到重用。但是，李陵知道苏武绝对不会做这种事。而李陵最为困惑的是，既然事已至此，苏武为何不早早了结这无望的生命？李陵在得知南归无望时，无法痛快结束生命，是因为他已经在不知不觉中与此地结下牵挂，产生了情义，况且此时再死也算不得为大汉尽忠。但是苏武却跟他不同，他在此处了无牵挂。李陵想，若是要为大汉尽忠，他在这荒芜之地过这种持节挨饿且看不到尽头的日子，与焚节自刎以示忠烈，两者之间似乎并无不同。如果说，当初被俘时敢于突然间拔剑穿胸的苏武，到了今天反而怕死，那是绝对难以想象的事情。

李陵想到了苏武年轻时的偏执，那是种近乎可笑的执拗。可能苏武的想法是：单于想要用荣华富贵来让贫寒饥饿的自己屈服，如果自己禁不住诱惑归顺那便不必多说，而就算是因为自己忍受不了痛苦而选择自我了断，也等于是对单于认输（也可以说是向单于所代表的命运低头）。但是，在李陵眼中，苏武那种与命运死扛到底的样子却一点都不好笑。如果在面对常人难以想象的那些永无止境的困难、贫困、严寒和孤独时，还可以一笑置之，丝毫不折损自己的骄傲，那么这样的偏执毫无疑问是悲壮且伟大的。李陵看到苏武身上那种偏执，在他年轻时还稍显幼稚可笑，而今却得以升华，变得如此伟大，忍不住十分惊叹。而且，他也从未想过自己的所作所为能够传回汉地。他自然不再奢望大汉朝廷还能接他回去，他也不奢望自己在这荒凉的苦寒之地与困难死扛到底的事迹能够传回去，他甚至都没想过这些事迹能够传到单于耳中。可以肯定的是，他会在这里孤独终老，并且无人知晓。而即便是在弥留之际，他回顾自己的一生，仍旧会对残酷的命运轻蔑一笑，心满意足地离开人世。就算没有人知道自己曾经的作为，他也完全不在乎。

但是再看他李陵呢？他倒是也有过想要取得上一代单于首级的念头。但是他担心就算自己杀得了单于，也难保可以逃出匈奴领地，还担心自己的壮举不可能被汉朝人知道，就这样在患得患失之间错失良机。看着完全不在意是否有人知晓自己作为的苏武，李陵再想到这样的自己，禁不住冷汗直流。

　　就这样过了两三天，李陵最初的激动情绪已经渐渐平复，却又出现了一个无论如何都解不开的心结。不管怎么说，他都忍不住要拿自己跟苏武比较。虽然他也不能清楚地判定自己就是叛国之徒而苏武是一个忠烈之士，但是他却不由自主地想，此前唯一可以为自己辩解的理由，也就是那些长年累月的苦恼，在面对苏武那种长期在森林、旷野和湖泊的静默中磨砺而出的威严时，简直是微不足道。

　　而且，随着时间的推移，李陵总能感觉到苏武对待自己的态度，有点像是一种富人在面对穷人时候的姿态。就是那种因为知晓自己的优越地位，所以才会向对方展示出一种宽宏大量的样子。李陵不清楚这是否仅仅是一种错觉。即便他说不清楚，但是这种感觉却总是在不经意间出现。苏武衣衫褴褛，但是总会露出一种悲悯的神情，而这样的苏武又会让身着貂裘华服的右校王李陵心惊胆战。

　　在此停留了十日左右，李陵与老友辞别，悄然南归。临行前，他在这个林间小屋中留下了充足的粮食和衣物。

　　单于叮嘱李陵的劝降之事，他终究没能说出口。不必开口，他已经知晓苏武的态度。在李陵看来，时至今日，如果他还要开口劝降，那么无论是于苏武而言，还是于自己而言，都算是一种侮辱。

　　南归后的李陵每日都会想起苏武的样子。他甚至感觉，在与苏武道别之后，他在自己心中的形象反而更加高大威严。

尽管李陵自己也很清楚，他投降匈奴的行为确实不光彩，但是他本来十分肯定一点，那就是如果看到自己对故国的付出，再对比故国对自己的回报，就算是最苛刻的批判者，也会觉得自己投降匈奴的确是"迫不得已"的选择。但是如今却出现这样一个人，就算是在最绝对的"迫不得已"面前，也没有对这种"迫不得已"表现出一丝一毫的妥协。

饥饿、寒冷、孤独，甚至是故国的冷漠，还有自己的忠义之举不可能被人知晓的这个几乎可以肯定的结果，在他看来都不可能成为让自己变节的"迫不得已"。

苏武的存在，是对李陵的一种崇高的道德训诫，同时也是让李陵无法安眠的梦魇。后来，他经常派人去问候苏武，还会送他食物、牛羊、毛毯。但是他本人的内心却一直都处于一种矛盾的状态，他很想见到苏武，却也很怕看到苏武。

又过了几年，李陵再次造访那座位于北海之滨的小木屋。北上途中，他遇到一些在云中北部戍边的士卒。从这些士卒口中，李陵得知最近汉地边境，从太守到平民，众人都穿上白色衣服。全民皆穿白衣，肯定是在为天子服丧。于是李陵知道，汉武帝已经驾崩。

来到北海之滨，李陵将汉武帝驾崩的消息告诉苏武，就见苏武面朝南方，号啕大哭。哭号数日不止，最后居然口吐鲜血。看到苏武如此，李陵的心微微有些沉重，最后也觉得悲伤不已。他敢肯定苏武恸哭是由心而发，也忍不住要为这种单纯而强烈的悲痛而感慨。反观自己，如今却是一滴眼泪也流不出。仔细想来，虽然苏武不像李陵一样被屠了全家，但是他的两位兄弟，也分别因为在天子出行仪仗中犯错和未能逮捕罪犯而被责令自戕。从任何一方面来说，朝廷都不曾厚待过苏武。正因为李陵知道这一切，因此看到现在苏武单纯而真挚的泪水，他才突然发现，他曾经只觉得苏武身上有一种强烈的偏执，而在更深处，还潜藏着一种对故国故土的无可比拟的至纯至真的眷恋（不同于"义""节"这些外在的事物，这是一种抑制不住的经常会涌现出的一种类似于血脉亲情的自然之爱）。

看到自己与老友之间这种本质上的巨大差异，李陵忍不住要怀疑自己的处世之道。

辞别苏武，返回南部的李陵，刚好遇到了汉朝使臣。使臣来此是为了通报武帝驾崩，昭帝即位，并与匈奴缔结和平协议的，这种友好关系通常维持不了一年。和平使臣一共三人，令人意想不到的是，三人中有一位是李陵故交——陇西任立政。

原来，武帝于今年二月驾崩后，年仅八岁的弗陵继位，遵武帝遗诏，侍中奉车都尉霍光任大司马大将军辅佐朝政。霍光本就与李陵交好，升迁至左将军的上官桀也同样是李陵的故交。二人也曾商议过召回李陵的事宜。正因如此，此番遣使和谈匈奴，才会刻意选派李陵的老友。

汉朝使节一本正经地跟单于交代完公事以后，单于举办了盛大的接风宴。按照惯例，接待外使的工作通常都是由卫律负责，但是因为此次前来的有李陵故交，因此他也被拉过来一同参加酒宴。任立政见到李陵心下一动，但碍于在座有不少匈奴高官，无法向李陵言明归汉一事。因此，他只能频频向李陵递眼色，并手抚刀环①，暗中示意。李陵看到对方举动，也基本知晓了他的用意，

---

① 因"环"与"还"同音，因此"手抚刀环"就是在暗示李陵回归汉朝的意思。

却不知要如何应对。

正式宴会结束后，匈奴方面只有李陵和卫律等人留下继续接待汉使，众人都在耍牛酒和博戏。于是，任立政便对李陵说：如今朝廷正在大赦天下，百姓都在安享太平盛世。新帝尚且年幼，由你的老友霍子孟和上官少叔共同辅佐治理天下。事实上，任立政已经发现，卫律如今已经彻底变成一个胡人，此人如今也的确是这样，因此他不会当着这个人的面劝说李陵归汉。他只是说出了霍光和上官桀的名字，想要借此打动李陵。李陵只是默默地听着，并不作答。他凝视任立政，许久之后，他摸了摸头上的束发。现在，他头上的发髻早已不是中原的样式。又过了一会儿，卫律离席更衣，任立政才改换亲切的口吻，唤李陵的字。

"少卿啊，这么多年，你受苦了。霍子孟和上官少叔问你安好。"

李陵客气回应，并向二人问了安好，但是语气稍嫌疏离。任立政又道：

"少卿，跟我回去吧。富贵何足道？不必多说，回去吧。"

李陵才刚刚从苏武那里回来，对老友发自内心的话也并非没有触动。但是，他很清楚自己回不去了，根本不必再考虑，归汉已经绝无可能。

"要回去也并非难事，可真的回去了，难道不是再次自取其辱吗？而且……"

话未说完，卫律已经回来。二人便不再言语。

宴会结束，众人离席告别之时，任立政不动声色地走向李陵，放低声音，再次问他是否愿意归汉。李陵摇头拒绝，对他说：

"大丈夫岂可再次受辱。"

但这话说出来，总有种无力之感，恐怕并不只是担心被卫律听到。

五年后的夏天，即汉昭帝始元六年，本以为会在北海之地默默无闻地穷困至死的苏武，却因为一个偶然的机会得以重回汉朝。大汉天子在上林苑狩猎，射中的大雁脚上绑着苏武帛书的故事，当然是非常有名。不过，这样只是为了要反驳匈奴方面声称苏武已死的想到的应对之辞。真相是，十九年前随苏武一同前往胡地的人中，有一个名叫常惠的，他在遇到汉使后，将苏武还活着的消息告诉他们，并教他们用这番假话救回苏武。因此，单于立刻派人火速赶往北海，将苏武带到王庭。

这件事让李陵的内心极为震撼。当然，归汉与否，都完全不会影响苏武本人的伟大，因此苏武之于李陵，就永远都是一种鞭笞。然而，苏武得以归汉，也让李陵终于明白了一件事：苍天有眼！——正是这个发现让李陵的内心深受打击。原本他以为老天无眼，但其实它却将一切都看在眼里。由此，李陵不由得对苍天产生敬畏，还伴随着一种恐惧。虽然直到今天，李陵都不觉得自己曾经的所作所为有什么过错，但是偏偏他面前还有苏武这样一个坚毅之人，他不但能通过自己的实际行动让李陵觉得屈辱，还能够让天下人知道自己苦苦坚持的一切。见到此情此景，李陵的内心如何能够不觉得震撼？震撼之余，他又觉得非常害怕。他暗自思忖，自己这样忐忑不安、忧思难忘，该不是因为羡慕吧？

临别之际，李陵为故友设宴饯行。心中本有千言万语，但无非就是当初自己佯装降胡，本有这般那般的打算，但还未等自己采取行动，便已知远在故国的家人都被屠戮殆尽，于是从此不得归。若是将这些话说出来，就会变成抱怨。因此，直到最后，他也不曾说过一个字。只不过是在酒酣耳热之际，抑制不住心中情绪，才起身歌舞一曲。歌曰：

> 径万里兮度沙漠，
> 为君将兮奋匈奴。
> 路穷绝兮矢刃摧，
> 士众灭兮名已隤。
> 老母已死，虽欲报恩将安归。

李陵在歌舞之际，声音颤抖，泪流满面。虽然他心里也不免斥责自己这种小儿女姿态，却无能为力。

时隔十九年，苏武终于重返故国。

司马迁在受刑后，仍旧笔耕不辍，勤勉不怠。

他已经放弃了现实生活中的种种追求，完全活成了一个书中的人物。现实生活中的司马迁再也不开口，但是却借着鲁仲连的口，喷出熊熊烈焰。他时而化为伍子胥，自刎双目；时而化为蔺相如，当面怒斥秦王；有时化作燕太子丹，挥泪送别荆轲。当写到楚大夫屈原的郁愤之时，更是不吝笔墨，将其投身汨罗江时的遗作《怀沙》赋长篇引用。似乎司马迁眼中，这篇赋就该是他本人的作品。

开篇后十四年，获宫刑后八年，待到大汉京城兴起巫蛊之祸，戾太子之惨剧发生之时，这部父子相传，与当初构想完全相符的通史，已经基本完成。随后又花费了数年时间，进行增补、删减和修订工作。当这部一百三十卷，五十二万六千五百字的《史记》真正完成的时候，距离汉武帝驾崩之日也已经不远了。

等到完成《太史公自序》的最后一笔时，司马迁坐在案前，不由得一阵恍惚。他自心底里发出一声长叹。他盯着院落里一棵茂密的大槐树看了很久，却是视而不见，听而不闻。然而就算是这样，他仍旧难让自己平静下来，想要捕捉到不知在院落中哪个角落传来的蝉鸣。按理来说，他应该感到高兴，但最先感觉到的却是一种虚脱一般的怅然若失，伴随着一种空寂和不安。

随后，他便将已经完成的著作呈献给官府，并来到父亲的墓前禀告此事。他在做这些事情的时候，依旧可以打起精神，但是做完以后，他就马上像是抽空了所有力气，整个人像离开了神灵的巫师一样，身心俱疲，意志消沉。此时的司马迁刚过花甲之年，但看上去像是突然老了十岁。无论是汉武帝驾崩，还是如今昭帝继位，似乎对于这个曾经的太史令司马迁的躯壳而言，都没有任何意义。

前面提到的汉朝使节任立政等人，在胡地寻访过李陵后，再次返回长安时，司马迁已经离开人世。

关于李陵的记载，在他告别苏武之后，便只有一条看上去可信的记载，那就是他在元平元年死于胡地一事，此外再无其他。

此前，与李陵交好的狐鹿姑单于已经去世，其子壶衍鞮单于继位。但正是因为继嗣一事，左贤王与右谷蠡王发生内乱，他们与阏氏和卫律对抗。可想而知，李陵就算想要独善其身，不卷入夺位之争，也是绝无可能的。

根据《汉书·匈奴传》中的记载，李陵在胡地所生之子拥立乌籍都尉为单于，在对抗呼韩邪单于时惨遭失败。此事发生在宣帝五凤二年，这个时间刚好是李陵死后第十八年。史书上只提到此人是李陵之子，却并未记下他的名字。

夫
妇

　　就算是现在，在帕劳本岛，特别是居住在欧基瓦尔至伽拉尔德一带的岛民，还没有出现过不曾听过吉拉·库希桑和他妻子艾碧儿故事的人。

　　生活在伽克拉欧部落的吉拉·库希桑是一个本本分分的老实人。不过，他的妻子艾碧儿却风流成性，时常同部落中的某些人传出一些风流韵事，让这个丈夫非常丢脸。因为艾碧儿生性风流（按照温带人的叙事逻辑，此处的关联词应该用"但是"），她同时还是一个大醋坛子。她觉得，正因为自己水性杨花，她的丈夫为了报复自己，必然也要去拈花惹草，这一点儿让她非常的嫉妒，也非常害怕。

　　就以走路这件事为例。如果她的丈夫走路时靠左，她就会猜忌左边这些人家的女儿们。如果他走路时靠右，艾碧儿就觉得他是想勾引右侧人家中的女眷，于是就对着那边一顿痛骂。所以，为了维护村子的和平及自身安全，就算是走在最狭窄的小路上，可怜的吉拉·库希桑也要走在道路的正中央，绝对不会偏向任何一边，甚至连眼睛也要做到目不斜视，只好盯着脚下白得晃眼的沙砾，小心翼翼地走。

在帕劳地区，女人们因为争风吃醋而大打出手，被称作"海尔里丝"（决斗）。一个女人若是被人抢了情人，或者仅仅是出于怀疑，都会冲到情敌家中兴师问罪，并且发起挑战。决斗要公开进行，堂堂正正地在众人眼前决出胜负。谁都不可以介入决斗，居中调解。老实说，其实大家也都更愿意高高兴兴地在一边当观众。

既然是决斗，那当然不可能只是动动嘴就能分出胜负，最终还是要付诸武力。不过还是有一些基本规则，那就是不能使用武器，刀剑这类是绝对不允许出现的。这就意味着，决斗仅限于两个黝黑的女人之间互相叱骂、撕扯、抓挠、哭泣等。可想而知，到最后这些女人身上的衣服——尽管她们以前并没有穿衣服的习惯，但起码也会有必要的遮蔽物——都会被撕得粉碎。通常来说，到最后被扒光衣服而无法站起来走路的那一方，就会被判定为失败者。在此之前，决斗双方自然都已经挂上了三五十处抓挠的伤痕。最终可以把对手扒光，而且打倒在地的那一方，不但可以胜利而归，还会被认为是在这场争风吃醋中占据正义的一方，得到刚刚还保持中立的观众们的祝福。因为大家总认为胜利者就是正确的，会被众神保佑和祝福。

说起吉拉·库希桑的妻子艾碧儿，那正是"海尔里丝"决斗场上的老手，从黄花闺女到有夫之妇，除了那些已经不是女人的女人，村中所有的女人都已经被她挑战过，而且她几乎从无败绩，总能将对手一顿拳打脚踢，撕扯抓挠一番之后，把人剥得精光。这是因为艾碧儿四肢粗壮，力气大得吓人，是个十足的女汉子。所以，虽然艾碧儿的风流众所周知，但只看结果，我们却不得不承认在每件风流韵事中，她都占据了绝对的正义。因为她拥有"海尔里丝"胜利者这一无法撼动的光荣的证据，有什么能比这种带有证实性的偏见更坚不可摧的吗？

其实，艾碧儿完全相信自己这种不安于室的行为都是合情合理的，反而是她自己臆想中的那些丈夫在外拈花惹草的行为才是不对的。可怜的吉拉·库希桑不但总是要忍受妻子对自己的打骂，还要被这种不可撼动的证据折磨自己的良心，让他总是忍不住要怀疑，或许妻子真的没有错，倒是自己可能不对。所以，若非命运不曾偶然眷顾于他，他真的很有可能被这种不断累积的高压摧毁。

当时的帕劳群岛上，还流传着另一种习俗，叫作"摩褱尔"。这种习俗主要是让一名未婚女性入住男子公社的公共住宅，住宅的名字叫作"阿巴"。这位女性需要为公社中的男子做饭，同时也会提供一些性服务。但是，这个女子必须来自其他部落。有些人是自愿前来，还有些人是从其他战败部落被强征进来的。

吉拉·库希桑第一次见到丽美伊，是在阿巴后面的厨房里，第一眼就让他惊为天人。他呆呆地站在那里，神思恍惚，不知所措。这姑娘真美，就像是一尊紫檀雕刻而成的古神像。他不只是被眼前女子的惊人美貌所打动，而且他还隐约有种预感，这姑娘身上有些足以改变他命运的东西：也许只有这个姑娘，才能让他从老婆的压迫下得到解脱。这个预感很可悲，却显示出了他的野心。同时，这个预感也从姑娘回报给他的热情的眼神中得到了印证。丽美伊长着一双乌黑的大眼睛，上面覆盖着长长的睫毛。于是，那天之后，吉拉·库希桑和丽美伊就成了一对情侣。

做摩裹尔的姑娘可以接待公社里所有的男性，也可以选择其中的几个甚至是一个来接待。这是姑娘自己的选择自由，公社不可以干涉或者强迫她。丽美伊就是只选了一个人，身为有妇之夫的吉拉·库希桑。有些自视甚高的小伙子也没少对她暗送秋波，说了一箩筐的甜言蜜语，甚至还想尽办法挑逗她，却没能虏获她的芳心。

　　整个世界在吉拉·库希桑眼里都变了一副模样。虽然回到家里，妻子带给他的压力仍旧像乌云一样挥之不去，但是只要离开家就会发现阳光如此明媚，蓝天白云如此美丽，林间鸟儿欢唱如此惬意，所有的这一切，他都好像是十年来第一次看到。

　　丈夫脸上神情的变化，当然也不可能逃过艾碧儿那双慧眼。更厉害的是，她马上就找到了这一切的根源。在痛斥丈夫一整夜之后，她第二天一早便起身来到男子公社的阿巴。她闯入阿巴的样子，就像一只大章鱼扑向海星一样凶猛，坚决地向抢夺自己丈夫的丽美伊发起海尔里丝挑战。

　　但令人吃惊的是，本以为对手就是一只海星，没想到居然是一条电鳗。张牙舞爪扑过来的大章鱼，触手马上被猛烈地电击，没办法只能又缩了回来。随后，带着满腔恨意的艾碧儿，右臂聚起巨大的力量，但当她朝着对手挥击的时候，却遭到了双倍的力量反击，左手本来想要抓破敌人的小腹，却不想被人扣住手腕高高拧起。这令艾碧儿感到了莫大的屈辱，她几乎是在大哭大喊了。她使出全身的力气向对方撞过去，但是对方却灵活地侧身避开，最后她一头撞到了柱子上。在她撞得眼冒金星，差点儿跌倒在地上的时候，对方飞快地剥光了她身上的衣物。

　　艾碧儿输了。

过去十年，打遍村落无敌手的艾碧儿，居然会在最为重要的海尔里丝中以惨败收场。如此令人意外的结果，让雕刻在阿巴每根柱子上形容诡异的神像，都瞠目结舌。听闻这件怪事，就连倒挂在屋顶上睡懒觉的蝙蝠们，都吃惊地全部飞到外面去了。

吉拉·库希桑就在屋外，他透过墙上的缝隙，从头到尾观看了这场决斗。看到这个结果，他既惊又喜，但同时也有些惶惶不知所措。惊喜的是，那个丽美伊可能会带给自己救赎的预感，好像马上就会成真。但是另一边却有些严峻，那个身经百战、所向披靡的艾碧儿居然会输得这么惨。这要让自己怎么去面对？而且，这样的结果对他本身又会有什么影响？面对这种情形，他怎么能不感到惊慌失措呢？

却说战败后的艾碧儿，伤痕累累、一丝不挂，就像是被剃光的参孙①一样，遮掩住自己，萎靡不振地回到家中。因为吉拉·库希桑已经习惯了在老婆跟前伏低做小，所以他并没有跟丽美伊一起分享胜利的喜悦，而是非常没出息地跟在被打败的老婆后面返回家中。

这位初尝败绩的英雄，带着无尽的懊恼和悔恨，在家中痛哭了两天两夜。第三天的时候，她已经不再哭泣，而是开始破口大骂。被悔恨和懊恼的泪水淹没了两天的嫉妒和愤怒，一瞬间便化作雷霆之怒，降临到这个懦弱的丈夫头上。

就像是抽打椰子树叶的暴雨，面包树上聒噪的蝉鸣，环礁外肆虐的怒涛，所有恶毒的咒骂和下流话都劈头盖脸地对着丈夫而来。房间里四处弥漫着像火星、闪电和有毒花粉一样恶毒的因子。

---

① 《圣经》中的犹太领袖，具有超人的力量。

那个背叛了忠贞的妻子的丈夫，是邪恶的海蛇，是海参肚子里长出的怪物，是朽木上滋生的毒蘑菇，是绿蟒龟的排泄物，是霉菌里最下贱的品种，是拉稀的猴子，是掉毛的秃翠鸟……那个外来的女人摩裹尔，是淫乱的母猪，是没娘的野种，是长着毒牙的雅斯鱼，是凶恶的巨蜥，是海底的吸血鬼，是凶残的塔马卡鱼……而她自己则是被邪恶的鱼咬伤了脚的，温柔又可怜的母章鱼……

因为妻子的咒骂太过激烈和强劲，那振聋发聩的声响让丈夫的耳朵好像聋了一样失去听觉。忽然间，吉拉·库希桑感觉到自己已经失去知觉，完全没有办法思考任何对策。等到妻子骂得疲累，停下来休息，喝一口椰子水润喉的时候，他才感觉到自己的妻子刚刚泼洒到空中的那些怒骂，仿佛变成了一根根木棉的刺，全都透过皮肤刺进了自己的身体。

老实说，一个人的习惯真的可以决定他平时的行为。吉拉·库希桑就这样被妻子劈头盖脸地痛骂一番，然而因为平时被专制的妻子压制习惯了，所以仍旧无法下定决心逃到丽美伊身边去。他只知道再三地恳求，祈求妻子可以原谅自己。

夫妻俩这种狂风暴雨的状态持续了一天一夜，最终二人重归于好。然而，这其中有个前提，吉拉·库希桑必须和丽美伊分手，并且亲自到遥远的卡洋伽尔岛上去，使用岛上独有的一种树木制作成豪华的舞台，并将这个舞台带回来向众人展示，展示舞台期间，还要举行夫妻二人的盟誓仪式。帕劳人有一个习俗，结为夫妇的两个人，在完成交换珠宝、举办宴会的结婚仪式后，还需要在几年后举行一次"夫妻盟誓"的仪式。不过，这是一笔相当大的开销，因此通常都是富有的人才会举办，吉拉·库希桑夫妇并不富裕，也从未举办过这个仪式。现在，不仅需要举行"夫妻盟誓"，还需要制作一个豪华舞台，这绝对大大地超出了吉拉·库希桑的经济能力，但是要讨老婆欢心就只能这样，他能怎么办呢？所以，吉拉·库希桑只能将仅有的珠宝全部带走，远赴重洋前往卡洋伽尔岛。

很快，他就找到了上好的塔马拿树，虽然木材到手，但是却需要花费很长时间制作舞台。因为，每当一条腿做好，众人就要聚在一起跳舞庆祝。台面刨好，又是一番庆祝，因此制作舞台的进展非常慢。吉拉·库希桑刚到岛上的时候，还是一弯弦月，但是转眼就变成一轮满月，最后又变成一钩弯月。这段时间以来，吉拉·库希桑一直都住在卡洋伽尔岛海边的小屋里。他经常会想起那个让自己念念不忘的丽美伊，心里也会有一些不安。因为在海尔里丝过后，自己就再也没能见到她，他不确定丽美伊能否察觉到他内心的痛苦。

一个月转眼过去，吉拉·库希桑将许多珠宝支付给工匠，然后用小船载着豪华崭新的舞台，返回伽克拉欧。

直到夜里，他才抵达伽克拉欧的海边。在海滩上，他看到了熊熊燃烧的篝火，还有欢声笑语的人群。他想，也许是村民们正在聚会，为今年的丰收跳舞祈祷吧。

吉拉·库希桑选择了离篝火较远的地方靠岸，他将舞台留在船上，独自一人悄悄登陆。他脚步轻轻，隐藏在椰子树荫下面，慢慢靠近聚会的人群。他向着那边张望，不管是跳舞的人，还是旁观的人里面，都没有发现妻子艾碧儿。然后，他就带着沉重的心情向家的方向走去。

吉拉·库希桑小心翼翼地走在石子路上，两旁是高高的槟榔树，家里没点灯，他在慢慢靠近。说不清什么原因，他对靠近妻子这件事情，总是感到莫名的害怕。

和所有的土著人一样，他有着猫一样能在黑夜中视物的眼睛，看一眼屋内的状况，就见到一对男女正在里面。他不清楚那个男人是谁，但是完全可以肯定那个女人就是自己的妻子艾碧儿。就在这一瞬间，吉拉·库希桑仿佛松了一口气，暗自叹道："这下好了！"因为，相较于正在眼前发生的丑事，他觉得被妻子骂得狗血淋头反而是更严重的事情。

但是，马上，他又感到有点儿悲哀。这种感情不同于嫉妒，也不是愤怒。面对这个善妒的艾碧儿还能产生嫉妒的情绪，完全不可思议。而类似于愤怒的感情，对于这个懦弱的男人来说，已经彻底被消磨掉，如今再也找不到一丝一毫，他只是感觉到心里有那么一点空落落的。所以，像来时一样，他又小心翼翼地离开了自己的家。

他就这样漫无目的地走着，神思恍惚间一抬头，吉拉·库希桑发现自己已经站在男子公社的阿巴门前。房内透出的微弱灯光告诉他，里面一定有人。走进屋内一看，房间里十分空旷，只有一盏椰子壳做成的灯亮着，还有一个女人背光而卧。显然，这个女人就是丽美伊。吉拉·库希桑感觉到了自己骤然加快的心跳。他立即快步上前，手放在了那个面朝里躺着的女人的肩膀上，轻轻一摇。女人并未转身，但看上去也没有入睡。他又摇了一下，女人仍旧没有回头，只是这次她开口道：

"我是吉拉·库希桑的恋人，谁都不可以碰我！"

吉拉·库希桑立即跳了起来，用他那快乐到已经颤抖的声音高声道：

"是我啊，是我。我正是吉拉·库希桑。"

丽美伊大吃一惊，转过头来看向他。随即，大颗大颗的眼泪就像珍珠一样簌簌而落。

很长时间以后，两个人才渐渐回过神。丽美伊虽然非常强悍地打败了艾碧儿，但仍旧不停地流泪，她一边哭一边告诉他，在吉拉·库希桑不曾出现的这段时间里，她是多么辛苦地坚守自己的贞洁。她还对他说，如果再晚两三天，她可能就坚持不下去了。

妻子那么淫荡，反而是情妇坚守贞洁。面对此情此景，就算是被奴役惯了的吉拉·库希桑也终于下定了决心，他不要那个凶残的妻子了。而且，鉴于之前那场声势浩大的海尔里丝决斗的结局，温柔强大的丽美伊只要始终站在自己这边，那么他就不会再害怕艾碧儿的攻击。想到这里，他不由地发出感叹：我可真是蠢！在这之前，我居然一点儿都没有想过这件事，只一味地在猛兽的洞穴里忍气吞声，完全不知道要逃离！

他对丽美伊说："我们逃吧！"时至今日，他的用词依旧显得这么懦弱胆小。"逃吧，一起逃到你的村子去。"

正好丽美伊的契约已经快要结束，因此也赞同他的提议，带他回自己的村子。二人刻意避开篝火旁跳舞狂欢的村民，手牵手从近路悄悄来到海边，乘着刚刚拴在那里的小船，在黑夜里向着大海而去。

第二天一早，小船就抵达了丽美伊的故乡阿尔莫诺格。二人携手来到丽美伊父母的面前，并且在他们家里举行了婚礼。没过多久，又向众人展示了之前在卡洋伽尔岛上制作的华丽舞台，当然，展示的同时也举行了"夫妻盟誓"仪式。

却说，艾碧儿还不知此事，以为丈夫仍旧在卡洋伽尔岛上制作舞台，于是便邀请了很多未婚青年到自己家中，也不管是黑夜还是白天，就这样纵情淫乐。但是到最后，她还是偶然间从一个去阿尔莫诺格采集椰子蜜的人那里得知，丈夫已经离她而去。

艾碧儿怒火中烧，登时便失去了理智。她大声喊着：这个世上再也没有人比自己更可怜了！而那个丽美伊，则是自从蛾波卡兹女神化身为帕劳诸岛以来，最恶毒的女人！她大哭大叫，一路冲出家门，来到岸边的阿巴，双手抓着门前的一棵大椰子树就要爬上去。

很久以前，村子里有一个男人，被自己的朋友骗走了财产、番薯田和女人，于是他爬上了现在这棵椰子树的母树，那母树如今已经枯死，但在那个时候却非常茂盛，是全村最高的一棵。男人在树顶大声疾呼，将全村的人都召集到树下，告诉村里人自己是如何被骗的，他诅咒那个骗子不得好死，还痛斥老天无眼、世道不公，他甚至怨恨自己的母亲，说她不该把自己生下来。语毕，男人纵身一跃……这个故事由来已久，是岛上唯一一个自杀者的故事，前无古人，后无来者。

如今，艾碧儿打算效仿古人，用这样惨烈的方式结束自己的一生。

要是换个男人，爬上这棵椰子树当然是不在话下，但是对于一个女人，事情就不那么简单了。特别是艾碧儿，肚子肥大，才爬到第五道刻痕——这些刻痕就是为了能让人爬得轻松一点儿，就已经累得上气不接下气。看这情况，是无论如何都不能再往上爬了。艾碧儿很生气，但也只能这样大声地把村里人都叫过来。为了防止自己从那里滑下去，她紧紧地抱住树干。她此时距离地面已经有三四米。抱着树干的艾碧儿，开始向村民诉说自己的不幸。她以海蛇、椰子蟹以及鲫鱼的名义发誓，诅咒自己的丈夫和情妇不得好死。在发出诅咒的时候，她还用哭得模糊的双眼朝下看。她本以为全村的人都会凑过来看热闹，但是事与愿违，树下只有五六个男女，张着嘴朝上看着她的丑态。

艾碧儿时常这样大呼小叫，大家可能已经见怪不怪了，因此听到她的呼喊，第一反应是"又来了"，也有人不愿意为了她离开自己午睡的枕头。

既然只有五六个听众，那自己在这儿吆喝还有什么意思？而且，自己肥壮的身体从刚才开始就一直在往下滑，她又没办法停下来，所以艾碧儿把嘴闭上，不自然地咧开嘴笑了笑，然后又磨磨蹭蹭地从树上下来。

树下几个围观村民中，有个中年人，他是艾碧儿的老情人，在她与吉拉·库希桑结婚前两人就已经打得火热。尽管这人生过一场病，导致鼻子烂掉一半，但他是现在村中第二富有的人，拥有许多番薯田。艾碧儿从树上下来的时候看到了这个人，然后自己也搞不清楚怎么回事，居然对着他哑然一笑。那个男人的眼睛也瞬间亮了起来，两人在这一瞬间看对眼了。随后二人携手离去，走进了树荫茂盛的塔马拿树林深处。

又过了四五天，艾碧儿就公然住进了那个中年男人家里，这个消息马上在整个村子里传开了。因为，这个已经烂掉半个鼻子的人，不仅是村里第二富有的人，还刚好在最近成为鳏夫。

于是，吉拉·库希桑和他的妻子艾碧儿，两人虽然落得了劳燕分飞的结局，但彼此的后半生都很幸福美满。二人的故事也成为一段佳话，流传至今。

故事说到这里，就可以落幕了。但是仍要添加一些说明，前面提到的摩裹尔，也就是安排个未婚女性为男性服务的习俗，在那个地区成为德国殖民地的时候就已经废除。如今的帕劳群岛，再也找不到这个风俗留下的丁点儿痕迹。可要是向村里上了年纪的老婆婆们打听一下，你就会发现，她们在年轻时都有过这番经历。据说在出嫁以前，每个姑娘都要到其他村子里做一次摩褒尔。

　　而海尔里丝，也就是为爱决斗的这个习俗，却盛行到现在。只要有人，就会产生爱情，于是就会有嫉妒，这种人情世故，也是理所当然。其实，笔者留在此地期间，就目睹过这样的决斗。决斗的经过和激烈程度，跟文中描述的一模一样，过去和现在并无不同。而且我目睹的那一场决斗，也同样是以挑战方失败，大哭离场而告终。不同之处在于，在一旁起哄、加油和评判的观众里，有两个做现代装扮的年轻人。两人都身穿刚从科隆买来的崭新的蓝衬衫，一头鬈发上涂满了发蜡，尽管没有穿鞋，但是这副打扮已经很入时。可能是为了要给这场武戏加点儿伴奏，两人还在一边装模作样地摇头晃脑，用脚打拍子，用口哨吹着欢快的进行曲，曲调贯穿了整个决斗过程。

光・风・梦

一

1884 年 5 月的一个夜里，住在法国南部耶尔的一家客栈里的时年 35 岁的罗伯特·路易斯·史蒂文森[1]突然咯血，情况危急。妻子匆匆赶来，他用铅笔在纸条上写了两句话："别怕。就这样死去，也太容易了点儿。"

之所以用笔写字，是因为他现在满口鲜血，一个字也说不出来。

此后，为了寻找适合的疗养地，他便开始了四处奔波的日子。

---

[1] 罗伯特·路易斯·史蒂文森（Robert Louis Stevenson），英国小说家，1850 年 11 月 13 日出生于苏格兰爱丁堡。代表作品有长篇小说《金银岛》《化身博士》《绑架》《卡特丽娜》等。

最初的三年，他是在英国南部的疗养胜地伯恩茅斯度过的。后来，又有医生向他建议："可以试试去科罗拉多住一段时间。"于是，他便遵照医嘱横渡大西洋。但是他也并不怎么在意美国，因此便有了下南洋的计划。坐上载重 70 吨的纵帆船，在一年半的时间里经过马尔克萨、帕乌摩兹、塔希提、夏威夷、吉尔巴托，最终于 1889 年底，抵达萨摩亚的阿皮亚港。在海上行船的生活非常舒适，沿途的小岛上也都是气候宜人。史蒂文森曾经自嘲说，他的身体"只剩下咳嗽和骨头"，如今终于有了康复的迹象。他想要在这里居住一段时间，所以在阿皮亚郊外购置了一块大约 400 英亩的土地。当然，此时他还没有在此处终老的想法。其实，到了次年二月的时候，他就已经把在自己购置的土地上开垦和建筑等事务委托他人，而自己来到澳大利亚悉尼。他计划从那里搭个顺风船返回英国。

　　但是，没过多久，在一封写给英国友人的信中，他却这样写道：

　　"……实事求是地说，我觉得我最多只能再回一次英国。而那一次，大概就是在我死的时候。因为只有热带的气候，才能让我勉强维持健康。就算这里（新喀里多尼亚）是亚热带，我也会马上感冒。在悉尼的时候，我甚至还咯血了。而重返浓雾之中的伦敦，我现在已经不抱任何希望了。……我很难过吗？是的。在英国，我有七八个朋友，在美国，还有一两个，如果不能再见到他们，我会感到非常难过。但是排除这个因素，住在萨摩亚倒是让我很开心的。海洋、群岛、土著及岛上舒适的生活和气候，或许能让我获得幸福吧。起码，我不会认为现在这种'放逐'是不幸的……"

等到 11 月，他终于康复，便返回萨摩亚。这时候，土著木匠已经在他的土地上建造了一个可供临时居住的小木屋，正式的主体建筑，则必须由白人工匠来完成。主体建筑完工前，史蒂文森就和妻子芳妮在这个临时搭建的小木屋里，监督土著们开垦农田。那块地在阿皮亚市以南 3 英里的地方，位于休眠火山瓦埃阿半山腰，海拔 600~1300 英尺的高地，其中包含了 5 条河流、3 挂瀑布和几道断崖峡谷。所以，当地土著把那块高地叫作瓦伊立马，意为"五条河流"。

在这块生长着茂密的热带雨林，而且还能够远眺一望无际的南太平洋的土地上，亲手将生活的基石一块块堆砌起来，这种想法让史蒂文森仿佛找回了童年时期在侍弄盆景的时候那种非常纯粹的快乐。那种凭借自己的双手，用最直接的方式来支配自己生活的想法：房子是自己亲手打桩建造起来的，椅子是自己拿着锯子参与制作的，蔬菜和水果就在自己亲手耕种的田地里，可以随时取用，这让他找回了一种自豪感，一种跟他儿时面对桌上自己亲手完成的手工制品一样的感受。他对于建造房子使用的梁柱和木板，以及每天所食用的食物的来历，全都一清二楚。因为，木材都是他自己从山上砍伐的，而且亲眼看着它们加工成材；同样，他也知道自己桌上的食物是从哪里来的：橘子是从哪棵树上摘的，香蕉是从哪块田里采的。从儿时起，只要不是母亲亲手烹制的食物，就会让他无法安心食用，而今的一切则让他觉得非常放心，也十分欣慰。

现在，他所经历的生活，正是当初鲁滨孙·克鲁索或者沃尔特·惠特曼所经历的那种。

热爱太阳、大地和生命，

视金钱如粪土，帮助所有乞丐，

视白人文明为一种极大的偏见，

与强壮却不曾受过教育的人昂首同行。

在和煦的春风和明媚的日光下，

感受着因劳动而被汗水覆盖的皮肤之下，

那来自奔腾血液的快感。

完全不在意他人的耻笑，

只说真心想说的话，

只做真正想做的事。

这，便是他全新的生活。

二

1890 年 12 月 ×× 日 [①]

早上五点起床。黎明前后的天空，是一种鸽肚白色，看上去非常漂亮。不久，就会逐渐被染成金黄色。在北方，遥远的城镇和森林的边缘，大海像镜子一样熠熠闪光。但是在环礁之外，海浪似乎仍旧是汹涌澎湃，白色的泡沫四处飞溅。侧耳倾听，果然可以听到阵阵涛声，仿佛是来自大地的震动。

不到六点，就开始吃早饭。一个橘子和两个鸡蛋。我一边吃饭，一边漫不经心地看向阳台下面，结果发现正下方有两三株玉米剧烈地摇晃，我感到有点儿奇怪。正在这时，一株玉米居然倒

[①] 这篇是史蒂文森的日记，后文出现的所有日记，都是史蒂文森的。

下了，一下子就消失在浓密的叶丛中。我立刻从楼上跑下来，冲到玉米田里，结果看到两头小猪匆忙地逃跑了。

面对这些猪的恶作剧，我真的是束手无策。不同于欧洲那种已经接受过文明阉割的猪，这里的猪野性十足，甚至可以说是健美、凶猛的。我曾经一度认为猪是不会游泳的，但是这些南洋猪很显然都是个中高手。我亲眼看到一头大黑猪，居然游了五百码的距离。这些猪还很聪明，居然学会了将椰子晒干后砸开的技巧。有些比较凶猛的猪，甚至可以咬死小羊。芳妮每天四处奔波，想尽办法对付这些猪，把自己搞得焦头烂额。

上午6:00—9:00，是工作时间。完成前天开始写的《南洋来信》的第一章。我把笔放下，立即开始除草。当地的土著青年们被分为四组，分别进行种田和开路的工作。斧头砍伐的声音和烟草的味道混在一起。亨利·西梅莱是这群人的指挥，生产活动进行得有声有色，进度很快。亨利原本是萨维伊岛酋长的儿子，一个非常出色的小伙子，即便是把他带到欧洲也不会丢脸。

我在矮树篱那边找到"咬咬草"密集生长的地方，将它们彻底清除。这种草也叫"叮叮草"，是我们真正的敌人。这种植物敏感得让人害怕，感知能力敏锐到狡猾的程度，如果是周围有风吹草动，它就像无事发生一样毫无反应。但是只要碰到人，它的叶片就会马上闭合，然后就像黄鼠狼一样紧咬着不放。这种植物的根也非常可怕，能像牡蛎一样紧紧吸住岩石，和土地还有其他植物的根紧紧缠绕在一起。处理好"咬咬草"，我就开始着手对付野生酸橙。我没有做任何防护措施，结果被植物身上那些尖锐的刺和韧性十足的吸盘搞得遍体鳞伤。

十点半，阳台上传来海螺声。开始吃午饭，饭桌上有冷肉、木槿果、饼干和红葡萄酒。

午饭过后，我打算作诗，但一直写不好，索性吹起了六孔竖笛。下午一点，我又出门，去开拓通向瓦伊特林卡河岸的道路。我手持利斧，独自深入密林。头上是巨树的枝叶，层层叠叠。枝叶的缝隙间，偶尔会透出白色的，其实是更接近银色的天空。被砍倒的巨树随处可见，挡在前进的路上。各种各样的葛藤长得到处都是，有些奋力向上攀缘，有些自然垂落，彼此纠缠在一起，结成环织成网。还有一些兰花科植物，呈冠状向上腾起。蕨类植物肆无忌惮地摊开自己的触手。巨大的白星海芋头那些幼嫩的树枝，手起斧落之间，便应声而断。而那些坚韧的老树枝，就没那么容易处理。

四周寂静无声，只能听到我挥动斧头的声音。这样一个繁荣的绿色世界，却又是多么的寂寥！青天白日里这样巨大的沉默，又是多么的可怕！

忽然，远处传来一声闷响，然后马上又响起一声尖锐短促的笑声！这让我觉得脊背发凉。第一声闷响，或许是什么回声。但那个笑声是什么？难道是鸟叫声？这里的鸟叫声非常奇怪，听起来很像人声。日落时分的瓦埃阿山上，会响起此起彼伏的鸟叫声，仿佛是小孩子们的喊声。但是，刚刚那一声，却有点儿不一样。直到最后，我也没能弄清楚那个声音究竟是什么。

回家途中，突然有一个创意从我的脑海中闪现。一个以茂密丛林为舞台背景的浪漫剧。这个创意连同其中的某个场景，像子弹一样将我贯穿。是否能够成功，暂不可知。姑且先把它安放在脑袋里的某个角落，等待它慢慢发酵。就像小鸡孵化一样。

五点，开始吃晚饭。炖牛肉、烤香蕉、菠萝点缀的拉克雷特干酪。

晚饭过后，教亨利学英语。虽然是这么说，但实际上是用英语跟他交换萨摩亚语。这些每天傍晚都要进行的课程非常枯燥无聊，我真不知道亨利是怎么坚持下来的（今天教英语，明天教初等数学）。就算是在享乐主义盛行的波利尼西亚，萨摩亚人也属于特别快乐的一群。萨摩亚人不喜欢勉强自己。他们喜欢唱歌、跳舞、衣着光鲜（他们是南太平洋上的花花公子）、冷水浴及卡瓦酒①。此外，他们还喜欢聊天、讲故事、玛琅伽——一大帮青年从一个村子跑到另一个村子去玩。不管走到哪个村子，村里人都要用歌舞和卡瓦酒来款待他们。萨摩亚人生性乐观，简直到了无法无天的地步，在他们的土语中，甚至找不到与"借钱"和"借"有关的词汇。最近使用的那些，也都是从塔希提借用。因为萨摩亚人觉得借东西很麻烦，如果需要，那就直接去要。因此他们也就没有跟"借"有关的词汇。不过倒是有很多跟"讨""要""勒索"相关的词。而且，根据不同物品种类的"需要"，例如鱼、芋头、龟、席子等，还有不同分类的专属词汇。

而且，还有个例子，让人觉得他们简直自在得没心没肺：当穿着奇怪囚服的犯人被强迫修路的时候，他们的族人会身着盛装，带着食物前来探望。最后，这些人就会在施工现场铺上席子，载歌载舞地大肆宴饮，度过愉快的一天。这种乐观天性，真是近乎痴傻了！

---

① 卡瓦酒是用产于南太平洋群岛（斐济、瓦努阿图等地）的一种卡瓦胡椒，取根部磨碎成粉用水调制而成的饮料。卡瓦酒虽然叫作酒，其本身并不含任何酒精。神奇的是，喝了卡瓦酒后舌尖会先麻木，继而精神镇静、全身松弛，体验到一种从未有过的满足与舒适。

然而，我们这位亨利·西梅莱先生，好像跟他的族人有些不一样。他从来都不会敷衍了事，而且具备一种追求组织性的倾向，真是波利尼西亚人中的另类。相比之下，有些白人，例如厨师保罗之流，反而在知性层面上跟他有很大的差距。

　　但是，负责蓄养家畜的拉法埃内却是一个典型的萨摩亚人。萨摩亚人大都生的十分健硕，拉法埃内大概有六英尺四英寸高。但是他白白长了这么个大块头，却是个蠢笨的可怜虫。虽然外形看上去如同赫拉克勒斯、阿喀琉斯，但说出来的话却奶声奶气，一声声地喊我"爸爸"，简直让人难以忍受。而且他很怕鬼，一到晚上就不敢进香蕉田（一般说来，波利尼西亚人如果说"他是个人"，那么意思就是"这是个活人，而不是幽灵"）。

　　两三天前，拉法埃内给我讲了一件趣事。说他有一位朋友见到了父亲的亡灵。一天傍晚，这个朋友站在已经死去将近二十天的父亲的墓前。忽然看到了一只洁白的仙鹤，不知什么时候站在了用珊瑚屑堆成的坟冢上。他心道，这难道是父亲的灵魂吗？正盯着仙鹤看，发现它们的数量变多了，还有一只黑色的仙鹤在其中。然后，仙鹤都消失了，变成一只白猫蹲在坟头。紧接着，白猫周围出现了灰猫、花猫、黑猫……各种花色的猫。这些猫悄无声息、小心翼翼地向他靠拢。转眼间，又全都消融在暮色之中。而那个人坚信，自己看到了已经变成仙鹤的父亲。

12 月 × × 日

　　上午借到棱镜罗盘仪，开始工作。我在 1871 年之后，就再也没有接触过这个东西，甚至根本想不起它来。但也管不了那么多，我先拿它绘制了 5 个三角形。然后，我那身为爱丁堡大学工科毕业生的自豪感又回到了身上。但是，当我还是一个学生的时候，是多么的怠惰啊！我不禁想起了布拉奇教授和迪特教授。

下午，我再次一言不发地同生命力旺盛的植物们展开搏斗。像这样挥动斧头和镰刀，做一会儿价值只有 6 便士的工作，让我对自己十分满意；然而换成在家里的书桌上写稿，就算可以赚 20 镑，我那个不太聪明的良心仍然会感到难过，因为总不免要想起自己的怠惰还有虚度光阴。这是怎么了？

干活儿的时候，突然想到了一个问题：我幸福吗？但是，我不太清楚幸福是什么东西。那是自我意识形成之前就有的。但是，如果只说快不快乐，那我现在就能说明白，而且那是花样繁多的快乐，虽说每一种都称不上完美。在所有的快乐里面，"在寂静的热带雨林中独自挥舞着斧头"会占据我内心比较高的地位。的确，这是一项"热情如火，浪漫如歌"的工作，我深深地被它吸引。这种生活，就算是用更优越的环境来跟我换，我也是不肯的。然而，老实说，我同时还对现在的生活怀有强烈的厌恶，甚至忍不住要哆嗦起来。这样的厌恶，难道是因为一个人勉强自己投身于和自身本质不匹配的环境时，必然会出现的生理反应吗？那种不断刺激神经的残暴的东西，总是压抑着我的心。还有那些不安分的、纠缠不清的让人恶心的东西；空寂、神秘且带着迷信色彩的一些让人感到害怕的东西；我身体内部的那种消极的状态，还有永无止境的残忍杀戮。我自己亲手触摸到了植物们的生命，感受到它们在我手下垂死挣扎，而实际上是在哭泣求饶。我觉得自己变成了一个屠夫，浑身上下鲜血淋漓。

芳妮患了中耳炎，一直在疼。

木匠的马踩烂了 14 枚鸡蛋。我听说在昨天晚上，马跑到外面去了，在附近（说是附近，但实际距离还挺远）的农田里刨了个大坑。

我身体状况还可以，但是有点儿过度劳累。到了晚上，刚一躺上挂着蚊帐的床，就会背疼，就像牙疼一样。最近一段时间，我只要一闭上眼，就能看到漫无边际、郁郁葱葱的茂盛生长的野草。每一棵草都能看得很清楚。意思就是，当我已经累到脱力，躺倒在床上，依旧会持续几个小时，在精神上重复一遍白天的劳作。梦里的我，拉扯着顽强的植物，尽量避开荨麻的尖刺，枸橼的尖刺，蜜蜂火烧一样的尾针，一直不停地扎在身上。脚下是泥泞的黏土，树根怎么都拔不起来，极度炎热的气候，忽然一阵微风吹过，不远处的树林间传来鸟鸣，不知道是谁在恶作剧一样叫着我的名字，还有莫名其妙的笑声，带着暗号的口哨声……反正，梦里总是要重复一遍白天经历的生活。

12月××日

昨天晚上，被偷了3只小猪。

今天一早，大块头拉法埃内在看到我们的时候，显得十分慌张，因此我们就向他询问这件事，还给他下了套。这不过是骗骗孩子的小把戏。我不屑做这种事，都是芳妮干的。

芳妮先让拉法埃内在她面前坐好，她自己站在离他稍远一点的地方，两手向前伸出，食指对着拉法埃内的眼睛，缓缓靠近。芳妮这种神秘兮兮的样子，就已经吓坏了拉法埃内，在食指马上要碰到眼睛的时候，他直接把眼睛闭上了。然后，芳妮用左手食指和大拇指触碰他双眼的眼皮，在做这个动作的时候，右手伸到他的背后，轻轻拍打他的后脑勺和后背。拉法埃内还以为芳妮是用双手食指碰到了他的双眼。做完这些，芳妮收回右手，恢复了之前的姿势，让拉法埃内睁开眼睛。拉法埃内脸上写满了害怕，急忙问她刚才是什么东西拍了自己。

"那是我身上附着的恶魔。"芳妮告诉他，"我已经唤醒了我的恶魔。现在好了，它会帮我把偷猪贼抓出来。"

过了半个小时，拉法埃内又来到我们跟前，看上去胆战心惊的样子。他小心翼翼地再次确认，刚刚那些话是不是真的。

"当然是真的。那个偷猪贼今晚只要一睡着，恶魔就会去找他，跟他一道睡，然后他马上就会得病。这就是对偷猪贼的报复。"

拉法埃内本就深信鬼神之说，听到这话，当然就更觉得害怕。我倒不觉得他就是偷猪贼，但他很可能知道那人是谁。而且，今晚的"小猪宴"应该也邀请了他过去。不过，被芳妮这样折腾一番，他估计也吃不安生了。

前几天在树林里想出来的故事，已经在脑子里酝酿得差不多。我想用"乌鲁法奴阿之高山森林"来命名，"乌鲁"是"森林"的意思，"法奴阿"是"土地"的意思。如此美妙的萨摩亚语。大的想法是把它作为作品中岛屿的名字。我一个字都还没写，但是作品中的各种场景就已经纷纷出现在我的脑海中，让人应接不暇偏偏还欲罢不能。这说不定还真能变成一部精彩的传奇。当然，最终成为甜腻无聊的肥皂剧也是很有可能的。不过，我总能感觉到自己的胸膛里面有一团不停翻滚的风云雷电，让我连《南洋来信》都不能顺利地写下去——虽然我在创作随笔和诗歌（但我的诗作，基本上都是打发无聊的打油诗，不值一提）的时候，是绝对不会因为这样的冲动而无法继续的。

傍晚的时候，壮丽的晚霞笼罩了巨大的树梢和高山。没过多久，当低地和海上升起一轮满月的时候，这里就会进入非常少见的严寒之中。没人还能好好睡觉，都爬起来找被子。几点了？——外面亮的像白天一样。月亮高高挂在正西方的瓦埃阿山巅。鸟儿们也不再鸣叫。都出奇地安静。屋后的树林，都仿佛因为严寒而颤抖。

　　这里肯定有超过 60 度①的降温。

三

　　次年 1891 年正月，劳埃德将老家伯恩茅斯的斯克里沃阿山庄的家具等物件都整理好，全部带到史蒂文森现在的住处。劳埃德是芳妮的儿子，如今 25 岁。

　　15 年前，当史蒂文森与芳妮在枫丹白露初遇的时候，她就已经是两个孩子的母亲。女儿名叫伊莎贝尔，快满 20 岁，儿子名叫劳埃德，9 岁。那时候，芳妮的户籍信息，还是美国人奥斯本的妻子，但是她早已经摆脱丈夫，远赴欧洲，一边做记者，一边抚养两个孩子，完全是个独立母亲。

　　3 年后，史蒂文森为了寻找已经回到加利福尼亚的芳妮，毫不犹豫地横渡大西洋。这件事让他几乎与父亲断绝关系，朋友们的劝告也完全听不进（朋友们都在担心他的身体），他是在自己的身体和经济状况最糟糕的时候，毅然决然地出发了。结果刚刚抵达加州，他就已经快不行了。但是，他居然凭着坚强的意志活了下

---

　　①　华氏温度，相当于 33.4℃。

来，等到第二年芳妮与前夫离婚，二人终于结为夫妇。芳妮比史蒂文森年长 11 岁，再婚时已经是 42 岁。因为在前一年，伊莎贝尔已经成为斯特朗夫人，并且生下了第一个儿子，所以这时候的芳妮已经荣升外祖母。

就这样，这个经历坎坷的美国中年妇女，就跟从小娇纵任性却才华横溢的苏格兰青年，开始了婚姻生活。不过，丈夫体弱多病再加上妻子年纪偏大，两人结婚没多久，就发展出了一种类似于艺术家和经纪人的夫妻关系。芳妮在处理实际事务上很有才能，这正是史蒂文森所缺少的。作为丈夫的经纪人，芳妮确实非常优秀。不过，有时候就显得太过优秀了。特别是她已经超出了经纪人该做的事情，开始尝试部分批评家工作的时候。

事实上，史蒂文森的全部文稿，都必须经过芳妮的审阅。她曾经把史蒂文森花了三个通宵完成的《贾吉尔博士与海德先生》的初稿付之一炬；还坚决扣押了史蒂文森婚前的情诗，不允许他发表；住在伯恩茅斯的时候，还以为了史蒂文森的身体健康为由，将他所有的老朋友都拒之门外。这种行为惹恼了他的朋友们。直情径行的威廉·欧内斯特·亨利[1]，这位曾经把加里波第[2]将军写成诗人的人，最先表现出了自己的愤怒。他怒道："那个黑皮肤，眼睛像鹰一样的美国女人，凭什么拦着我们，真是多管闲事。就是娶了她，史蒂文森才变了。"这个红胡子诗人如此直言不讳，原本

---

[1] 威廉·欧内斯特·亨利（William Ernest Henley，1849 年 8 月 23 日—1903 年 7 月 11 日），英格兰诗人、文学评论家和编辑，以其 1875 年写就的诗作《不可征服》闻名。

[2] 朱塞佩·加里波第（Giuseppe Garibaldi，1807 年 7 月 4 日—1882 年 6 月 2 日），意大利民族解放运动的领袖，军事家。

在自己的作品里，还能冷静观察友情如何因为家庭和妻子的关系而发生改变。然而回归现实，看到自己最终的朋友被一个女人抢走，就马上怒不可遏了。

而史蒂文森这里，的确也对芳妮的才能有些错误的评估。其实，作为女性，只要稍微机灵一点儿，就肯定具备足以洞察男人内心的能力，更何况，由于芳妮的记者才能，史蒂文森还高估了她的评论水平。之后，他也发现自己在这方面完全想错了，也偶尔被妻子那些难以接受的评论（这评论的强横程度，足以称得上"干涉"）困扰。"如钢铁般严肃，如刀锋般坦直的妻子"——他曾在谐谑诗里，用这样的句子来表达自己对老婆大人的叹服。

劳埃德与继父一起生活期间，不知不觉也生出了创作小说的想法。这个年轻人有点儿像自己的母亲，具备了成为优秀记者的潜质。儿子写作，继父修改，母亲评论，于是一幅神奇的家庭景观就这样产生了。此前，父子二人已经合作过一部作品，此次来到瓦伊立马共同生活，他们准备再次联手，创作一部名为"退潮"的作品。

四月，房屋竣工。这是一栋矗立在草坪中央，被木槿花丛环绕的双层木结构房屋，屋顶呈红色，房屋主体是暗绿色。房屋建成后，当地土著叹为观止。他们理所当然地认为这位史蒂布隆先生，或者说苏特雷文先生（很少有土著能准确地说出"史蒂文森"的发音）是个大富翁、大酋长。很快，有关他那栋豪华住宅的传闻，就跟着独木舟一起，传遍了斐济和汤加诸岛。

没过多久，史蒂文森的老母亲也从苏格兰来到这里，同他们一起生活。此外，劳埃德的姐姐伊莎贝尔·斯特朗夫人也带着长子奥斯丁一起来到瓦伊立马，一群人就此会合。

这段时间里，史蒂文森的身体状况非常好，就连伐木、骑马都不会让他感到劳累。每天上午，他坚持写作五个小时。建造房子花费了他三千英镑，他怎么能不奋笔疾书呢？

四

1891年5月×日

在自己的领地及附近区域探险。前几天已经探查过瓦伊特林卡流域，今天可以去看看瓦埃阿河的上游部分。

站在树林里，大概辨认了一下方向，就向东走。虽然我带上了杰克（一匹马），但是河床附近全都是低矮的灌木，长得还十分茂盛，马完全走不了，所以我只能找一棵树把它拴在上面。我沿着干涸的河道朝上游走去，越往上山谷的路越窄，到处都是山洞，我从大树下面走过去，完全不必弯腰。

一个急转弯朝北面走，有水声传来。没多久，就看到了一面耸立的岩壁。薄薄一层水幕顺着岩壁流下来，像是帘子一样。这水刚一落地就渗了进去，完全找不到。顺着岩壁爬上去显然不可能，只能爬河堤侧面的树上去。空气异常闷热，鼻子里都是青草的味道。含羞草的花开得到处都是。蕨类植物的触手随处可见。我浑身的血液似乎都加快流动，忽然间好像听到了水声。仔细听，似乎是水车的声音，这声音听上去还是在我的脚下。难道是远处的雷声？有两三次。而且每次这个声音响起，平静的大山都会晃动。地震！

顺着水路继续往上走。这次看到了很多的水，寒冷、清澈，让人害怕。夹竹桃、枸橼、露兜树、橘子树。我走在树木形成的棚子下面。忽然间，水不见了，全都流到地下岩洞的长廊里面。我正走在这条长廊的上面。无论怎么走，我都一直徘徊在这座密林的深井之中。走了很久，树木终于变少了，可以看到树木枝叶间透出的天空。

就在这时，我听到了牛叫。毫无疑问，这是我的牛。但是，我虽认识它，它却不认识我，情况很危险。我站在那里看着它，然后安稳地从它身边走过。继续走了一段时间，前面有个断崖，熔岩层层叠叠。一条美丽的小瀑布挂在上面。底下是水塘，有很多手指大小的鱼在里面欢快地游着。好像还有小龙虾。有一棵巨大的枯树横卧在那里，树身一半泡在池水里，树洞露在外面。溪流底部有一块红色的石头，像红宝石一样，真是不可思议。

继续向前走，发现河床又干涸了。我终于走到了瓦埃阿山的陡峭山坡上。已经看不到河床一样的地貌，我来到了靠近山顶的高坡上。转了一会儿，我在高坡东面靠近大峡谷的悬崖边，发现了一棵非常壮观的大树。那是一棵大约有两百英尺高的大榕树，有着十分粗壮的树干和无数气生根①，仿佛是扛起地球的阿特拉斯，撑起犹如怪鸟展开的翅膀一样巨大、浓密的枝丫。在众多树枝形成的山峰上，还有密集生长的蕨类、兰花科植物，看上去就像是另外一片树林。浓密的树枝，组成巨大的圆盖。层层叠叠，向高处生长，直逼西面的天空（此时已近黄昏）。榕树巨大的影子，覆盖在东侧绵延数英里的山谷和原野之上，蜿蜒地向远处延伸。这么壮观的景象，真是令人惊叹！

鉴于天色已晚，我连忙往回赶。来到拴马的地方，发现杰克

---

① 植物茎上生发的，生长在地面以上的、暴露在空气中的不定根。

已经非常暴躁，接近疯癫的状态。大概是因为我将它独自丢在深山老林太久了。我曾听到当地土著说，瓦埃阿山上经常会有一个名叫阿伊特·法菲内的女妖出没，难道杰克遇到了她了？我不停地安抚杰克，有几次险些被它踢到，花了很大的力气才把它哄好，带回家去。

5月××日

下午，贝尔（伊莎贝尔）弹着钢琴，我吹了一会儿六孔竖笛。克拉克斯通牧师来到我这儿，说他想要把我的《瓶中魔鬼》译成萨摩亚语，刊登在杂志《欧·雷·萨尔·欧·萨摩亚》上。我欣然同意。所有的短篇里面，我最中意自己早期创作的《古怪的珍妮特》和这则寓言。故事背景刚好是南太平洋，这里的土著应该会喜欢。如此一来，我就越来越像一个名副其实的兹希搭拉（"说故事的人"）。

晚上睡觉的时候，下起了雨。远处的海面上，隐约看到闪电划过。

5月××日

到市里办事。差不多花了一整天的时间兑换钞票。银价暴跌，在这里引起了很大的麻烦。

下午，停靠在海港的船只都降了半旗。原来是那个娶了土著女人，被岛民亲切地称为"萨梅索尼"的汉密尔顿船长去世了。

傍晚的时候，我去了美国领事馆。皓月当空，今晚的夜色真美。越过马塔托的转角处，我听到前面有人在合唱赞美诗。原来是众多女人（土著）在逝者的阳台上唱歌。梅阿里（萨摩亚人）已经成了寡妇，正坐在门口的椅子上。她认识我，看见我就招呼我到她身边坐下。我看向屋内，我的老朋友正躺在那张桌子上，身体裹着床单。赞美诗唱完，土著牧师站起来开始讲话，真是漫长的讲话。灯光透过门窗，洒向屋外。我附近坐着很多棕色皮肤的少女。非常闷热。牧师讲话结束，梅阿里带我进屋。已故的船长手指交叉叠放在胸前，面容安详，仿佛下一秒就会开口说话。这样栩栩如生、精美绝伦的蜡制面具，我从未见过。

深施一礼，我便转身走向室外。月亮皎洁明亮，不知道从哪里飘过来橘子的清香。对我那位已经结束了尘世间的奋斗，在这个美妙的热带夜晚，安睡在少女歌声中的老朋友，我不由得产生了一点点羡慕。

5月××日

有关我的《南洋通信》，听说编辑和读者都很不满。说是"如果为了研究南洋进行资料收集，或者做科学观察，自然有别人去做。而读者对R.L.S.先生的期待，本来就是他用手里的那支生花妙笔，写出在南洋的猎奇和冒险故事"。简直莫名其妙！我在写作的时候，脑海中的构想本来就是18世纪风格的游记，尽量不加入作者的主观判断和喜好，从头到尾客观反映实际情况。难道在他们眼里，我这个《金银岛》的作者，不管到了什么时候，都只能写一点儿残暴的海盗和失落的宝藏的故事，我就没有资格去考察南太平洋地区的殖民情况、土著人口减少及当地的传教情况吗？最让人难以忍受的是，芳妮居然站在美国编辑那一边，说"你不需要写什么精准的观察，而是要写一些骇人听闻的逸闻趣事"。

实际上，我最近已经厌倦了过去那种浮夸的描写。我如今追求的，在文学表达上的目标：一、去除多余的形容词；二、对抗视觉表达。实话实说，就在这一点上，《纽约太阳报》的编辑、芳妮和劳埃德这些人都还没想明白呢。

《沉船打捞者》进展顺利。因为除了劳埃德，还有另外一位更细致的记录者伊莎贝尔，给我帮了大忙。

询问拉法埃内，负责饲养家畜的人，如今家畜的数量：乳牛三头；小牛犊公母各一头；八匹马（这些不用问他我也知道）；猪三十多头；鸡鸭满地跑所以数不清楚。还有很多野猫，非常嚣张。野猫能算家畜吗？

5月××日

有个在各个岛巡回表演的马戏团来到市里，全家人一起去看表演。我在正午的天空下，周围是喧闹的土著男女，阵阵和风吹过，观看了各种各样的表演。这是我们唯一的剧场。我们的普洛斯彼罗①是一头会踩球的黑熊，米兰达②可以骑在马背上跳舞，还能钻火圈。

傍晚回到家中。不知道为什么，有些不高兴。

6月××日

昨晚八点半，我和劳埃德正在自己的房间里，米塔伊埃雷（童

---

① 普洛斯彼罗是莎士比亚戏剧《暴风雨》中的人物。他是意大利北部米兰城邦的公爵，他的弟弟安东尼奥野心勃勃，利用那不勒斯国王阿隆索的帮助，篡夺了公爵的宝座。普洛斯彼罗和他那三岁的小公主历尽艰险漂流到岛上，他用魔法把岛上的精灵和妖怪制得服服帖帖。
② 莎士比亚戏剧《暴风雨》中的人物，普洛斯彼罗的女儿。

仆，十一二岁）跑了进来，说和他一起睡的帕塔利瑟（一个少年，十五六岁，刚刚从野外劳动升入室内服务。瓦利斯岛人，不会说英语，只会五句萨摩亚语）突然开始说胡话，看着很吓人。

他说那个家伙一直嘟囔着"得赶紧去森林里和家人碰头"，完全听不懂周围人说话。

"他家住在森林里？"我问。

"怎么可能？"米塔伊埃雷回答说。

我立即和劳埃德一起来到他们的房里。帕塔利瑟躺在床上，看上去像睡着了，但是嘴里一直说胡话。偶尔还会大声尖叫，像只受惊的老鼠。他的身体摸上去非常冷，脉搏也不快。呼吸时腹部起伏剧烈。他猛然站了起来，低头跟跄地向门口冲去（虽说是冲的动作，但其实不快，反倒像是发条松了的玩具，看上去有点滑稽）。我和劳埃德赶紧抓住他，让他回到床上躺下。没过多久，他又要逃出去。这一次动作很大，我们别无选择，只能拿了绳子和床单把他绑在床上。行动被制约以后，帕塔利瑟还是在不停地说胡话，有时候还会像生气的孩子一样哭。他嘴里嘟哝的，除了反复在说"法阿莫雷莫雷"之外，似乎还有"家里人在叫我"。正在此时，一个叫阿里克的少年，还有拉法埃内和萨贝阿也过来了。萨贝阿跟帕塔利瑟出生在同一个岛上，两人可以顺畅交流。我们嘱咐他们看护帕塔利瑟，然后就回到了自己房里。

然后，阿里克突然跑过来叫我。我连忙赶过去，看到帕塔利瑟已经挣开了之前的捆绑，大块头的拉法埃内将他扭住。他死命挣扎。我们五个人一起也很难迅速压制住他，果然疯了的人力气出奇的大。我和劳埃德分别按住他的两条腿，最后被他踢起两英尺高。我们一直折腾到凌晨一点左右，才压制住他，把他的四肢都绑在铁质床脚上。我们也不想这样，但是别无选择。在这之后，他每次发作都比前一次要厉害。但也无济于事。这看上去几乎是赖德·哈葛德的世界（说到他，这人的弟弟刚好在阿皮亚市居住，担任土地管理委员会的委员）。

拉法埃内说"他太疯了，我去拿点祖传秘药"，说完就走出房间。不久，他带回来几片树叶，我从来没见过的品种。他把树叶放在嘴里嚼了嚼，贴在疯癫少年的眼睛上，把汁液滴到他耳朵里（《哈姆雷特》的场景①），再堵住他的鼻子。大概两点的时候，发疯的人睡着了。然后，直到天亮都没有再发作。

我今早询问拉法埃内，他告诉我：

"那个药剧毒，如果用来做坏事，可以毒死一家人。昨天晚上我还在担心是不是用得太多。在这个岛上，除我之外还有一个人知道这种药的用法。是个女人，还用这个来做过坏事。"

我早上还请了停泊在港口军舰上的医生为帕塔利瑟进行检查，结论是"并无异常"。那个少年告诉我们他今天可以干活儿，拦也拦不住。早饭的时候，他来到众人面前，大概是想要为昨晚的事情道歉，他亲吻了家中所有人。这样热烈的吻，让家里所有人都感到消受不起。

还有，当地土著都把帕塔利瑟的胡话当真了。他们说那是帕塔利瑟家里死去的许多族人，穿过森林进入他的房间，想要把他带到冥界。他们还说，帕塔利瑟的哥哥刚去世不久，他们那天下午肯定是在树林里遇到了，而且还打了他的头。有人说，我们昨

---

① 《哈姆雷特》中有一个场景，是丹麦国王的弟弟将毒液滴入国王的耳朵里，将他毒杀。

晚跟那些死人的鬼魂打了一整夜，最终赢了他们。他们只能再次逃回黑夜（那里就是他们的容身之处）。

6月×日

科尔文给我寄了照片。芳妮（一直都不是多愁善感的人）看到，也忍不住掉下眼泪。

朋友！对现在的我来说，最缺的就是朋友！可以平等交谈（在各种意义上）的朋友；拥有共同回忆的朋友；谈话时不用做太多说明的朋友；就算嘴上粗话连篇肆无忌惮，可心里依旧非常敬重的朋友。这种气候舒适、热气腾腾的生活中，唯一的缺憾，就是朋友。

科尔文、巴克斯特、亨雷、格斯，还有之后的亨利·詹姆斯，想起这些人，就会发现，我的青春，曾经得益于如此丰厚的友谊！这些人中的任何一个，都要比我更出色。

我跟亨利闹掰了，如今再想起他，我依然非常后悔。从道理上说，我一点儿都不觉得自己做错了。但是，这本来也不是讲道理的事情。想到那个长满大胡子的红彤彤的脸庞，那个只有一只脚的大个子，和苍白瘦弱的我一起在苏格兰旅行的过去。那时候，我们刚刚二十出头，生命中满是阳光与欢笑。那个家伙笑起来，"不只是脸部和横膈膜在运动，而是从头到脚所有部位都在运动"，那笑声仿佛现在还在我耳边回荡。真是个神奇的家伙。跟他说话的时候，你会觉得这世上没什么事情是做不成的。和他聊天，你越聊就越是觉得，自己也会变成大富翁、天才、君主，或者是拿到了神灯的阿拉丁……

唉，曾经那些亲切的脸庞，都出现在眼前，心中涌起了难以消解的怀念。于是我只好潜心工作，借以逃避这种徒劳无益的多愁善感。现在手上的工作，就是前几天刚开始写的《萨摩亚纷争史》，也可以说成是"白人在萨摩亚的暴虐史"。

时光荏苒，远离英国，远离苏格兰，已经有四年时间了。

五

萨摩亚有着难以撼动的地方自治传统，所以从很久以前开始，这里虽然被称作王国，但国王却无法掌握国家的政治实权。实际上，所有的政治决策都出自各地的法诺（会议）。王位既不可世袭，也并非常设。从古至今，在这片群岛上，一共设有五个相当于王位继承资格的称号。各个地区的大酋长之中，只要有人能够根据声望和功绩，获得这些称号中的全部或半数以上，就会被推举为国王。不过一个人能够获得全部称号是非常罕见的，所以比较常见的情况是，除了国王之外，还会有其他人拥有一两个称号。这样的情况又会让国王永远受到觊觎王位之人的威胁。因此，这种情况，也会不可避免地导致内乱出现。

——J.B. 斯特阿《萨摩亚地方志》

1881 年的时候，大酋长拉乌配帕已经拥有"马里埃特阿""纳特埃特雷""塔马索阿里"三个称号，因此被推举为国王。此外，塔马塞塞拥有"兹阿阿那"的称号，玛塔法拥有"兹伊阿特阿"的称号，因此二人会轮流担任副王。首先轮到的是塔马塞塞。

就在这一时期，白人对该岛内政的干预也越来越强。从前，是法诺（会议）还有其中掌握实权的兹拉法雷（大地主）们来控制国王，而现在，能够支配国王的人变成了主宰阿皮亚市里极少数的白人群体。阿皮亚市里，有英、美、德三国派驻的领事，不过这些领事们却并不是最有权势的人，真正掌握权力的是德国人经营的"南太平洋拓殖商会"。这个商会在岛上白人贸易中的地位，几乎相当于小人国中的格列佛。该商会最早的总经理还兼任德国领事，不过后来因为与本国领事（这是个年轻的人道主义者，反对商会虐待土著劳工）发生冲突，最终被迫辞职。阿皮亚西郊姆黎奴岬附近的大片土地，被划为德国商会的农场，主要种植了咖啡、可可、菠萝等作物。农场里有数千名劳工，主要来自一些比萨摩亚更加未开化的岛屿，还有一部分甚至来自遥远的非洲，他们在农场里过着奴隶一样的生活。

这些有着黑色和棕色皮肤的人，被迫进行高强度的劳动，每天都可以听到他们的惨号声，那是白人工头用鞭子在抽打他们。不断有人逃跑，但大都会被抓回来或者被处死。这段时间里，早该忘记吃人习俗的小岛上，再次流传出一些诡异的故事：那些外来的黑皮肤人，会把岛民的小孩抓去吃掉。可能是因为萨摩亚人的皮肤原本就呈现出浅黑色或者棕色，所以在看到非洲人的时候会觉得恐惧。

岛民对商会越来越不满。土著们觉得，商会手里那些整理得非常美观的农场就像是公园，却禁止他们随意进入。萨摩亚人生性爱玩乐，这对他们来说简直就是不讲道理的羞辱。眼见着自己辛勤劳作收获的菠萝全都被船只运走，自己一口都没吃到，土著们觉得这种做法简直不可理喻，愚蠢透顶。

所以，他们会在晚上偷偷潜入农场，毁坏作物和田地，这在当地被看作一种类似于侠盗罗宾汉的行为，普通岛民还会给他们叫好。不过，商会对此也不可能不闻不问。他们抓到作乱的人，就会直接丢进私设的监狱里。而且，商会还以此为由，串通德国领事给拉乌配帕国王施压，不仅向他索要赔偿，还强迫他签订了一些非常随便的税法，当然里面的条款只对白人，特别是德国人有利。所以，上至国王，下至普通岛民，都对这种压迫忍无可忍。他们决定去找英国人。所以，国王、副王还有各位大酋长一致通过了非常荒谬的决议，那就是请求"将萨摩亚的政权委托给英国"。这无异于招来豺狼对付恶虎。但是，德国人很快就知道了这件事。气急败坏的德国商会和德国领事立即将拉乌配帕驱逐出姆黎奴王宫，并打算另立新王，人选就是副王塔马塞塞。关于此事还有一种说法，就是塔马塞塞勾结德国人，出卖了国王。不管怎么说，英美两国不满德国人的做法，对此表示强烈反对。

矛盾继续激化。最终，德国人按照俾斯麦的作风，将五艘军舰直接开到了阿皮亚港，凭借武力强行发动政变。塔马塞塞变成新国王，拉乌配帕逃到南部丛林。尽管岛民不满新任国王，在各地展开暴动，但是看着眼前德军的炮火，最后也只能沉默以对。

前任国王拉乌配帕为了躲避德军的追捕，在不同森林之间逃窜。某天晚上，他的一位心腹酋长派人找到他，告诉他"如果明天上午您不去找德军自首，这个岛将会面临更大的灾难"。拉乌配帕本来就不是个意志坚定的人，而且，他心中还尚存身为岛上贵族的道义，因此听完这一番话，就下定决心要牺牲自己。

当晚，他来到阿皮亚市，密会此前同样被推选为副王候选人的玛塔法，向他嘱托后事。玛塔法知道德国人对拉乌配帕的打算，他告诉老国王，德国人要用军舰带走他，但时间不会太长。他还附加提到，德国舰长保证会在军舰上善待这位前任国王。不过拉乌配帕觉得不可信。他知道，自己此生恐怕不能再回到萨摩亚。他给所有萨摩亚人写了一封告别信，并把信交给玛塔法。二人挥泪告别后，拉乌配帕独自前往德国领事馆自首。当天下午，他就上了"俾斯麦"号军舰，从此不知所终，只有一封悲痛欲绝的告别信留给众人。

"……我热爱群岛，热爱所有萨摩亚人，所以，我把自己交到德国政府手里。我可以听凭他们处置。我不愿见到，因为我而让高贵的萨摩亚人再次血流成河。然而，直到现在我也想不通，自己究竟犯了什么错，让那些白皮肤的人（对我，还有我的土地）这样的愤怒。……"在信的末尾，他悲切无比地呼唤着萨摩亚各个地方的名字："马努努啊，永别了！滋滋伊拉啊、阿那阿啊、萨法拉伊啊……"

看到这封信的岛民们，全都为此痛哭流涕。

这件事，距离在史蒂文森在岛上定居还有三年。

岛民们非常厌恶新任国王塔马塞塞，他们更愿意拥立玛塔法。到处都有起义和暴动，在玛塔法自己并不知情的时候，他已经理所当然地被拥戴为叛军首领。此时，另立新王的德国与反对德国的英美（两国对玛塔法也没有什么好感，不过就是想让德国不痛快，所以给新王找麻烦而已）之间的斗争也越来越激烈。

从1888年秋天开始，玛塔法公开在丛林地带屯兵据守。德国军舰一直沿着海岸线来回逡巡，经常向叛军部落开炮。英美两国对此提出强烈抗议，三国之间的关系极度紧绷。玛塔法率领的叛军将国王的军队打得节节退败，最终将其驱逐出姆黎奴王宫，围困于阿皮亚市东部的拉乌利伊。德国军舰派出海军陆战队前往营救塔马塞塞国王，却没想到在方格利峡谷中遭遇玛塔法叛军，大败而归。德军伤亡惨重，岛民在欢庆的同时，更多的是震惊。因为，他们曾经将那些白人看作半人半神的存在，现在却惨败在自己的棕色英雄手里。国王塔马塞塞逃亡海上，德国支持的政府彻底宣布垮台。

德国领事暴跳如雷，想要动用军舰对全岛实施打击报复，且行为极其过分。因此，英美两国，特别是美国再次表示反对。各国军舰纷纷开往阿皮亚港，局势越发剑拔弩张。1889 年 3 月，在阿皮亚湾一共有两艘美国军舰、一艘英国军舰和三艘德国军舰互相对峙。而在城市背后，玛塔法率领的叛军一直关注着局势，随时准备趁势而入。但是就在局势极度紧张的时候，大自然的神来之笔，展现出天才作家的手法，将所有人都吓得魂不附体。那是一场空前绝后的大灾难，也就是 1889 年的那场特大风暴，挟裹着惊天之势席卷而来。前一天傍晚还安安稳稳停泊在海港的六艘军舰，在飓风过后，就只有一艘还能勉强漂浮在水面上，但也已经损伤得非常厉害。于是乎，彼此对峙的局面一瞬间消失，白人和土著都急急忙忙地投入灾后重建的工作中去。就连潜伏在密林深处的叛军，为了收容死者和救助伤者，也都纷纷出现在街道和海滨。如今德国人顾不上抓捕他们。一场惨烈的天灾，居然就这样出人意料地平息了这场人祸。

同年，三国共同在遥远的柏林签订了关于萨摩亚地区的协议。协议规定，萨摩亚在名义上仍然可以保留自己的国王，但是需要英、美、德三国人员组成的政务委员会进行辅佐。在委员会之上，还要设立政务长官和一位大法官，其中大法官掌管着整个萨摩亚的司法权，而这两位最高长官也会从欧洲派遣。此外，今后的国王人选，也必须得到政务委员会的认可。

1889 年底，在两年之前登上德国军舰后便再无消息的国王拉乌配帕突然回归，但整个人看上去萎靡不振。从萨摩亚到澳大利亚，再一路辗转到德属西南非洲，由非洲抵达德国本土，后来又从德国来到克罗尼西亚。他就是这样一路被押送回萨摩亚。不过让他回来的目的，也不过就是扶植新的傀儡，让他做回国王。

假如一定要拥立一位国王，那么不管是按照正常流程，还是参考人品和声望，玛塔法都是最佳人选。不过，他的宝剑在方格利峡谷的战役中沾染了德国士兵的鲜血，所以德国人强烈反对玛塔法成为国王。玛塔法自己倒是不怎么担心，他对此表现得很乐观，觉得按照先来后到，王位早晚都是他的。当然，想到两年前跟自己挥泪作别，现在形容憔悴的老国王，自己还是充满了同情。但是拉乌配帕也有自己的打算，刚开始他是想过要将王位让给真正具有最强实力的玛塔法。但是他这人本来意志就不坚定，两年的流放生涯让他经历过太多的恐惧和挫折，因此原本就没有多少的霸气，如今早就消磨殆尽了。

就这样，两人的友谊，在白人的阴谋和岛民的派系斗争中被强硬地扭曲了。政务委员会一不做二不休，直接拥立拉乌配帕做国王。但是不到一个月，外面到处都是流言蜚语，说国王与玛塔法不和，这让两个交情还不错的人大为震惊，而且也十分尴尬。然后又发生了一些神奇的、让人难过的事情，二人的关系就真的再也好不起来了。

刚到岛上的时候，史蒂文森就非常不满当地白人对待土著的方式。在他看来，萨摩亚最大的不幸就在于岛上那些白人，不管是政务长官还是在整个岛屿穿梭的商人们，无一不是为了利益前来。只看这一点，英国人也好，美国人、德国人也罢，全都是一样的。除了极少数的传教士以外，他们中没有谁是真正因为热爱这座岛或者岛上的居民而留下的。最初，这种情形让史蒂文森非常震惊，但随之而来的就是震怒了。如果是根据殖民地常识，那么他的"震惊"反而显得更加可笑，但是他真的很愤怒，而且非常严肃地给遥远的《伦敦泰晤士报》写公开信，揭露岛上各种荒唐的现状：白人的蛮横、傲慢和无耻，土著的悲惨，等等。但是，回应他这封公开信的，只有冷嘲热讽。他们说"大作家在政治上的无知简直令人震惊"。史蒂文森一直都看不起"唐宁街上的那帮俗物"（他曾经听说过首相格莱斯顿为了找到初版《金银岛》找遍所有旧书店，但这并没有激起他的虚荣心，反而让他觉得对方太无聊，让他很不快），而且对政治也是真的毫不关心。然而，他却丝毫不觉得自己认为"殖民政策也必须从热爱当地土著开始"有任何不对的地方。他对岛上白人生活和政策的谴责，一点点地把自己和住在阿皮亚的包括英国人在内的白人划清界限。

史蒂文森很怀念故乡苏格兰高地人的氏族制度，它跟萨摩亚的族长制度也有些相像的地方。他初次见到玛塔法时，就透过他魁梧的身材和威严的相貌，看到了他身上属于一个族长的领袖气质。

玛塔法主宰阿皮亚以西七英里处的马里艾。尽管他不是名义上的国王，但是跟官方认证的国王拉乌配帕相比，他拥有更多的拥护者和部下，所以看上去反倒更像一位国王。直到现在，他也从未反对过白人委员会拥立的政权。就算白人官吏拖欠税款，他也仍旧按时缴纳税金。如果他的部下犯罪，他也会积极配合大法官的传唤。可就算这样，他也不知道是从何时开始，自己就变成了现政府最大的敌人，遭到那些人的畏惧、忌惮和憎恨。甚至还有人向政府告发，说他在私下里秘密征集军火弹药。确实，岛民呼吁改选现任国王，会对现政府构成威胁，但是玛塔法本人却从未提出过此类要求。他是一个虔诚的基督徒。他一直以来过着独身生活，现在已经快 60 岁。他说，自己曾发誓要"像生活在人世时那样"生活（这句话指的是男女关系方面）。20 年过去，他也的确用行动证明了这句话。每天晚上，他都会召集岛上各处讲故事的人，让众人围坐灯下，听他们讲述古老的传说，吟唱古老的歌谣。这是老人唯一的爱好。

六

1891 年 9 月 × 日

最近，岛上出现了各种奇怪的传闻。"瓦伊辛格诺的河水全都变成红色了""阿皮亚湾有人捕到了怪鱼，肚子上写有不祥的文字""酋长会议上，有无头蜥蜴在墙上乱爬""每天晚上，阿婆利马水道上空云彩里有恐怖的喊叫声传来，那是乌波尔岛和萨瓦伊伊道的神明在打仗"……土著们对待这些传闻非常严肃，觉得这是战争爆发的预兆。他们都在盼望着玛塔法率领众人推翻拉乌配帕和白人建立的马洛（政府）。这也情有可原，如今的马洛（政府）确实太不像样子，领着巨额薪俸的人（至少在波利尼西亚人眼里是这样）却一丁点儿事情都不做。政府里都是些好吃懒做的官僚。大法官切达尔克兰兹这个人本身并不讨人厌，但作为一个官员来说却是个十足的草包。政务长官冯·皮尔扎哈就更过分，他做的事情没有一件是不让岛民伤心的。只知道征税，却没修过一条路。

自从他上任，也不曾有任何一位土著被授予官职。他就是个吝啬的家伙，对阿皮亚市、国王和整座岛来说都是。他似乎一点儿都不记得自己身处于萨摩亚，岛上的居民也都是能听能看而且有点儿脑子的。身为政务长官，他做的唯一一件事情就是提议给自己建造豪华的官邸，现在已经开始施工了。官邸的正对面就是国王拉乌配帕的住处，那是个寒酸的茅草屋，即便在岛上也只能算是个中等偏下的档次。

来看一下政府给他们发放的薪俸。

> 大法官：500 美元
> 政务长官：415 美元
> 警察署长（瑞典人）：140 美元
> 大法官秘书：100 美元
> 萨摩亚国王拉乌配帕：95 美元

一叶知秋，新政府统治下的萨摩亚现状由此可见一斑。

R.L.S. 先生不过是一个对殖民政策毫无了解的文人，却非要跑出来说教，把自己廉价的同情都给了愚昧的土著人，简直就像是堂吉诃德。——说这话的是一个住在阿皮亚的英国人。我首先要感谢这位先生，将我的同情比作那位神奇侠士的博爱之心。老实说，我完全不懂政治，而且我也以此为荣。我同样不清楚，在殖民地或半殖民地上，有哪些已经变为常识的东西。就算知道，出于一个文学家的良心，只要内心无法认同，我就绝不会以此为准则来行事。

能让我这样的人，也可说是所有的艺术家表现在行为上的，只有真实、直击心灵的东西。那么，对现在的我来说，"真实的、直击心灵的东西"是什么呢？那就是"我不再以游客的心态带着好奇去打量身边的一切了，我已经开始用一个岛上居民的留恋，来热爱这座岛屿，以及岛上的人"。

无论如何，最紧要的事情是设法阻止随时可能爆发的内乱，还有完全有可能引发内乱的白人的压迫行为。但令我痛心的是，我深深地感受到了自己在这件事上的无力！我甚至都没有选举权。我跟阿皮亚的要人们也曾面谈过，但是我可以感觉到他们并没有把我放在眼里。只因为我是一个文学家，他们才会提起一点儿精神听我说话。只要我一离开，他们肯定会对着我吐舌头、做鬼脸。

这种无理的感觉，让我的内心非常痛苦。亲眼看见这些愚蠢的、卑劣的、贪婪的、暴虐的行为每天都在发生，而且越来越恶劣，而我只能徒劳地叹息！

9月××日

马诺诺又发生了新事件。再也找不出第二个岛，能做到他们这样一天到晚地折腾。虽说岛屿很小，但在整个萨摩亚，十次纠纷有七次都会发生在这里。这一回，马诺诺当地支持玛塔法的年轻人们跑到支持拉乌配帕的人家去打砸抢，甚至还把人家的房子烧了，导致整个岛都乱了套。而大法官偏偏在这个时候去斐济公费旅游了，所以只能让政务长官皮尔扎哈独自一人亲自上岛说服暴徒，从这一点来说，这个家伙还是具备一点儿令人敬佩的勇气的。他要求犯人们主动前往阿皮亚自首。这些犯人也都表现出一副敢作敢当的男子汉气概，真的来到阿皮亚。最终这些人被判处监禁六个月，而且立即被关进监狱。在押送途中，经过大街的时候，陪着他们过来的悍勇的马诺诺人大声喊：

"不要怕，我们会来救你们的！"

犯人们虽然被三十名荷枪实弹的士兵围在中央，但回应起同伴来一点儿也不含糊：

"不必，不是什么大事儿。"

依照常理，事情到此也该告一段落，但所有人都坚信最近肯定会有人劫狱。监狱内部当然会加强戒备，但是整天这样绷紧神经，让来自瑞典的年轻卫队长再也忍受不了，最后他想到了一个非常荒唐的办法：在牢房下面埋炸药，如果有人来劫狱，就引爆炸药，把囚犯和暴徒一起炸死。而他向政务长官提出建议后，居然被批准了。所以，他到海港边上，向美国军舰索要炸药，被对方拒绝。最终，他从沉船打捞公司手里弄到了想要的东西。当年遭遇飓风而沉没的两艘美国军舰后来送给了萨摩亚政府，因此沉船打捞公司现在就在阿皮亚。不过，这件事很快就被人知道了，最近的两三个星期，到处都在说这件事情，搞得所有人心神不宁。感觉到似乎马上会引发更大的暴乱，恐慌的政府突然用小艇将这些犯人都送到了特克拉乌斯岛。想要将安分地服刑的犯人炸死就已经非常过分了，而如此随便地就把判处监禁的犯人改为流放，也一样非常莫名其妙。这么卑鄙、可耻、懦弱的行为，是文明在面对野蛮时最常用的态度。我绝对不会让土著认为所有白人都认可了这件事情。

我马上就此事起草质询书，并寄给政务长官，但是到现在还没有收到回信。

10 月 × 日

终于等到了政务长官的回信。通篇都是幼稚的傲慢和狡猾的借口，根本不知所云。我马上写了第二封"质询书"。尽管我不喜欢跟人斗嘴，但是也不可能眼睁睁看着土著们被炸死而毫无反应。

岛民现在还算平静，但是我不敢肯定他们还能平静多久。白人似乎是越来越讨厌了。就连温柔的亨利·西梅内今天都说：

"海边（阿皮亚）的白人真烦人，太无法无天了。"

听说也有一个非常跋扈的白人醉汉，挥着山刀恐吓亨利说：

"你小子，小心我砍了你的脑袋！"

文明人能做出这样的事？通常情况下，反倒是萨摩亚人谦恭有礼（虽然偶尔有点儿粗俗）、性格温和（惯性盗窃另说），他们有自己的一套荣誉观念，但总比"炸药长官"更文明。

连载于《斯克里布纳杂志》上的《沉船打捞者》第二十三章完结。

11 月 × × 日

四处奔波，我成了一个货真价实的政客。难道是搞笑吗？密会、密信、夜间疾行路。夜间穿过岛上的森林，会见到银白色的磷火，像洒满大地的星光，漂亮极了，听说这光是某种菌类发出来的。

写给政务官的质询书，有个人不愿意签字。我登门劝说。成功！啊，我是有着多么强韧粗壮的神经啊！

昨天拜访了拉乌配帕国王，就在他寒酸的矮房子里。就算是穷乡僻壤，这样的房子也随处可见。正对面，是接近完工的政务长官府邸，气势巍峨。以后的每一天，国王都要仰望这幢豪宅了。

他十分顾忌白人官员，好像不是很愿意接触我们，谈话的内容也非常空泛。不过，这位老人的萨摩亚语很好听，特别是元音部分，非常优美。

11月××日

《沉船打捞者》终于完稿。《萨摩亚史脚注》正在进行中。我真切地体会到现代史写作的难度。特别是出场人物都是自己熟悉的人，更是难上加难。

前几天去拜访国王拉乌配帕的事情，果然引起了很大的骚动。新布告颁发，从现在开始，未经领事许可，且不通过政府认可的翻译，任何人不得私下面见国王。可真是个神圣的傀儡。

政务长官要见我。肯定是怀柔政策。不见。

如此一来，我基本上就等于公然和德国政府作对。经常找我一起玩的德国军官也带来口信，说准备出去，无法来同我道别。

有意思的是，住在城里的白人也不喜欢这个政府。因为政府总是徒劳无益地刺激岛民的情绪，这就威胁到了白人的生命和财产安全。相较于土著，白人更不想纳税。

暴发流感。市内舞厅不再开门。据说瓦伊内内农场，一次性就有70名劳工死亡。

12月××日

前天上午收到1500颗可可种子，然后下午又收到700颗。从前天中午到昨天傍晚，我们全家人都投身到可可种植的工作中。最后就是每个人都弄得像个泥猴子，阳台也被我们变成爱尔兰泥炭沼。

种植可可，首先要在可可树叶编制的篮子里种植可可种子。所以有 10 个土著在屋后的森林小屋里负责编制篮子。4 个少年挖土装箱，再搬到阳台上。劳埃德、贝尔还有我，用筛子滤除石子和黏土块，把土倒进篮子里。少年奥斯丁和女仆法阿乌玛把篮子拿到芳妮那里。再由芳妮在每个篮子里埋进一颗种子，把篮子排列到阳台上。每个人都累到脱力，软得像一团棉花。

直到今早，我依然处于极度疲劳的状态，没有恢复，但是马上就快到邮船起航的日子了，我只能赶快完成《萨摩亚史脚注》的第五章。这本书并非艺术创作。快写快读很正常，不然就很没劲。

有谣言说政务长官要辞职。不可信。应该是他跟领事有了矛盾。

1892 年 1 月 × 日

雨。可能有风暴。关门，开灯。感冒一直没有好转。风湿病又复发。想到某位老者说过："在所有主义中，风湿主义是最坏的那个。"

出于素养的需要，从前段时间开始，我就着手书写从我曾祖父开始的史蒂文森家族史。很有意思。一想到曾祖父、祖父和他的三个儿子（包括我父亲），一代又一代人默默无闻地在浓雾笼罩下的北苏格兰海修筑灯塔的高贵身影，一种白豪感就油然而生。要如何命名呢？《史蒂文森家的人们》？《苏格兰人之家》？《工程师家族》？《北方的灯塔》？《家族史》？《灯塔技师之家》？

祖父对他当年克服万难，修建贝尔·罗克暗礁岬灯塔的过程做了详细记录。如今我阅读这份记录，感觉自己（或者说当时还未出生的我）仿佛亲身经历了灯塔建造的全过程。我好像已经不是那个想象中的自己，而是身处于 85 年前，忍受着北海的风浪和浓雾，同只会在退潮时才会露出真容的魔鬼海岬做斗争。风，刚猛异常。水，冰冷刺骨。小船在摇晃，海鸟在鸣叫。所有的情景都清晰地呈现在我眼前。忽然之间，我感觉到胸口似乎有一团火在燃烧，滚滚发烫。苏格兰巍峨的群山、茂盛的欧石楠、碧蓝的湖水。已经习惯的，每天早晚都会响起的爱丁堡的喇叭。彭特兰、巴拉黑特、卡库沃尔、拉斯岬，啊！

我现在正身处于南纬13°、西经171°的海岛，与苏格兰相对，刚好是在地球的反面。

七

在准备创作《灯塔技师之家》查阅资料期间，史蒂文森不禁想到了远在万里之外的那座名为爱丁堡的美丽城市。清晨，一个个小山丘陆续从浓雾中慢慢显现出来，从山丘之上矗立的古城堡到圣嘉义尔教堂，都如同剪影一般清楚地在他眼前一一浮现。

史蒂文森从小就气管不好，每个冬天的早晨，都会被剧烈的咳嗽折磨得睡不着觉。起床后，保姆卡米伊会扶着他走到床边，裹着毛毯坐在椅子上。两人并肩坐在一起，都一言不发地默默朝窗外望去，一直等到他不再咳嗽。透过玻璃窗户，可以看到黑里欧特大街还在黑夜中沉睡，一盏盏街灯将整个街道渲染出一种朦胧的意境。不久，由远及近的车声响起，那是去市场运送蔬菜的马车正从窗边驶过。拉车的马不停地向外吐着白色的热气。……爱丁堡给史蒂文森留下的最初印象就是如此。

史蒂文森家族是爱丁堡世代闻名的灯塔技师家族。小说家史蒂文森的曾祖父托马斯·史密斯·史蒂文森是英国北部灯塔局里的初代技师长，儿子罗伯特子承父业，著名的贝尔·罗克灯塔就是他建造的。罗伯特有三个儿子，阿兰、蒂维多和托马斯也都成了灯塔技师。小说家的父亲托马斯，在旋转灯、总光反射镜方面也有很高的造诣，是当时灯塔光学领域的权威。兄弟三人同心协力，建筑了斯克里沃阿、起坤斯等诸多灯塔，同时还修缮了很多港湾设施。托马斯是个能力与实践兼备的科学家，大英帝国忠诚的技术官员，虔诚的苏格兰教会信徒，是号称基督教里的西塞罗的拉科塔提乌斯的忠实读者，并且还是一位热爱古董和向日葵的男人。小说家将父亲托马斯·史蒂文森说成是一个经常会彻底否定自身价值的人。他的身上有一种凯尔特式的忧郁，会想到世事无常，还会想到死亡。

罗伯特·路易斯·史蒂文森在青年时代非常不喜欢爱丁堡这座高贵的古都，同样讨厌的还有这座城市里的宗教徒，他的家人也不例外。这座基督教长老会的中心城市，在他看来根本就是一座虚伪之城。

18 世纪后期，城市里出现了一个人，名叫蒂空·布罗蒂。白天的时候，他是一位细木匠，还担任市议会议员；而在晚上，他就会变身成为一个无耻的赌徒，甚至是凶残的强盗。直到很久后，他终于原形毕露，并且被判处死刑。但是，当时不过 20 岁的史蒂文森却觉得，这个人就是典型的爱丁堡的上流人士。从那以后，他再也不去教堂，而是一直在平民区的小酒馆里流连。而他的父亲，最初本来想培养他成为一名工程师，后来只能勉为其难地认同了儿子的文学理想，却决不能容忍他这种叛教的行为。从此，父子间时常会爆发激烈的冲突，而其中夹杂着父亲的绝望、母亲的哭泣和儿子的愤怒。他觉得儿子毕竟还是个孩子，因为他完全意识不到自己正在向深渊堕落；但他又觉得儿子好像已经长大，因为自己的话他一句都听不进去。这种情况让父亲深感绝望，并且以一种非常特别的自省的方式体现在他身上。几番争执过后，他便不再指责儿子，反而开始不断地自责。一个人在那里长跪不起，一边哭泣一边祷告，为自己在教导儿子上的不称职而导致他成为叛教罪人的事情进行强烈的自我谴责，并诚心向上帝忏悔。不过儿子无论如何都不能理解自己的父亲，不明白他作为一个科学家为什么会做出这种蠢事。

而且每当他结束与父亲的争论，他甚至对自己也很不满意，他也不解："为什么在父亲面前，自己的言论就会变得那么幼稚呢？"跟朋友讨论的时候，自己分明是义正词严、侃侃而谈地说出漂亮的观点，至少是属于成年人的观点，究竟是为什么呢？

最基础的《教义问答》、不成熟的神迹反驳论、通过一些糊弄稚童的例子来证明无神论——自己的思想怎么会变得这么幼稚？但不知怎么回事，只要是对着父亲，自己的言论和观点最后都会变成这种陈词滥调。这并不是因为父亲掌握了高超的辩论技巧，所以自己毫无还手之力。完全不可能。父亲从来都没有深入细致地研究过教义，想在辩论中赢他很容易，但是问题却出在自己身上，跟父亲辩论的时候，自己的态度总会不自觉地变得非常孩子气，甚至是气急败坏的，就连自己看了都觉得厌恶。这样一来，就连讨论的内容也一起变得荒唐可笑了。他认为之所以会出现这种情况，可能是因为自己仍然是依赖着父亲的，换句话说，自己还没有真正长大成人，而且"父亲也还是把自己看成小孩子"。如果不是这样，那就是自己的想法原本就一文不值，是不成熟的

"借来的东西"，在与父亲那种纯粹的信仰正面交锋的时候，那些外在的华丽装饰都被剥除以后，就原形毕露？

处在这个阶段的史蒂文森，每次跟父亲争论之后，心里总会有这种念头，会生出一些让他烦闷的疑惑。

史蒂文森提出要和芳妮结婚的时候，父子二人的关系又变得紧张了。芳妮要比儿子大，而且还是个带着孩子的美国人。但是跟上面这些问题相比，还有一个更不能让托马斯·史蒂文森接受的事情，那就是无论她实际的生活情况是怎样的，户籍上显示她依旧是奥斯本夫人。然后，身为独生子的史蒂文森，到了而立之年第一次决定自力更生，不只是养活自己，还有芳妮和孩子们，于是他坚决地离开英国，远渡重洋。

一年后，托马斯·史蒂文森得知自己那个在遥远的大洋彼岸的儿子，居然连50美分的午餐都吃不起，而且还疾病缠身的时候，他终于不再坚持，开始帮助他的儿子了。

芳妮给自己素未谋面的公公寄了照片，而且附上留言："照片要比实物漂亮很多，请不要以此为准。"

随后，史蒂文森携妻子和继子返回英国。但令人意想不到的是，托马斯·史蒂文森居然很满意这个儿媳妇。原因就在于，他本就认了儿子的才华，却觉得儿子身上有种在通俗意义上很容易让人担心的东西。就算儿子日后会长大，这些令人担心的因素也不会消失。如今这样刚好。因为芳妮（虽然自己曾经不同意两人结婚）完全可以在实际事务上支持自己的儿子。她可以成为那个支撑花朵般美丽但又脆弱的精神的，那个不可或缺的强韧且富有生气的支柱。

在长时间的关系紧绷结束后，史蒂文森同父母、妻子芳妮、继子劳埃德一起前往布雷伊玛的山庄，一家人共同度过了1881年的夏天。直到今天，只要想到那个夏天，史蒂文森都会感到非常开心。那是一个阿伯丁地区独有的，东北风从早吹到晚，而且暴雨和冰雹不断交替的八月。跟从前一样，史蒂文森的身体状况再度变得非常差。

某日，埃德蒙多·高斯造访山庄。这个青年博学多识，且为人宽宏厚道，只比史蒂文森大一岁，跟史蒂文森的父亲也很投缘。

每天早饭过后，高斯都会来到二楼病人的房间。史蒂文森早已经坐在床上等着他，两人通常会下象棋。因为要遵医嘱，"上午不允许病人说话"，因此两个人就这样默默下棋。要是中途史蒂文森感到疲惫，就会轻轻敲棋盘。这时高斯或者芳妮就会安排他休息，床铺也会被铺设得很有巧思，让他在有灵感的时候可以随时动笔写出来。在正餐开始之前，史蒂文森就这样独自卧床，有时休息，有时写作。他正在创作一个海盗冒险的故事，故事的灵感来自少年劳埃德绘制的一张地图。

正餐准备好，史蒂文森就会从楼上下来。没有了上午的"缄口令"，他马上就滔滔不绝地说了起来。晚上的时候，他会把自己当天创作的故事读给大家听。屋子外面狂风呼啸、大雨如注，烛台上的火苗会被从门窗缝隙吹进来的风弄得闪烁飘忽。每个人都用自己最舒服的姿势，津津有味地听他讲故事。听完以后，还会各自表达不同的要求和评价。随着故事情节的推进，听众们的兴趣也越发高涨，就连他的父亲都开口说道："让我给比利·彭斯箱子里的东西列张清单吧。"但是看着这样温馨愉快的家庭场景，高斯想的却是另外一件事，甚至因为这种想法而感到难过。他在想："这样一位才华横溢的年轻人，却有着这样一副疾病缠身的瘦弱身体，他还能坚持多久呢？现在这位沉浸在幸福之中，满脸笑容的老父亲，能不能避免白发人送黑发人的厄运呢？"

不过，托马斯·史蒂文森的确躲过了这场悲剧。因为，他在爱丁堡去世时，他的儿子还在英国，而且在三个月之后，他最后一次离开了英国。

八

1892 年 4 月 × 日

很意外地，国王拉乌配帕带着护卫登门造访。他在我家吃了午饭。老人家今天显得非常亲切随和，还问我为什么不去看他。我说："谒见国王要先得到领事馆的许可。"他说："没关系，不用管他们。"然后接着说，"我想再跟你一起共进午餐，我们约个时间。"所以我们约了本周四一起吃饭。

老国王刚离开，一个戴着看上去像是巡警徽章的人也来找我。这人不是阿皮亚的巡警，而是被称作叛乱分子的家伙（阿皮亚政府这样称呼玛塔法方面的人）。他告诉我，自己一路步行从马里艾过来，为玛塔法送信。如今，我也能看懂萨摩亚语（但还不能说）。几天之前，我写信给玛塔法，劝说他要隐忍。如今算是收到了他的回信。信上说，他想约我见一面，让我本周二到马里艾去。我按照仅有的一本参考书，也就是土著语的《圣经》，用自己不算顺畅的萨摩亚语回复他同意前往（我想他可能会吓一跳。因为这封信采用的是"吾诚告汝"的语言风格）。就这样，我要在同一周里，面见国王和他的对抗者。希望我这番从中斡旋，能够起到一点作用。

4月×日

我的身体状态不是很好。

因为已经约好，所以我还是如约前往姆黎奴那个寒酸的王宫赴宴。还是跟平时一样，正对面的政务长官官邸让人看了就不痛快。国王拉乌配帕说了些有意思的事情。他向我讲述了五年前，自己带着悲壮的心情去德国军营自首，随后在军舰上辗转于陌生地方的往事。语言质朴，但非常动听。

"……他们对我说白天不能上甲板，但是晚上可以。我们航行了很久，最后在一个海港靠岸。登陆以后，发现那里热得吓人。我看到有很多犯人在服徭役，两两一组，用铁链锁住脚踝。那里有很多黑人，就像海滩上的沙子一样多。……之后又在海上航行了很久，在他们说马上要到德国的时候，我见到了一道神奇的海岸。那是一道没有尽头的白色悬崖，在阳光下熠熠闪光。让我更惊奇的是，在航行了三小时之后，悬崖消失在天空中。……登陆德国之后，我先是到了一个有玻璃屋顶的大房子，房子里有很多大家伙，他们说是'火车'。随后就坐着像房子那么大的，带窗户和甲板的马车，住在了一个拥有五百个房间的大屋子里……离开德国以后又是很长时间的航行，船进入了像河流一样狭窄的海面。他们说那是《圣经》里提过的红海，我非常高兴，好奇地盯着看。后来，当夕阳在海面上变成耀眼的红色时，我又被带到了其他的军舰上……"

用古老而优雅的萨摩亚语，将这段往事娓娓道来，故事也变得很好听。

国王好像很怕我会说起玛塔法。这是个善良且话痨的老人，只不过对自己目前的处境有点儿不太明白。他让我答应后天再去看他。但是很快就要到我和玛塔法约定见面的日子了，我自己的身体状态也不好，但我还是先答应了他。后面这种翻译的工作，还是让牧师霍维特米来做比较好。最终我决定后天和国王在牧师的家里见面。

4月×日

清早就骑马进城，八点左右来到霍维特米牧师家。因为今天约好了和国王在他家见面。等到十点，国王还没到。有人来报信，说国王和政务长官在谈事情，暂时来不了，要晚上七点左右到。于是我先回家，等到傍晚的时候再次来到牧师家中，一直到八点多，国王还是没有来。白白走了两个来回，让我很累。国王拉乌配帕胆子也太小了，居然不敢瞒着政务长官，秘密赴约。

5月×日

清早五点，带着芳妮和贝尔一起出门。塔洛洛也跟我们一起去，他是此行的翻译和船夫。七点的时候，出了珊瑚礁潟湖。身体依旧不舒服。抵达马里艾，玛塔法热烈地欢迎了我们。但是他好像以为芳妮和贝尔都是我的妻子。塔洛洛是个很糟糕的翻译，根本不能胜任。玛塔法说了很长的一段话，但是他却只告诉我一句话"他非常震惊"。而且，无论对方说了什么，他都告诉我"非常震惊"。当我想要把自己的意思传达过去的时候，情况好像也差不多。因此，这次的谈话根本无法进行。

我们喝着卡瓦酒，吃着阿鲁·罗特饭菜。饭后，我和玛塔法一起散步。我运用自己极度贫乏的萨摩亚语和他交谈。因为有女伴同来，大伙儿还在门前跳舞。

晚上，我们准备返程。附近的潟湖很浅，小艇底部经常会擦到。新月如钩，发出微弱的光。划出洋面的时候，几艘从萨瓦伊伊返航的捕鲸船超过了我们。那些船都是大划艇，上面有灯光，十二桨，可容纳40人。每艘船都是一边划桨一边唱歌。

天色太晚，我们决定在阿皮亚住酒店，不回家去了。

5月××日

清早，冒雨骑马赶赴阿皮亚，与翻译沙雷·特拉碰头，下午再次前往马里艾。这次走陆路过去，长达七英里的路程，暴雨一直在下。道路非常泥泞，杂草长得很高，没过了马脖子。越过八个猪圈栅栏，直到傍晚才到达马里艾。村庄里有一些很气派的民宅。屋顶都是高高的茅草穹顶，路面铺着小石子，屋子四周的门窗都开着。当然，玛塔法家的住宅也很气派。我进去的时候屋子里已经很暗，房屋中间点着椰子壳做的灯。屋内走出四个佣人，告诉我玛塔法正在礼拜堂。的确可以听到礼拜堂那边传来的歌声。

没多久，主人回到屋子，我们把湿衣服都换下来以后，双方开始正式寒暄。卡瓦酒端上来，玛塔法向在座的诸位酋长介绍我：

"这位先生为了帮助我，不惜违抗阿皮亚政府，专程冒雨来到这里。你们今后要多多亲近兹希搭拉（'说故事的人'），不管在什么时候什么地方，都要倾尽全力给他帮助。"

晚宴、政治会谈、欢声笑语、痛饮卡瓦酒——到深夜才结束。因为我的身体实在支撑不住，他们专门在房间里给我腾出一片地方，那是50张优质的垫子做成的临时床铺，我在那里睡了一觉。全副武装的士兵还有另外几人，整夜都守在屋子外面，负责警卫工作。从夜里直到天亮，没有轮班换岗。

凌晨四点左右，我醒过来。听到外面传来纤细柔美的笛声。曲调欢快，平静而美好，若有似无，好像马上就会消失不见……

询问过后才知道，每天早上的这个时候，都会有笛声。据说是为了让睡着的人做个好梦。真是雅致的奢侈！人们说玛塔法的父亲非常喜欢小鸟的鸣叫，被称作"小鸟之王"，玛塔法也继承了这样的爱好。

吃过早饭以后，和特拉一起骑马返回。因为马靴还没干，索性光脚。这是个美丽晴朗的早晨，但是路况还是那么糟糕。除了泥泞，杂草几乎沾湿了我的腰。因为骑得快，特拉在猪圈栅栏的地方被马抛下两次。沼泽黝黑，红树林翠绿，螃蟹则是红色的。来到城市里，听见帕特（木质小鼓）的声音，身着华服的土著姑娘们正朝着教堂走去。今天是星期天，我们吃过午饭后，返回家中。

翻越16道栅栏，骑行20英里（其中一半路程顶着暴雨）。还谈了六个小时政治。啊，这个从前生活在斯克里沃阿，仿佛饼干里的谷象虫一样的自己，是多么的不一样！

玛塔法是一个气质卓然的老人。我们的谈话过程中，也一直流动着非常友好的情感。

5月××日

雨！雨！雨！就像是因为雨季的时候没下够，现在拼命补回来，这几天的雨就没停过。可可的幼苗似乎也吸饱了水分。当雨水不再敲打屋顶时，激流声又响了起来。

《萨摩亚史脚注》完稿。这肯定不是文学，但毋庸置疑，这是一份公正、准确的记录。

阿皮亚的白人拒绝纳税，因为政府审计报告不清不楚。委员会也没办法传唤他们。

最近，家里的大块头拉法埃内的老婆跑了。他很颓丧，而且觉得每个朋友都变成了可疑的同谋者。但是现在他已经彻底放弃，准备再找个老婆。

《萨摩亚史脚注》完稿，终于可以专心创作《戴维·巴尔弗》了。这是《诱拐》的续篇。好几次开始写，都没办法继续，但这次应该有可能完成。《沉船打捞者》的写作很粗糙（却出人意料的受人欢迎）。但是《戴维·巴尔弗》才是有希望成为继《巴伦特雷的少爷》之后的另一部佳作。作者非常喜欢青年时期的戴维，其他人大概很难理解。

5 月××日

大法官切达尔克兰兹来访。不知道今天吹了什么风。他不动声色地和我的家人聊聊日常琐事，就离开了。他一定是看到了我最近在《泰晤士报》发表的公开信（我在信里猛烈地抨击了他）。他到我家里来，又是想要做什么呢？

6 月×日

玛塔法邀请我参加盛大的宴会，因此我很早就出门了。同行的人：母亲、贝尔、戴塔乌伊落（厨师的母亲，邻近部落酋长的妻子。身体健壮得惊人，比母亲、我和贝尔加起来还大一圈）、翻译混血儿沙雷·特拉，此外还有两位少年。

一行人分别乘坐独木舟和小艇。小艇在经过平浅的潟湖时再也无法前行。我们别无选择，只能下船，赤脚走过一英里左右的潮浸区。头顶着毒辣阳光的炙烤，脚踩着湿滑的泥沼。我身上那套刚从悉尼寄过来的新装，还有伊莎贝尔镶绿花边的白色长裙，全都遭了殃。我们终于在午后时分，带着满身泥泞抵达马里艾。乘坐独木舟的母亲一行人已经到了。最初的战斗舞蹈已经结束，我们赶到的时候刚好食物敬献仪式也已经过半（就算如此，还是用了两个小时）。

屋前那片绿地四周，都是用椰子叶、黑海带搭建的临时小屋，土著们以部落为单位，在每个巨大的矩形食案前坐好。放眼望去，这些人的服饰可真是五光十色、美不胜收。裹着塔帕的、缠着帕奇·瓦库的、头上戴着落粉的檀香的，还有把整个头都用紫色花瓣装饰起来的……

正中央的空地，用来堆放小山一样的食物，而且越堆越多。食物全都是各个酋长献给自己真心拥护的真正国王，而不是白人傀儡的。执事和民众们唱着歌，陆续将各种礼物搬进来。所有礼物都被高高举起，向众人展示。负责接收礼物的执事用一种非常郑重的姿态和一种非常夸张的礼仪，将礼物和送礼人的称号高喊出来。这位执事强壮魁梧，全身都好像涂了油，亮闪闪的。他把烤全猪高举过头顶，汗流浃背大声呼喊的样子，视觉冲击力极强。当他高高举起我们送来的饼干桶时，我听到他大声说："阿利伊·兹希搭拉·欧·雷·阿利伊·欧·马珞·特特雷（故事作者酋长、大政府酋长）。"

在特意为我们准备的座位前面，有一位头上戴着绿树叶的老者坐在那里。他的侧脸看上去有点儿严肃和阴沉，像极了但丁。他是岛上独有的职业说书人之一，而且这位名叫波波的老者，还是说书人中的最高权威。坐在他身边的，是他的儿子及其他说书人。玛塔法的座位在我的右手边稍远一点儿的地方，能看到他的嘴唇偶尔动一下，手腕上的珠串也随之摇晃。

众人同喝卡瓦酒。王（玛塔法）刚喝了一口，波波父子立即发出一种神奇的叫声来表达祝福，这声音把我惊到了。从来没听过这么奇怪的声音，简直就像狼嚎一样，但我听说这是"兹伊阿特阿①万岁"的意思。很快，我们开始吃饭。玛塔法吃完后，这种神奇的叫声再次响起。此时，我发现这位不曾得到官方认可的王脸上浮现出一种得意的神色，彰显了他的野心。但这种神色却转瞬即逝。波波父子应该也是自从玛塔法和拉乌配帕正面对立后，第一次来到玛塔法的阵营，并赞颂"兹伊阿特阿"之名吧。

搬运完食物以后，所有礼物都被逐一清点记账。滑稽说书人操着奇怪的强调高声报出礼物的名字和数量，众人听得哈哈大笑。"塔罗芋头6000个""烤猪319头""大海龟三只"……

随后，前所未见的神奇景象由此出现在我的眼前。波波父子突然站起身，拿着长棍，跳到满是食物的院子里，开始跳一种非常奇妙的舞蹈。这支舞画出的圈还一点点在扩大。但凡二人是跃过的，会全部归他们所有。这一刻，来自中世纪的但丁摇身一变，成了贪婪的怪人。这是一种古老的仪式，并且只在一些地方流行，萨摩亚人看着都不禁笑出声来。我送来的饼干和一头小牛犊也被波波跃过去了。不过，等到他宣布所有这些食物都已经属于他之后，又再一次把其中的绝大部分都献给玛塔法。

接下来就是我这个"故事作者酋长"。虽然我没有跳舞，但还是拿到了5只活鸡、4个里面装满油的葫芦、4张席子、100个塔罗芋头、两头烤猪、一条大鲨鱼和一只大海龟，以上都是"王

---

① 玛塔法的称号。

送给大酋长的礼物"。指令一发出，几个年轻人走出来，他们身上穿的巴拉巴拉比兜裆布还要短。这几人立即在堆积如山的食物里，将指定的物品按照规定数量捡起来，再整齐地码放在另一边，整套流程迅速无比。动作之轻盈敏捷，让人眼花缭乱，就像是一群小鸟在麦田里觅食。

突然，又冲出来 90 名大汉，个个围着紫色腰布，站在我们面前。还不等我做出反应，他们就把手里抓着的活鸡，用力扔到天上。百来只鸡在空中挥着翅膀从空中落下来，然后又被抓住，再扔到天上。这个动作重复了很多次。周围嘈杂一片，欢笑声和鸡叫声混在一起。粗壮的古铜色手臂，不断地挥舞……在观众看来确实是有趣的表演，但是这要死掉多少只鸡啊！

和玛塔法在屋里谈好事情，走到停船的地方，看到赠送的食物都已经装船。正准备登船，忽然起了飑①，因此我们只能回到屋里，等待了半个小时，五点钟的时候，乘着独木舟和小艇返回。这时候的水面，夜幕已经降临，两岸的灯火看上去非常漂亮。众人开始唱歌。我没想到的是，身躯像小山一样魁梧的戴塔乌伊落夫人居然生了一副好嗓子。中途又遇到了飑。母亲、贝尔、戴塔乌伊落还有我，以及我们带着的海龟、烤猪、塔罗芋头、大鲨鱼和油葫芦，都被淋了个透。大家都泡在船底温热的积水中，临近九点才回到阿皮亚。当晚就住在酒店。

6月××日

仆人们吵着说在后山的矮树丛里发现了尸骨，所以带着大伙

---

① 飑（biāo），气象上指风向突然改变，风速急剧增大的天气现象。飑出现时，气温下降，并可能有阵雨。

儿一起去。果然是人的尸骨，但是看上去是很久以前的。而且，这个尸骨的体型，要比岛上的成年人都小很多。可能是因为藏在树丛深处阴暗潮湿的地方，所以都没有人发现吧。在周围又搜寻了一番，找到了另一个头盖骨（这次只有头没有身体）。头上有弹孔，我可以把两根大拇指放进去。等两个头盖骨并排放好，仆人们已经找到了一种略带传奇色彩的解释：一定是这位不幸的勇士在战场上取得了敌人的首级（这是萨摩亚战士的最高荣誉），然而自己也身负重伤，因此无法带回去给同伴们炫耀，只能躺在这里，拿着敌人的首级，带着遗憾死去（如果假设是真的，难道事情就是发生在 15 年前的拉乌配帕和塔拉薄交战期间？）。拉法埃内等人很快就把尸骨就地掩埋。

傍晚六点左右，骑马下山，看到前面森林上方飘浮着一朵巨大的彩云，轮廓非常清晰，像一个男人的侧脸：额头像独角仙，鼻子很长。脸颊的部分呈现出美妙的桃红色，头戴一顶巨大的卡拉马库人帽子，长着青灰色的胡须和眉毛。这样稍嫌稚嫩的画面和鲜明的色彩，居然有如此大的规模，简直大出天际，让我直接愣在那里。正在我远远地盯着"他"的时候，那张脸上的表情出现了变化。一只眼睛闭上了，下颚收紧。就这样，忽然间，"他"向前耸了下铅灰色的肩膀，脸就再也看不见了。

我又去看其他地方的云彩。见到云柱林立，巨大而明亮的场面，让见到的人不由屏息。所有的云柱都是从水平面开始，直达天顶 30° 以内的高度。这是多么壮观的场景！底部仿佛幽暗的冰河，自下而上，色彩从幽暗的深蓝色渐渐变成朦胧的乳白色，将色彩全部的微妙变化一览无余。作为背景的天空，则被渐渐临近的黑夜染成浓重的深蓝色。底部还有一种蓝紫色在缓缓流动，展现出的光景色彩近乎妖异。虽然日落的阴影已经漫上山冈，但是在巨大的云柱顶端，依旧亮如白昼，那种像火焰一般，像宝石一样极度柔美的光芒，将整个世界都照亮了。任何想象都无法抵达那种高度。从地面上的夜晚仰望天际，那种纯洁无瑕却华丽肃穆的景象，已经无法用简单的"惊奇"二字来形容。

云端上升起一弯上弦月。月牙西面的尖角正上方，有一颗星星，闪着几乎和月亮一样明亮的光。地面上，森林中的黑色渐浓，鸟儿们开始了傍晚时分的高声大合唱。

八点左右，月亮已经比之前亮了许多，那颗星星已经转到月亮下面，但还是跟月亮一样亮。

7 月 × × 日

《戴维·巴尔弗》终于进入可以流畅写作的阶段了。

"丘拉索号"入港，同舰长吉布逊吃饭。

外面流传着一个消息，R.L.S. 应该被逐出岛去，流放到其他地方，英国领事馆正在请求唐宁街批准。难道我的存在还能妨碍岛上的治安？难道我算得上是个政治上的大人物了吗？

8 月 × × 日

昨天，应邀到马里艾去会见玛塔法，亨利·西梅内是随行翻译。会谈中，玛塔法称呼我为"阿菲欧伽"，着实吓到了亨利。此前，他一直称呼我为"斯斯嘎"（阁下），称呼王族的时候才会用"阿菲欧伽"。当晚在玛塔法家里留宿。

今天早饭过后，参加大灌奠仪的观礼。仪式的主要内容是用卡瓦酒浇灌一块象征王权的古老石块。这种楔形文字的祭仪即便是岛上的人也都快要忘记了。身高六英尺五英寸，肤色呈古铜色的健壮勇士们，个个穿上正装。头盔上迎风飘扬的羽饰使用的是老人白色的胡须，脖子上戴着兽牙制成的项链。看上去威武雄壮，震撼人心。

9月×日

出席阿皮亚市妇女会主办的舞会。同行者是芳妮、贝尔、劳埃德和哈葛德（前文中赖德·哈葛德的弟弟，这是个年轻气盛的直爽人）。舞会中途，大法官切达尔克兰兹也来了。这还是我自几个月前那次不明所以的来访后，第一次见到他。中场休息结束以后，我们被编成一组跳四组舞。还真是个神奇又可怕的四组舞！哈葛德说那场面就像是"奔马跳跃"一样。我俩作为敌人，被两个可敬的体型庞大的女性抱在怀里，牵手踢腿，旋转跳跃，不管是大法官还是大作家，全都威严尽失了。

一个星期之前，大法官还在怂恿那个混血儿翻译，非常急迫地想要收集我的不利证据。再看看我，今早刚写完猛烈抨击这个法官的第七封公开信，寄给《泰晤士报》了。

而现在，我们正彼此微笑着，将全副精力放在"奔马跳跃"上！

9月××日

《戴维·巴尔弗》终于完稿。不过，作者也已经累倒了。如果去看医生，绝对又会听到热带气候具备一种特征，会危及温带人身体这种说辞。真是叫人不敢相信。这一年里，我不断地在讨人厌的政治风波中辛勤奔走，难道这样的事情换成是发生在挪威，我就能安然无恙吗？不管怎么说，我已经累得受不了了。大体上说，我还是满意《戴维·巴尔弗》的。

昨天下午派少年阿里克进城办事，他晚上很晚才回来，居然还缠着绷带，但是眼里却神采飞扬。听说是跟马拉伊塔部落的少年决斗，将他们中的三四个人打伤了。今早他就变成了家里的英雄。他做了一把单弦胡琴，自弹自唱，手舞足蹈地赞颂自己的光辉事迹。看着他那得意扬扬的神情，心想着可真是个美少年。他刚刚从新黑布里蒂斯来到这里的时候，说我们家里的饭好吃，就拼命吃，结果将肚子撑得圆滚滚，难受得不行。

10 月 × 日

清早开始，胃就疼得厉害。15 滴鸦片酊服下。最近两三天没有工作。精神已经不受自己控制。

我曾经大概是个非常美丽的英俊青年。会这么说，是因为当时的那群朋友，似乎更喜欢我的性格还有言谈之中的朝气蓬勃，而不是我的作品本身。但是，一个人不会一直都是爱丽儿或者帕克。《致年轻人》式的思想和文体，现在是最让我不喜的。其实，自从在法国耶尔咯血，我就好像认清了所有事情。我对于任何事情都已经不抱希望，就像是一只死去的青蛙。不管面对什么事，我的态度都是犹如一潭死水般的绝望平静。就像我一直都是在确定自己会被淹死的时候向大海走去那样。这种说法，绝对不是什么自暴自弃的原因。相反，大概我的快乐会一直持续到自己死亡的那一刻。这种坚定的绝望，甚至还是快乐的一种。更像是一种信念，充满了坚定勇敢、冷静客观，快乐无穷，给我足够的力量走完接下来的人生。不需要快乐，也不需要灵感。我很笃定，只要一份责任感就足矣。像蚂蚁那样去看待事物，像蝉一样充满自信地一路高歌。

在市场上，在大街上，
我的战鼓咚咚响，
我的衣衫红艳艳，
迈着自信的步伐，头上是飞扬的缎带。

我的战鼓咚咚响，
想要找到新的战士。
我向战友们承诺：
生之希望，死之气魄。

九

在年满十五岁以后，他生活的重心就是写作。自己生来就要成为作家的信念，究竟是来自何时何地，他也弄不清楚。不过在十五六岁的年龄，他就已经无法想象自己将来会从事作家以外的任何职业。

自此，他外出时一定要随身携带一个笔记本，锻炼自己将所见所闻所感全都在现场转变成文字。此外，他还会将自己在阅读期间认为"表达恰当"的内容全部抄录到这个笔记本上。

此外，他也非常热衷于练习各位文学大家的风格。一篇文章读完，他会尝试用不同作家的文体进行多次重写，可能是黑兹利特、罗斯金或托马斯·布朗爵士等等。他从少年时代开始，就这样重复练习不同的文体写作很多年。于是，在他刚刚走出自己的少年时代，还没有开始创作小说的时候，就像深谙其道的象棋高手对自己的棋艺非常有信心一样，对于自己的文字表达能力，他也非常的自信。正因为身体里流淌着工程师的血液，让他对自己已经选好的人生道路，也有着同样身为技术专家的骄傲。

他有一种认知，"自己和想象中的自己不一样"，甚至可以说是本能地这样觉得，此外还有"大脑会犯错，但是天性不会犯错。就算开始的时候看上去好像是错的，但是最终却会明白，那才是对真正的自己而言，最为诚实和明智的选择"。而且他也意识到"我们内心有自己不了解的部分，那是比自己更睿智的存在"。所以，当你要规划自己的人生的时候，就要全力以赴地用最诚恳的态度，沿着唯一的这条路，就是比我们更加睿智的存在指明的那条路奋力前行，其余的一切都不应该放在心上。所以，父母的叹息和众人的嘲笑他全都不在意，从少年直至生命结束的时候，他一直都在坚持着自己的生活方式，从来不曾动摇。他可以是"浅薄的""虚伪的""好色的""自恋的""贪得无厌的只顾自身利益的人"，以及"恶心的装模作样的家伙"，但是只有在写作上，他从始至终都像个虔诚的修士，勇猛精进，志愿无倦。他几乎每天都要写作，这早就已经是他的一种生理习惯。就算是 20 年里长期折磨他的肺结核、神经痛和胃痛，都无法改变这个习惯。在他同时患有肺炎、坐骨神经痛和风眼的时候，都要将眼睛用绷带缠上，在绝对安静的环境里躺着，轻声口述《炸药党员》，妻子则是他的记录员。

他常与死神为伴。那些用来在咳嗽的时候捂住嘴巴的手帕上，几乎每一块都带着鲜血。这个还不算成熟又有点装腔作势的青年，在每时每刻都能意识到死亡这个问题上，明悟得就像一位得道高僧。平常的时候，他的口袋里也一直装着作为自己墓志铭的诗句。

"让我恬静地安眠在，熠熠闪光的星空之下。我曾经快乐地活着，现在也将快乐地走向死亡。"

与自己的死亡相比，更让他害怕的是朋友的死亡。他早就已经习惯了自己的死亡。或者更进一步，他甚至产生了一种与死神进行赌博游戏的心态。在死神冰冷的手抓住自己之前，他究竟可以编织出多少"幻想和语言的锦缎"？真可谓是一场奢侈的豪赌。他的心情犹如一个越来越临近出发日期的旅行者。他就这样急不可耐地写，笔耕不辍。其实，他留下了几幅"幻想和语言的锦缎"。像《欧拉拉》《任性的珍妮特》《巴伦特雷的少爷》等。

不少人都会说："是的，这些都是优美的作品，非常引人入胜，可惜全都是没有深刻内涵的故事。归根结底，史蒂文森仅仅是一位通俗小说作家而已。"

不过，对上述言论，史蒂文森的拥护者们当然也会加以反驳。他们会说：

"史蒂文森拥有一个非常智慧的守护天使（就是在其指引下，史蒂文森才成为一个作家），知道他的生命不会长久，于是果断地放弃了以发掘人性见长的现代小说（这种类型的作品，是不可能在 40 岁之前会有杰作产生的），而是另辟蹊径，采用传奇故事结合精巧的叙事手段（这样一来，即便英年早逝，也能留下几部精彩的作品），并且持续精进雕琢。"

"就像生长在冬季占据全年大部分时间的北方植物那样，会在转瞬即逝的春夏之际，迅速地开花结果，这也是大自然巧妙安排的结果。"

可能有人会说，俄国、法国最杰出的、最深刻的那些短篇小说家，去世的时候不也是跟史蒂文森的年纪差不多大，甚至比他还要年轻吗？但是这些人可不像他那样，被各种疾病折磨，一生都活在死亡的阴影之下啊！

他曾说，传奇小说是情境的诗歌。与事件本身相比，他更青睐事件产生的某些情境效果。自认为是一个传奇作家（无论他自己是否清楚地认识到这一点），他在尽其所能地将自己的人生变成作品中最大的传奇，而在某种意义上，他的确做到了。所以，身为一个主人公，他对于自己的居住环境，也提出了和小说一样的要求，一定要富于诗意，充满传奇色彩。他擅长运用笔墨来营造氛围，所以在现实生活中，他也希望生活在值得自己运用巧妙的语言来描写的场景，不然他会觉得受不了。在外人眼中，他身上那些让人受不了的装模作样抑或是游戏人间的态度，其根源就在其中。

为什么一定要疯疯癫癫地牵着头驴子，在法国西南部的山沟里乱转呢？他这样一个出身良好的青年，为什么非要系着一条皱巴巴的领带，戴着有长长的红飘带的旧帽子，做出一副流浪汉的样子呢？而且，在提及女性的时候，为什么一定要用那种沾沾自喜又让人极端厌恶的语气说出"洋娃娃虽然漂亮，但里面装满了锯末"这种话呢？

20岁的史蒂文森根本就是个让人讨厌的无赖，爱丁堡的上流社会一点儿都不喜欢他。自小成长在严厉的宗教环境中，这个瘦弱苍白的小少爷，居然会耻于自己的纯洁，大半夜的从家里跑到红灯区。但是，这个模仿维永、卡萨诺瓦的轻浮的少年却心知肚明，自己想要获得救赎，只能把自己孱弱的身体和未见得长久的生命全部押在自己唯一的人生道路上做一场豪赌。就算在一片灯红酒绿、衣香鬓影之中，他依旧能够清晰地看到这条闪光的道路，正如雅各在苍茫沙漠中梦到高耸入云、直抵繁星的天梯。

十

1892 年 11 月 ×× 日

这天是邮船日，所以贝尔和劳埃德昨天就已经进城。他们离开以后，伊欧普的脚开始疼，法阿乌玛（壮硕的拉法埃内的老婆，已经若无其事地回到丈夫身边）的肩膀上长出了疖子，芳妮的肚子上出现了黄斑。法阿乌玛身上的疖子可能是丹毒，单靠一群外行人的土办法大概是不行的。晚饭后我骑马去找医生。夜色朦胧，一丝风也没有，山上传来一阵阵轰隆的雷声。快速穿过树林的时候，再次见到了菌类产生的蓝色灯火，如同星星一样熠熠发光。跟医生确定了明日出诊，随后我们一边喝啤酒，一边探讨德国文学，九点才结束。

新作品的构思昨天开始。设定年代是 1812 年前后，地点是拉姆玛穆阿的赫米斯顿附近及爱丁堡。书名还没确定。"黑森林地带"？"赫米斯顿的韦尔"？

12 月 ×× 日

房屋扩建完成。

收到年度账单，4000 英镑左右。今年有可能实现收支平衡吧。

晚上听到炮声，应该是英国军舰的入港仪式。有消息称，我会在最近被逮捕并押送出境。

卡斯尔出版社提出要出版一册收录《瓶中魔鬼》和《法雷萨海滩》的书，书名定为"海岛夜话"。这两篇风格迥异，作为合集出版是不是有点儿奇怪？我觉得要是加上《怪声岛》和《荡妇》可能还不错。

芳妮不同意把《荡妇》加进去。

1893 年 1 月 × 日

低烧几天都不退，还有严重的消化不良。

还未收到《戴维·巴尔弗》的校样。出了什么事？前半部分应该排好了？

糟糕的天气：雨、飞沫、雾、低温。

本来还以为可以付清扩建费用，最终却只支付了一半。家庭开销为什么会这么大？并不觉得生活很奢侈。劳埃德每个月都费尽心思，但通常都是刚刚填补了一处空缺，就会使另一个地方出现亏空。这几个月好不容易达到收支平衡，但是英舰入港，肯定要招待军官和水手。有些人说我们雇佣了太多佣人。但我们正式雇佣的人数不多，只不过这些人的亲友总是登门拜访，让我们弄不清楚人数（但就算是这样，也不会多于 100 个）。但是，我也没办法。我是族长啊！身为瓦伊立马部落的族长，这样的小事应该是不能随便过问的。而且土著佣人的伙食费用也不多。有些人，因为我家里的女佣要比岛上的平均颜值高一些，就把瓦伊立马比喻成苏丹的后宫。而且还说，如此一来，当然开销会很大。尽管很明显可以看出这是在造谣毁谤，但这内容也太不合逻辑。我这位苏丹可没有那么好的精力，我甚至就是一个久病之人。他们有的说我是堂吉诃德，有的说我是哈伦·阿尔·拉什德，真是五花八门。可能接下来就会说我是圣保罗或者卡里古拉。还有人说，我过生日的时候宴请了 100 多位客人，太过奢侈。但是我根本没有邀请这么多人。他们都是自己跑过来的，但客人是出于好意不请自来，就算不是对我本人，也是对我家里的食物，那我又怎么好意思不让人家进来？而有的人说我举办宴会不应该邀请土著，那就更是莫名其妙。说实话，我宁愿不邀请白人，也会邀请他们。而且这笔费用早就在预算之中，原本就是足够的。这样一个小岛，就算想要奢侈也办不到啊。

总的来说就是，我过去一整年通过写作赚到 4000 英镑，但是依然入不敷出。这不禁让我想起沃尔特·司各特爵士，在晚年的时候宣布破产，随后他就被妻子抛弃了，然后在讨债人的逼迫下，只能像个写作机器一样，不断出版一些粗糙的作品。对他而言，想要休息的话就只有到坟墓里才有可能。

到处都是战争的传闻。如果说这就是波利尼西亚式的纠纷，那还真是够婆婆妈妈、优柔寡断的。眼看着就应该烈焰蒸腾的时候，却一点儿火星都没有。如果说事情已经过去了，但还在那里烟雾缭绕。这一次也只是特特伊拉西部酋长之间出现的小摩擦，应该是不会有什么大事。

1 月 × × 日

流感肆虐，家里人差不多都病倒了，而且我还咯血。

亨利·西梅内工作上是真的努力。原本就算是萨摩亚人中身份低贱的那些也是不愿意搬运污秽之物的，但是亨利作为小酋长大贵族，却连眉头都没皱一下，每个晚上从蚊帐里钻出去倒便桶。现在大伙儿的感冒都快好了，他却成了最后一个被感染而病倒的人，高烧不退。现在，我戏称他为戴维·巴尔弗。

生病期间，开始创作新内容。我口述，贝尔记录。内容是关于一个法国贵族在英国当俘虏期间发生的故事。主人公名为安努·德·桑特·伊维。我考虑用英语发音的名字"森特·艾维斯"作为书名。已经让巴克斯特和科尔文帮我寄罗兰德松的《文章作法》，以及关于 19 世纪 10 年代法国及苏格兰风俗，特别是监狱情况的参考书。无论创作《赫米斯顿的韦尔》还是《森特·艾维斯》，这些书籍都是必不可少的。这里没有图书馆，跟书店打交道又太麻烦，真是让人无计可施。不过幸运的是，在这里也不会遇到围追堵截的记者。

听说政务长官和大法官都要辞职了，但是就算这样，阿皮亚政府的各种不合理政策也不会消失。因为打算强行征税，他们好像还有增派军队，驱逐玛塔法的计划。其实，不管这个计划能不能成功，其结果都只能闹得人心惶惶，白人会更不招人待见，岛上的经济也会越来越萧条。

我已经厌倦了政治活动。我甚至有一种想法，就算在政治上获得成功，也只会让我人格破产，除此之外没有一点儿好处。……也不是说我对政治（这座岛上的政治）感到麻木。只是因为长时间卧床和咯血让我的写作时间受到影响，如果这宝贵的时间再被政治活动占用一些，我就更忍受不了了。但是，只要想到可怜的玛塔法，我就寝食难安，无法做到置之不理。我只能在精神上支持他了。唉，我可真是没用。但就算让你掌握政治权力，你又想做点儿什么？拥立玛塔法做国王？也可以。你觉得这样就能让萨摩亚长久地繁荣下去吗？可怜的文人。你真的是这么认为的？还是说你只能在预见到萨摩亚马上就要衰亡的时候，将一样的悲悯之情寄予玛塔法？那种地道的白人的同情？

科尔文给我写信说，我写给他的信里面，"你的咖啡（黑人）和巧克力（棕色人）"的话题太多了。他认为我不应该因为太过关心"咖啡和巧克力"而影响写作时间。我倒是能理解他的想法。但是，归根结底，他和那些身处英国的朋友们都无法真正理解我对"咖啡和巧克力"产生的那种类似血缘一般的感情。或许不只是在这个问题上，远离四年，就算是在其他方面，彼此之间或许也已经出现了难以逾越的鸿沟。这个念头不禁令人毛骨悚然。如此看来，对于关系亲密的人而言，长期分离有害无益。就算见不到的时候常常思念，但是见了面，会不会很无奈地发现彼此之间的那道鸿沟呢？光是想想就觉得恐怖，但这却很可能真的存在。人是会变的，每分每秒都在变。我们都是些什么样的怪物啊！

2月××日　悉尼

我给自己放了个假，从奥克兰来到悉尼，原本的计划是用五周的时间好好旅行观光，结果同行的贝尔牙痛，芳妮感冒，我自己先是感冒后来又是肋膜炎。我真是不知道自己为什么来。但就算这样，我仍旧在本市的长老会总会和艺术俱乐部做了两场演讲。被拍成照片，被制成雕像，在街上行走，总有人频频回头，指指点点窃窃私语。名声？真是个奇怪的东西。几时起我都变成那种自己曾经最看不起的声名大噪的人物了？真是太荒谬了。在萨摩亚，土著人只是把我当成住豪宅的白人酋长。阿皮亚的白人要不就把我当成政敌，要么就觉得我是同党，没有第三种看法。我感觉那样的状态更健康，相比于这种温带的、颜色暗淡的幽灵一样的风景，我的瓦伊立马森林是多么的壮美！我那耸立在风声呼啸中的府邸，是多么的辉煌！

我拜访了在此隐居的新西兰之父，乔治·格雷爵士。我对政治家之流向来非常厌恶，但是这次专程去拜访他，是因为我认为他是一个真正的人，一个将博爱之心送给毛利人的人。见到他，就发现这果然不是一个普通的老人。他对土著真的非常了解，就连他们那种微妙的感情都能明确地知道。他是完全站在毛利人的立场思考的人。身为殖民地总督的他也的确是与众不同。他让毛利人享有和英国人一样的政治权利，允许他们推举自己的议员。这种举动得罪了当地的白人移民，于是他辞职了。然而，正是有赖于他一直以来的努力，新西兰如今成了最理想的殖民地。我把自己在萨摩亚的所作所为都告诉他，自己的想法，还有虽然力有未逮，却想要在政治自由上，尽其所能地在今后为土著人的生活和幸福出力。在老人这里，我的想法得到了共鸣，而且得到了鼓励。他告诉我："不可以失去希望。不管在任何情况下，都不可以失去希望。我就是真正领悟到这个真理的为数不多的长寿者之一。"这样，我也同样恢复了元气。明白这个世界上，那些庸俗却依然高贵的灵魂，是一定要受到尊敬的。

就算是摘一片叶子，也能看出这里和萨摩亚不一样。萨摩亚的树叶是油绿油绿的，但这里的树叶却是毫无生机的淡色。肋膜炎治好以后，我就直接回去，回到那个空气中总是闪着绿金微粒的海岛上。文明世界的大都市让人无法呼吸。噪声让人心烦意乱！金属碰撞的机械噪声，真让人烦躁！

4 月 × 日

澳洲之行结束，我和芳妮才彻底从疾病中恢复。

啊！这个清晨，是一个多么清爽的早晨啊！美丽而深邃的天空，色彩清新。四周寂静无声，只有远处传来的太平洋的细语，打破了此刻的寂静。

在我进行短期旅行，还有后来生病的这段时间里，岛上的政治局势突然变得紧张。主要是因为政府几乎已经要从明面上针对玛塔法，或者说是叛乱者了。听说他们计划将土著的武器全部收缴。政府方面的战备当然也会很快得到补充。跟一年前相比，目前的形势明显对玛塔法更不利。拜访过所有政府官员及土著酋长之后，我吃惊地发现根本没人考虑过要避免战争，实在让人难以置信！白人官员只是想要借助冲突将自身支配权进一步扩大；土著，特别是年轻的土著，听到"战争"两个字就已经热血上涌，开始摩拳擦掌。令人意外的是，玛塔法反而很平静，但那是因为他觉得自己并非处于下风。无论是他本人，还是他所辖的部落，仿佛都认为战争是与自身意志无关的自然现象。

我想为玛塔法居中调停，不过拉乌配帕国王拒绝了我的请求。面谈的时候，这个国王是个非常和蔼可亲的老人；但如果不面谈，他就会表现出拒人千里之外的冷漠。很显然，这并不是他的真实想法。

难道说我只能这么干看着，除了祈祷波利尼西亚式的优柔寡断可以阻止战争爆发，就再也没有其他办法了吗？掌握权力是一件好事，但前提是可以理性支配，不会滥用。

劳埃德协助我进行《退潮》的写作，缓慢有序。

5月×日

《退潮》的写作很困难，三个星期过去了，好不容易写出了24

页。而且全都要重新写一遍（一想到司各特那种吓人的写作速度，整个人都变得烦躁）。首先，如果这是一部作品，那就未免有些无聊。我在以前倒是总能很有兴致地阅读自己前一天写出来的内容。

听说玛塔法方面的代表为了和政府进行交涉，每天需要在马里艾和阿皮亚之间往返，我就让这些人住在我家，然后再继续赶路。因为每天往返 14 英里实在太辛苦。不过就因为这件事，众人一致觉得我已经站在反叛者一方。所以我收到的每一封来信，都必须经过大法官的检查。

晚上，阅读勒南的《基督教起源史》，非常精彩。

5月××日

今天是邮船日，但仅仅进行了 15 页稿纸（《退潮》）。这工作太烦人了。实在不行，就继续写史蒂文森家族史？或者写《赫米斯顿的韦尔》？我非常不满意《退潮》，在文字表达上，这部作品的"面纱"太厚重了，我想用更直白的手法去写。

税官催我缴纳新宅税。到邮局取了 6 册《海岛夜话》。上面的插图让我非常震惊，原来这个插画师根本没见过太平洋。

6月××日

消化不良、吸烟过多，还有丝毫不见收益的过度疲劳，让我觉得自己马上就要死了。《退潮》终于进行到第 101 页。人物性格很难掌握，甚至连文字表达都变得费力，真是莫名其妙。居然用了半小时才写出一句话。各种类似的句子一字排开，也很难从中挑出满意的一句。这愚蠢的痛苦呻吟，到底能有什么结果？什么都没有。根本就是没有价值的"蒸馏"。

今天一早就刮起了西风，下雨、飞沫、寒冷。站在阳台上，突然发现一种不同寻常，但是又无缘无故的感觉遍布全身。让我实实在在地踉跄了一下。不过，也终于找到了合理的解释。我意识到，自己再次回到了苏格兰的环境及苏格兰的肉体和精神状态中。恰恰是这种与平时的萨摩亚完全不同的寒冷、潮湿又阴沉的景色，让我在无意识中进入了从前的状态。高地上的小屋、燃烧泥炭冒出的浓烟、潮湿的衣服、威士忌、水流湍急的小河、水里跳跃的鳟鱼，甚至瓦伊特林卡的河水声，传到耳中都像是高原上的激流。

我到底为什么远走他乡，漂泊流浪，最终在此落脚？难道说，我带着热情的希望漂泊万里到了这个地方，就是为了思考这样的问题？但我又开始疑惑，两者应该毫无关系吧？至今为止，我在这里创造过什么丰功伟绩吗？这一点非常值得怀疑。那我对此追根究底，又是什么原因呢？不用太久，我、英国、英语还有我的子孙后代，都会从人类的记忆中彻底消失，对吗？但是人吧，总有那么点儿妄想，希望自己的形象可以留在别人的心里，就算是一会儿也好。真是无聊又俗气的自我安慰。

我会被这样阴郁的心情困扰，完全是因为过度疲劳及《退潮》的写作遇到了瓶颈。

6月××日

《退潮》写不下去，就此搁置，《工程师之家》中祖父的那一章已经写完。

难道《退潮》是我写过最差的一部作品？

我已经对小说这种文学形式感到厌倦，至少已经厌倦了我写的那种小说。

请医生出诊，得到的结论是静养一段时间，并且"禁止写作"，只能进行一些轻微的户外运动。

十一

他是不信任医生的。因为他觉得医生能做的，只不过是缓解一时的疼痛。医生可以看到患者肉体上的问题（在生理状态上与正常人不同的地方），但是这种问题与病人精神生活的联系，以及这个问题对病人整个人生规划的重大影响，医生全然不知。仅仅因为医生一句简单的话，就改变自己的人生计划，那是一种多么遭人唾弃的物质主义和肉体万能主义！

"无论如何，你都开始自己的创作吧。就算医生不能保证你还有一年或者一个月可活，也犯不着害怕，勇敢地投入工作中去。之后，检验一下自己这一周的劳动成果。值得人们去赞美的劳动，不仅限于已经被完成的那些。"

但是，只要有过度劳累的意思，身体就会叫他好看：卧床不起加上咯血，让他束手无策，动弹不得。即便他完全不理会医生的话，也不可能忽略眼前的事实。但让人哭笑不得的是，这种孱弱的身体，除了影响他的创作之外，并没有让他觉得有什么不幸的地方。就连咯血，都能让他找到某种 R.L.S. 式的东西，有了稍许满足感。假如他的病是肾炎那种会让脸肿得很难看的类型，大概就会让他觉得非常讨厌了。

于是，他在年轻的时候就知道，生病会让自己无法长寿，于是很自然地就会想要给自己选一条更加轻松的人生道路。他可以随心所欲，凭着自己的喜好过完惬意的人生。完全可以不再进行这种耗费心血地创作，而是找一份轻松的闲职（他有个十分富有的父亲），让自己的才华和教养完全发挥在鉴赏和精神享受上。那将会是多美好又惬意的生活啊！其实，他非常有信心，就算是去做鉴赏家，自己也完全可以跻身一流行列。

但是，最后的结果，是有一种不可抗力，把他从快乐舒适的生活道路上拉了出去。那种东西并不属于他自己，而当这种东西进入到他的身体，他就变成了一个坐在高高荡起的秋千上的孩子，只能随着秋千迷迷糊糊地飞上高空。他就像是全身充满了电，一心只有写作，无休止地写作。那种关于一定会折寿的担忧，早就被忘得一干二净。他想，就算保养得宜，又能多活几年？就算可以多活几年，如果不是在这条路上，又有什么意思？

他已经过了 20 年这样的日子。医生预言他活不过 40 岁，但现在他已经多活了三年。

史蒂文森时常会想起自己的表哥珀卜。表哥大他三岁，在史蒂文森 20 岁左右的时候，他毫无疑问就是直接影响自己思想和兴趣的导师。他才华横溢，趣味高雅，学识渊博，是个让人觉得高深莫测的才子。但他都做了什么事情呢？什么都没有。现在的他生活在巴黎，和 20 年前一样，懂的很多，却一件事都不做，还是停留在爱好者的阶段。这并不意味他没有名气，只是说他的精神境界并没有提升，仍旧停留在当时的水平。

20 年前，那个让史蒂文森脱离了"趣味主义"的"魔鬼"，值得被颂扬。

史蒂文森儿时最爱的游戏是"拉洋片"。从玩具店里买回洋片，在家里组装出《阿拉丁》《罗宾汉》或是《三指杰克》，随后就开始自导自演："一片（一便士）黑白，两片（两便士）彩色"。可能是受到这个游戏的影响，史蒂文森的文学创作，永远都是从某一具体场景开始。换句话说，他头脑中最早出现的，是具体的某种场景，然后才会出现与之相称的人物性格和故事情节。把几十个洋片一样的场景用故事情节串联在一起，接连出现在脑海中，而他要做的只是按照顺序将每一个场景描写出来，这样就完成了一部作品。就是文学评论家们所谓的肤浅的、没有特色的R.L.S.式通俗小说。因此，他的创作过程通常都是很愉快的。他的创作方式就是这样，那种建立在证明某种哲学观念上的整体构思，或者以解释某种性格为目的虚构故事情节的手法，他完全想象不出。

在史蒂文森眼中，每一个偶然遇到的路边场景，都好像是在对他讲述某个从来都没有被人写出来的故事。每一张脸，每一个言行举止，都可以是一个故事的开始。仿照《仲夏夜之梦》的台词，假如说可以准确表达这些没有姓名也没有踪迹可寻的事物的是诗人或作家，那么史蒂文森肯定生来就是一个传奇作家。每一个风景，都能在他的脑海中转变成相应的故事。这种能力是他与生俱来的，是可以与食欲相匹敌的强大本能。儿时的他，每次来到科林顿的外祖父家，都会把那里的森林、河流还有水车编成故事，让盖·玛纳林、罗布·罗伊和安德鲁·菲尔萨维斯等《威弗利》中的人物大放异彩。那个孱弱苍白的少年，至今仍保留着这种爱好。这么说可能更好些，这位可怜的大小说家R.L.S.拥有的只是这种幼稚的幻想，除此之外他完全不理解什么是创作冲动。幻想中的场景像云朵一样不断涌现，像万花筒一样让人眼花缭乱。眼前的场景，只需要如实记录（除此之外，就只剩下语言技巧的问题，而在这方面，他非常自信）。这就是他独特且愉快的创作方式。没有好坏之分，因为他根本不知道第二种方式。

"我可管不着其他人说什么，反正我只用自己的方式来写小说。人生苦短。归根结底，人，不过是 Pulvis et Umbra①。为什么要自我折磨，写一些乏善可陈的违心话，满足那些牡蛎和蝙蝠？我只是为了自己而写作。就算一个读者都没有，不是还有我这个最重要的读者吗？可爱的 R.L.S. 非常固执，咱们走着瞧。"

其实，作品一旦完成，他就立即从作者的角色变成了热心读者，而且再也没有比他更热心的了。完全像是在阅读某位（最好的）作家的作品，仿佛一个根本不清楚作品构思和故事结局的普通读者，津津有味，兴致高涨地读起来。但是，这次创作《退潮》却是个例外，就算强迫自己耐心阅读，依然看不下去。难道自己江郎才尽了？肉体的衰弱让自信也跟着流失了吗？总而言之，他已经是在疲惫不堪的状态下，完全依靠惯性在坚持着困难的写作。

十二

1893 年 6 月 24 日

战争的脚步越来越近。

昨晚，不知道发生了什么，拉乌配帕国王蒙着脸，骑马从我家门前的大道上快速通过。厨师说这是他亲眼所见。

反观玛塔法这边，他说每天早上醒过来，都会看到身边堆满

---

① 拉丁语，"尘埃与影子"，表示虚幻无常的意思。

了白人的新箱子（弹药箱），明明前一天晚上还没有。他也不清楚这些箱子究竟从什么地方来的。

士兵的武装列队，也越来越频繁地在各个酋长之间来往。

6月27日

进城打听消息，到处都谣言四起，议论纷纷。听说昨天半夜的时候，响起一阵轰隆隆的鼓声，众人拿着武器冲到姆黎奴，却什么事都没发生。现在，阿皮亚市的情况还算安稳。找市参事官打听情况，他说无可奉告。

从市区赶到西边的渡口，想要了解一下玛塔法那边村庄里的情况。翻身上马，跑到瓦伊姆斯，沿路见到每个人家都闹哄哄的，但还没有武装。渡河之后三百码的地方又看到一条河。对岸树荫下有七名哨兵，肩上扛着"温彻斯特"[①]。我走过去的时候，他们就一直盯着我，不说话也不动。我先饮马，然后跟他们打了招呼："塔罗法！"就走了过去。哨兵队长也回了一句："塔罗法！"

继续往前走，就看到村子里到处都是武装士兵。有一栋中国商人住的洋楼，门前插着"中立旗"，随风而动。阳台上站着很多人，都在向外看。有很多女人，持枪的人也不少。事实上，也不光是中国人，岛上居住的所有外国人都在心惊胆战地保护自己的财产（听说大法官和政务长官已经离开姆黎奴，躲到迪波利大酒店里面）。路上看到一队土著士兵经过，个个荷枪实弹，精神焕发。

来到瓦伊姆斯，村子的广场上，会议室里面，到处都是人。

---

① 温彻斯特连发步枪，是19世纪80年代开始，美国温彻斯特连发武器公司研制及生产的一系列步枪。温彻斯特步枪采用杠杆式枪机操作，并在西部片中广泛出现。

有个人脸朝外站在会议室门口，正在高声演讲。每个人都显得非常兴奋，情绪高涨。我来到一个之前就认识的老酋长身边，看到他也像换了个人一样，显得精神焕发，神采飞扬。我跟他一起抽了会儿斯路易烟，当作休息。刚要离开，就看见一个脸上画了黑色，腰巾后面卷起来，将屁股上的刺青露出来的男人跑进来，开始跳一种奇特的舞蹈，他拿着一把小刀向空中抛，然后再稳稳接住。这场表演充满了野性、生命力及神秘色彩。我之前见过有小孩子这样玩耍，现在想想应该是战争的某种仪式。回到家中，我的脑海中仍然会浮现出那些人显得紧张而又陶醉的神情。沉睡在我心里的远古野蛮人也苏醒过来，像种马一样兴奋异常。但我一定要保持镇定，让自己远离这场骚乱。看如今的情况，我已经无能为力。如果我不参与其中，或许对那些可怜人来说反而更好。脓包破裂以后需要处理的事情，我大概还可以提供一些帮助，虽然也是非常有限的。

百无一用是书生啊！

我内心激越，难以按捺，带着纳税一般的心情，继续写稿。扛着"温彻斯特"的士兵的身影不时在眼前浮现。战争，确实非常诱人。

6 月 30 日

带芳妮和贝尔进城，在国际俱乐部吃午餐。饭后去了马里艾方向。发现跟之前的情况很不一样，平静得有点反常。街道上空无一人，房屋里也没有人，甚至连一杆枪都见不到。返回阿皮亚，又去了一趟公安委员会。晚饭后去了舞厅，回家时已经累到无力。在舞场上听到雷特务的酋长说："这次的战争就是兹希搭拉引起的，他和他的家族都应该受到惩罚。"

一定要战胜投身到外面战场中的孩子一样的诱惑。现在最重要的事情是保护好家人。

阿皮亚的白人们也感觉到了恐惧在升级。听说只要遇到问题，就可以到军舰上避难。现在海港里停靠着两艘德国军舰。"奥尔兰号"最近也会抵达。

7月4日

最近几天，政府一方的军队（土著士兵）不断聚集到阿皮亚。成群结队的小船纷纷进入港口，船上装满了古铜色的战士。船头还有人翻着跟头鼓舞士气。战士们在船上发出奇怪的呐喊声，带着点怪异的威吓感。阵阵鼓声此起彼伏，响成一片，喇叭声都已经荒腔走板。

全阿皮亚的红手绢都已经售罄。因为用红手绢缠头，是马里埃特阿（拉乌配帕）军队的制服。红缠头，画黑脸的年轻人，在城中随处可见。打着欧式洋伞的少女和奇装异服的战士结伴而行，那场面看起来也很好玩。

7月8日

战争终于爆发。

晚饭后，有信使说有伤兵正在运往教堂。我带着芳妮和劳埃德提着灯笼骑马过去。今天晚上很冷，繁星满天。把灯笼放在塔侬伽马诺诺，剩下的路程借着星光走过去。

我和阿皮亚市一样，都处在一种神奇的亢奋中。只不过我的亢奋满是忧愁和残忍，其他人的亢奋满是愤怒和茫然。

临时医院搭建在一个长方形的空旷建筑里面，正中央是一张手术台，十几个伤兵躺在角落里，每一个周围都有一小帮人。护士拉琼小姐身材娇小，戴着一副眼镜，今天看上去非常能干。德国军舰上的卫生兵也在。

医生还没到。一名伤兵情况很危险，身体逐渐变冷。这是个长相端庄的萨摩亚人，皮肤黝黑，有一种阿拉伯雄鹰的感觉。他身边有七个亲人，正在揉搓他的手脚。这个人好像是肺部被射穿。已经有人火速前往德国军舰去请医生。

我也领了任务。克拉克牧师告诉我，后面一定还会有大批伤兵被送到这里，大礼堂要利用起来。于是我在城中四处奔走（因为我刚加入公安委员会），把睡梦中的公安委员会的委员都叫过来开紧急会议，最后通过了使用大礼堂的决定（中间有一个人反对，最终被说服了）。会议还通过了与此相关的费用支付问题。

半夜的时候返回医院，医生已经到了。两个伤兵生命垂危，其中一人伤在腹部，面容扭曲，安静无声。他已经晕过去，凄惨的样子让人不忍去看。

前面那个肺部洞穿的酋长，正靠墙而立，像是在等待最后的天使降临。家人在一旁支撑着即将离去的他，众人都一言不发。忽然间有一个女人抱住他的膝盖放声大哭，哭声持续了大概五秒，然后再次陷入令人难受的沉默。

零点后才回到家。结合在市里听到的各种传闻，玛塔法在战争中好像处在不利地位。

7月9日

战争结果最终变得明确。

昨天，拉乌配帕的军队从阿皮亚出发，向西进攻，正午时分，遭遇玛塔法的军队。不过，很快就出现了荒诞的场景。两军将士一起勾肩搭背地喝起卡瓦酒，举行联欢盛会。不过，无意中的擦枪走火让联欢马上变成混战，于是战争正式开始了。混战进行到傍晚，玛塔法军队撤退，据守马里艾外城，经过一夜的抵抗，今天早上最终溃败。据说玛塔法放了一把火烧掉村庄，沿着海路逃到萨瓦伊伊。

很长时间里，玛塔法一直都是岛上的精神领袖，我找不到什么话适合评价他此时的败落。因为他要是在一年前发兵，大概可以轻松取胜，将拉乌配帕和白人政府一起赶走。现在，我有很多棕色皮肤的朋友都会跟着玛塔法一起落难。我之前为他们做过什么？我之后还能为他们做点什么？我真是像一个卑鄙的气象观测者！

午饭后来到城里。到医院去看了一下，发现乌尔（肺部洞穿的酋长）居然还活着，真是神奇。伤到腹部的那个人已经去世。

战争中有11颗头颅被斩落，送往姆黎奴。但是让土著们震惊的事情发生了，这中间居然出现了一个少女。而且，这个少女还是萨瓦伊伊某个村落的塔乌波乌（代表全村的美少女）。这对于自命为南海骑士的萨摩亚人来说，真是一桩忍无可忍的暴行。所以，听说只有这颗头颅被最高级的绢布包裹，并附上一封真诚的致歉信，一同被迅速送到马里艾。这个少女肯定是在为父亲运送弹药的途中遇害。而且还听说为了给父亲装饰头盔，少女割下了自己的长发，变成了男子的发型，因此才被人割了脑袋。但是无论如何，她这样的死法，都足以匹配其生前的美貌！

只有玛塔法的外甥雷奥佩佩的身体是和头颅一起被运到此处的。国王在姆黎奴大街上检阅士兵后发表演说，并对部下的英勇表现进行慰问。

再次顺路去医院，看到护士和卫生兵都已经离开，只有伤员家属还在。伤员和陪护人员都在木枕头上睡午觉。有一位轻伤的俊美青年，陪护人员是两名少女，一左一右，三人同枕而眠。但是在另外一边的角落里，还有一位伤员孤零零地躺在一边，没有人陪护。他神情坚毅，虽然长相并不俊美，但是他的姿态却比旁边的美少年更令人肃然起敬。真是没想到，脸部构造的微妙区别，竟然会让两个人的待遇如此天差地别。

7月10日

今天非常累，一下都动不了。

听说有更多人的头颅被送到姆黎奴，猎头之风由来已久，想要彻底消失应该很难。他们会问你："不这么做，要怎么证明你的勇敢？"或者问你："戴维打败歌利亚之后，难道没把巨人的头颅带回来？"不过，这次居然割下了一个少女的头颅，这件事他们好像还是接受不了。

岛上同时流传着两种说法，一个是玛塔法安全地被迎接到萨瓦伊伊，另一个是他在萨瓦伊伊被拒绝登陆。究竟哪种说法才是事实，目前还不知道。如果他真的平安进入萨瓦伊伊，可能后面依旧会有大规模战争爆发。

7月12日

流言四起，没有一条确切的消息。拉乌配帕的军队向马诺诺方向进发。

7月13日

得到确切消息，玛塔法被赶出萨瓦伊伊，返回马诺诺。

7月17日

拜访刚进入港口的"卡特巴"号的克福特舰长。他告诉我已经接到镇压玛塔法叛军的命令，明日一早直接前往马诺诺。我请求舰长在能力范围内尽量善待玛塔法。

不过，玛塔法会乖乖投降吗？他跟手下的人会那么容易就解除武装吗？

我甚至不能寄一封鼓舞士气的书信到马诺诺。

十三

同德、英、法三国开战，玛塔法作为败军之将的下场已经非常的明确。克福特舰长率军抵达马诺诺岛，并对他下达最后通牒，告诉他在三小时内必须投降。最终玛塔法投降，而马诺诺岛也同时遭到了拉乌配帕军队的劫掠和焚烧。玛塔法被剥夺所有称号，并流放到遥远的亚尔特岛。追随他的 13 个酋长，也被分别流放到不同的小岛上。叛乱者所属的村庄，被处以罚款，共计 6600 英镑。被关在姆黎奴监狱里的大小酋长，一共 27 人。这次叛乱的最终结果就是如此。

为了叛军的战后处置问题，史蒂文森也曾四处奔走，但最后却没有什么结果。流放者禁止携带家属，也禁止通信。只有牧师被允许探望。史蒂文森原本想让天主教徒帮自己送去书信和礼物，但被对方拒绝。现在，玛塔法已经同自己的亲人和熟悉的土地彻底分离，只能在北方低洼的珊瑚岛上，每天喝咸水生活（高山溪水遍布的萨摩亚人最讨厌咸水）。

玛塔法有什么罪呢？依照萨摩亚的传统，他本来就应该要求成为国王。这本就是无可厚非的事。假如非要给他定罪，那只能说他顾虑太多，太有耐心，等待的时间太长。只是这样。最后他让敌人有机可乘，被人挑衅，最终沦为叛党。

直到最后一刻，他仍然安分守己地向阿皮亚政府交税。他还同意了少数白人禁止猎头的主张，最先在自己的部落执行。他是整个萨摩亚，包括白人在内的最诚实的人（史蒂文森是这么想的）。

但是，如果想要将他从这种不幸的境遇中拯救出来，史蒂文森可以说是完全无能为力。玛塔法曾经那么相信他。但是如今禁止通信，相比玛塔法也对他非常失望，觉得他只是一个夸夸其谈，却毫无作为的白人罢了（至少他没有什么特别之处）。

家中有人战死，女人们就会在他们战死的地方铺上花席。蝴蝶和昆虫会被引过来落在上面。第一次，将它们都赶走。第二次，继续驱赶，而第三次飞过来，并且停留在花席上面的，就会被看作亡者的灵魂。女人们会小心翼翼地捉住它们，并带回家中供奉。

田野上到处都是这种令人悲伤的场面。而那些被关进监狱的酋长每天都被毒打的流言也开始在大街小巷传开。所见所闻让史蒂文森越来越觉得自己只是一个没用的文人，这让他非常自责。因此，他已经很久没有写过公开信，而今又开始给《泰晤士报》寄信了。

现在的他每天需要面对的除了身体虚弱、创作遇到瓶颈，还有一种针对自己的那种难以描述的愤怒。

十四

1893 年 11 月 × 日

这个早晨让人焦躁，看上去快要下雨了。巨大的灰蓝色乌云飘浮在上空，在海面上投下了巨大的阴影。已经是早上七点了，但还要开着灯。

贝尔正在服用奎宁，劳埃德闹肚子。我正在非常优雅地咯血，症状轻微。

这个早晨真让人不痛快，我被各种各样悲伤的情绪缠绕着。事物内在的悲剧性开始发挥作用，我则陷入了无法逃脱的黑夜里。

当然，人生的主旋律不可能只有啤酒和九柱游戏①。然而，我终究还是坚定地认为事物必然存在一种合理性。就算我早晨一睁开眼就发现自己会坠入地狱，也不会动摇。不过，虽然是这样，世事依旧艰难，人生的路也仍然不好走。我承认自己在这条道路上犯下过错，因此面对这个结果只能严肃而哀伤地叩首。……事情已经如此，我又能如何？Il faut cultiver son jardin.② 这就是可怜的人类理性光辉最后一次的闪光。我再次回到毫无激情的创作中，再次为《赫米斯顿的韦尔》努力，然后再次感受到自己的无力。《森特·艾维斯》的写作也在同时进行，不过一样进展缓慢。

我并没有绝望。因为我很清楚，自己现在的状况是每一个脑力劳动者都会遭遇的。然而，我的文学创作已经进入瓶颈，这一

① 保龄球的前身。

② 法语：每个人都应该耕种好自己的田园。

点毋庸置疑。我对《森特·艾维斯》完全没有信心。这不过是一个没什么价值的传奇故事。

忽然间，我想到一件事情，年轻时候的我为什么没有选择一个更平凡、踏实的职业呢？如果当时做了选择，那么像现在一样遇到瓶颈的时候，自己也一定能很好地克服。

写作技巧已经离我而去，创作灵感也一起离开了。我甚至感觉到自己凭借多年来那种英雄式的努力磨炼出来的写作方式，都已经完全消失。一个没有了写作方式的作家非常的痛苦。因为，曾经下意识运转的不随意肌，以后就只能凭借意志来让它们运转了。

不过，听说《沉船打捞者》销量很好。《卡特琳娜》（原名《戴维·巴尔弗》）却反响平平。《沉船打捞者》这样的作品也会受欢迎，真让人哭笑不得。反正我也没感到绝望，只能等待下一次萌芽。尽管我以后恢复健康的可能性不大，头脑也不可能更加活跃，但是文学从某种意义上来说，本来就是某种程度的病态产物。爱默生的理论不就是，人的智慧可以通过一个人拥有多少希望来衡量的吗？所以我下定决心，不会放弃希望。

不过，我觉得身为艺术家的自己也没什么过人之处。我已经走到了尽头，这是非常显而易见的。我一直认为自己是个传统的手艺人。那么换句话说，现在的我手艺活已经不行了？现在的我，已经变成了毫无用处的累赘。导致这一结果的原因有两个，长达20年的过度劳累和疾病。它们榨干了牛奶里最后一点儿奶油。

下雨了，雨很大。从森林的另一端飞快地到了眼前。屋顶上忽然响起了猛烈的敲击声。潮湿的泥土气息扑面而来。痛快！让人觉得仿佛身处苏格兰高地。看向窗外，暴雨像数不清的水晶棒，在所有的东西上砸出飞沫。起风了。清风送来一丝丝清爽的凉意。暴雨来去匆匆，而它所过之处，依旧声势浩大。一滴雨透过日式竹帘溅到我的脸上。屋檐上的雨水像小河一样在窗前流下。痛快！我的心里似乎有什么东西活了过来。什么东西？我不知道。难道是曾经在苏格兰沼泽地上关于暴雨的记忆吗？

　　站在阳台上，听着窗外的雨声，我忽然有一种冲动，想要说些什么，说点儿什么呢？豪言壮语，我天生就没有这种东西。或者是说这个世界就是一个谬误。等一下，为什么是一个谬误？不为什么。因为我写作不顺利。因为各种各样的无聊烦心的事情都往耳朵里钻。但是要说最烦人的一件事情，那就是人一定要不停地赚钱，这是一个永远都不能卸下的负担。如果有一个地方，能让我舒服地躺着，两年都不用写一个字，那该有多好！就算是疯人院，我也不会拒绝的。

11 月 ×× 日

　　因为我的腹泻，生日派对推迟了一周，改为今天举行。15 头小猪分别蒸熟和烤熟，100 磅牛肉，100 磅猪肉，水果，柠檬水的味道，咖喱的香气，波尔多红酒，从楼上到楼下，到处都是花，增加了 60 个临时拴马桩，大约有 150 个客人。下午三点过来，七点离开。来时就像是海啸一样。大酋长赛乌玛努把自己的一个称号送给了我。

11 月 ×× 日

　　下山去阿皮亚市，雇了一辆马车，带着芳妮、贝尔和劳埃德大摇大摆地到监狱去，我们要给那些被关在监狱里的玛塔法的手下送卡瓦酒和香烟。

在镀锌的铁栅栏里面，我们和这些政治犯，还有监狱长乌尔姆普兰一起喝卡瓦酒。一个酋长在喝酒的时候先伸出手臂，慢慢地将酒倒在地上，并用祈祷的语气说道：

"主啊，请您大驾光临。这是多么美好的宴会！"

但是我们送来的只是斯皮特·阿瓦，一种劣质的卡瓦酒。

最近的佣人干活儿有点偷懒（话虽这么说，但是比起一般的萨摩亚人，还是挺勤快的。"萨摩亚人只走不跑。只有瓦伊立马的佣人例外。"——这是一个白人说的，对此我非常自豪）。让塔洛洛做翻译，我训斥了这帮家伙，而且宣布会扣除最懒的那个人一半的工资。没想到那群人居然乖乖点头，还不好意思地笑了。

初来乍到的时候，如果我少给了钱，哪怕只是 6 先令，他们都会马上走人。但现在看来，他们似乎把我当成酋长了。最后被扣薪水的是迪阿，这个老人是负责给佣人们做萨摩亚菜的厨师，但是周身的气度却接近完美。不管是体魄还是样貌，都称得上是威震南海的萨摩亚武士中的榜样。但是谁能想到，这居然是个软硬不吃的老油条！

12 月 × 日

烈日骄阳，热得不行。身陷囹圄的酋长们邀请我去监狱赴宴，于是，下午顶着烈日骑马 4 英里。这是对前些天我们去监狱探望的回礼吗？酋长们取下自己的乌拉（许多深红色种子串成的项链），挂在我脖子上，并称呼我为"唯一的朋友"。尽管宴会是在监狱举办的，但依然十分盛大，气氛也很自由。而且他们还送了我 30 张花席、30 把团扇、5 头猪、一大堆鱼，还有更大一堆塔罗芋头。

我婉言拒绝，表示自己完全拿不动。但是他们说："不，你一定得带着这些东西从拉乌配帕门前经过。因为国王一定会嫉妒你。"听说我脖子上挂的乌拉，就是拉乌配帕一直心心念念的东西。由此可见，这些犯人酋长的一个目的是让国王不痛快。

所以我把小山一样的礼物堆在车上，脖子上挂着项链，骑着马招摇过市，就像马戏团巡游一样悠闲地穿过阿皮亚市，然后回到家里，让一帮人惊讶了一把。我也从国王家门口走过，不过他是否会嫉妒，我就不清楚了。

12 月 × 日

《退潮》进展缓慢，但终于结束了。不过，这部作品很差吗？

最近一直在看蒙田的著作，刚读到《随笔集》第二卷。20岁的时候，为了练习文体曾经读过这本书。正因如此，如今重读一次我才非常震惊。当年的我在读这本书时，究竟看懂了什么？

读过这样伟大的著作，再去看其他作家的作品，简直就像是孩子写的，也就失去了再去读的兴趣。事实如此。但是我仍然觉得小说是所有书籍中最好的（最有力量的）。我非常坚信这一点。它可以做到像神魔一样，附在读者身上，夺取他们的灵魂，化作他们的血肉，被完全地吸收殆尽。这是只有小说能达到的效果。其他书籍，总会留下一些不能完全燃烧的残渣。现在的我陷入瓶颈是一码事，但是我对小说创作感到无限的自豪又是另一码事。

因为在土著和白人之间都声名狼藉，而且考虑到最近一直动荡不安的情况，政务长官冯·皮尔扎哈终于引咎辞职。还有，听说最近大法官也会辞职。目前法院已经关闭，但是他的口袋仍然大敞着收取薪资。听说继任者已经内定为依依达。反正在下一任政务长官上任之前，岛上仍旧按照先前的方式治理，英、美、德三国领事共同治理。

阿阿纳地区有些骚动，暴动的预兆。

十五

玛塔法被流放之后，各地一直都有土著发动暴乱。

1893 年底，萨摩亚前代国王塔马塞塞的遗孤率领特普阿族发动叛乱。叛军首领小塔马塞塞声称要驱逐现任国王及所有白人，或者把他们都灭了，但最终却在阿阿纳遭遇国王拉乌配帕率领的萨瓦伊伊部的军队，大败而归。战败一方需要付出的代价是，收缴 50 支枪，征收拖欠的税款，修筑 20 英里公路，完全称不上严重。相比之下，曾经对玛塔法的惩罚就显得很不公平。会有这个结果，大概也是因为小塔马塞塞的父亲曾经是德国人的傀儡，而一部分德国人现在也支持他吧。为了这件事，史蒂文森向各方提出抗议，但都没有结果。当然，他也不会提议严惩小塔马塞塞，其目的只是为玛塔法减刑。但是只要史蒂文森提起玛塔法的名字，听到的人都会笑出声来。但就算是这样，他依然非常严肃认真，并且带着极度愤怒的情绪向本国报纸和杂志揭露萨摩亚的事情，而且是仿佛不知疲倦似的一次次提起。

这次叛乱中，猎头之风再次兴起。史蒂文森是一个"猎头反对者"，因此在第一时间提出惩罚这些猎头者。就在暴乱发生前不久，新任大法官依依达才刚通过议会颁布了《猎头禁令》，因此史蒂文森在此时提出要求，并不奇怪。不过，猎头者最终并未得到惩罚。这让史蒂文森感到非常愤怒。而且更让人想不到的是，岛上的宗教人士对猎头行为也丝毫不在意。这种情况同样令史蒂文森感到愤怒。目前，萨瓦伊伊族仍旧固守这种野蛮的习俗，而茨玛桑伽族则用割耳来代替割头。此前，在玛塔法治理下的区域中，猎头的行为几乎彻底消失了。因此史蒂文森觉得，通过努力是完全可以消灭这种陋习的。

新上任的大法官似乎吸取了切达尔克兰兹的教训，正在一点点恢复政府在白人和土著中的信誉。不过，在 1894 年里，小规模暴动以及土著之间的各种纷争，还有针对白人的各种恐吓一直时有发生。

十六

1894 年 2 月 × 日

昨晚，我照旧在离家比较远的小屋里工作，突然看到拉法埃内提着灯笼过来，手上拿着芳妮的纸条。上面写道："屋外树林里好像聚集了许多暴民，快回来。"我立即拿上手枪，赤脚和拉法埃内一起下山。途中遇到了上山来接我的芳妮，于是我们一起回去，在家里度过了很不舒服的一晚。

从塔侬伽马诺诺传来的鼓声和叫喊声，彻夜都能听到。远处的下方街市，正沐浴在月光下（今天月亮出来得很晚），上演一出疯狂的闹剧。的确有很多土著藏在我家后面的树林里，不过他们却都很安静，这让人有点儿想不通。但是一点儿声音都没有，反而更让人害怕。月亮出来之前，港湾里的德国军舰开着探照灯，粗壮的光柱在夜空中来回逡巡，看上去有种别样的壮美。尽管我躺在床上，但是颈部的风湿让我难以入眠。当我第九次快要睡着的时候，男仆的房间里又传出奇怪的呻吟声，把我吵醒了。没办法，我只能捂着脖子，拿起手枪，到男仆房间里看看情况。结果看到谁都没睡，一起玩斯维匹（纸牌赌博）。而愚蠢的蜜西佛罗输了，才存心在那里一惊一乍地呻吟。

　　早上八点，一队巡逻兵一样的土著踩着鼓点从我家左侧的树林里走出来。然后连接着瓦埃阿山的右侧树林里也走出了一队士兵。两队人马会合之后，就冲到了我家里。应该不超过 50 人。我用饼干和卡瓦酒招待了他们，然后这些人就乖乖地朝阿皮亚市开拔。

　　这种威慑方式也够蠢的。但是，领事大人昨晚怕是也没合过眼。

　　前些天进城时，有个不认识的土著给了我一个蓝色信封，里面的东西看上去是个正式文件，但内容其实是恐吓信。大概说了些白人不能跟国王的人有联系，不能收他们的礼物……难道他们觉得我已经背叛了玛塔法？

3 月 × 日

　　还在写《森特·艾维斯》，半年前订到的参考书已经收到。原来 1814 年的犯人都是穿这种奇怪的制服，真是让人意外，而且他们每周还会刮两次胡子！唉，还得重写。

　　梅瑞狄斯 [1] 写了一封很严肃的信，这让我感到很荣幸。他的《比彻姆的一生》，到现在为止，都还是我在南太平洋最喜欢翻阅

---

　　[1]　乔治·梅瑞狄斯，英国维多利亚时代的小说家、诗人。《比彻姆的一生》出版于 1876 年，是一部带有浓厚自传色彩的小说。

的著作之一。

现在每天要给少年奥斯丁讲历史，此外还做了星期天学校的老师。尽管是抱着一种好玩的心态才接受这个职位，但是现在都已经用点心和奖励来吸引孩子，这个情况还能坚持多久？

查图·温都斯书局写信给我，说是巴克斯和科尔文建议我出一部全集。采用司各特48卷本《威弗力小说集》一样的红色装帧，一共20卷，限定发售1000部，印刷用的纸张全部印有我名字的首字母缩写。生前就要出版这样豪华的全集，我如今真的已经是个大作家了？对此有些保留，不过依然很感动于朋友的好意。但是看了一下目录，发现其中有很多年轻时写的随笔，如今读起来实在令人惭愧，一定不能放进去。

我不清楚自己现在的人气还能持续多久。我对普通大众依然不太信任。我也不知道他们的批判究竟是明智的还是愚蠢的。这些人从混沌之中选择了《伊利亚特》和《埃涅阿斯纪》，至今仍广为流传，就这一点而言不可谓不明智。但是，如果现实中的他们，就算出于礼貌客气，大概也不能说这些人是明智的。实话实说，我对他们是不信任的。但我是在为什么人写作呢？难道不是他们，不是为了能让他们阅读吗？假如我要说自己只是为了其中很少的一部分卓尔不群的人在写作，那就未免自欺欺人了。如果只有少数批评家赞扬我，而大众对我弃如敝屣的话，我肯定会变得非常不幸。我轻蔑这些人，却毫无保留地依赖他们。这样的关系像不像任性胡闹的儿子和无知却包容的父亲？

罗伯特·弗格森、罗伯特·巴昂兹[1]、罗伯特·路易斯·史蒂

---

[1] 这两位都是早于史蒂文森100年的苏格兰诗人。

文森，弗格森预言了将会出现的伟大；巴昂兹将这种伟大实现；我不过是踩着前人的脚步到达此处。苏格兰的这三位罗伯特，先不说伟大的巴昂兹，弗格森跟我真是太像了。青年时代的我，曾有一段时间沉迷于弗格森的诗作（还有维永）。他和我出生在同一座城市，我们都体弱多病，自暴自弃，不被世人接受，内心煎熬，最后死于疯人院（最后这一点跟我不同）。现在的人，差不多都已经不记得他那些美好的诗句，但是远不及他才华横溢的R.S.L.却侥幸地活着，他甚至还要出版豪华的全集。这样的对比，真让人不胜唏嘘。

5月×日

早上胃疼得厉害，服用鸦片酊。于是就感觉到喉咙干渴，四肢麻木。有时候精神错乱，但大部分时间处于完全呆滞状态。

最近，阿皮亚官方的新闻周刊还是对我进行猛烈的抨击，而且都是些不堪入耳的污言秽语。实际上我最近已经改变了同政府的敌对关系，跟新任政务长官舒米特及新任大法官也都相处融洽。所以操纵报纸对我进行攻击的肯定是那帮子领事，因为我之前曾多次指责他们的越权行为。今天的报道真的是太卑鄙。我刚开始看到类似报道还觉得很气愤，但现在看到反而会觉得骄傲了。

"你瞧，这就是我目前的处境。虽然不过是个住在树林里的平民百姓，但是他们却上蹿下跳，把我当作针锋相对的死敌！我到底是有多大的权势，才会让他们如此不厌其烦，每个星期都要对外宣传我的无权无势。"

不只是城中的人在攻击我，大洋彼岸的祖国也有不少批判的声音。这些评论家的声音居然可以传到这个偏僻的小岛上，的确令人惊奇。长舌好事之人真的是数不胜数！更过分的是，无论褒贬，居然都是建立在对作品的误读之上，真让人受不了。先不说观点好坏，反正真的能理解我作品的人，只有亨利·詹姆斯（而且他又是个小说家，不是评论家）。

无论一个人多么优秀，一旦处在某种环境里，都不免会出现超出个人想象的群体性偏见。像我这样站在这种疯狂的群体之外冷眼旁观的人，可以很清晰地看到这一点。生活在这里的一个好处就是，让我可以非常自由地站在欧洲的文明之外对其进行观察。听说高斯曾说过："文学只存在于查令十字街附近三英里之内。萨摩亚可能是疗养胜地，但却好像不太适合创作。"

如果对象是某种文学，可能这话不假。但是，这样的文学观到底是非常的狭隘呀！

大概看了一下随邮船一起来的杂志上的评论，发现对我作品的批评，主要从两个角度出发，人物性格至上或是心理至上，还有就是极端的写实至上。

的确存在一些小说，被称作性格小说或者心理小说。但是在我看来，这种小说实在是太啰唆了！为什么要这么啰里吧唆地把人物性格和心理一点点分析出来给读者看？人物性格和心理，难道不是只需要通过言行来表达吗？至少，有品位的作家都是如此。吃水浅的小船才会随波逐流。就算是冰山，也是藏于水面之下的部分更加庞大。我完全接受不了那种一眼能够看穿的作品，就好像舞台可以直接看到后台，建筑连脚手架都不拆一样。越是精密的器械，第一眼看的时候越觉得简单，难道不是吗？

而且，我听说左拉先生那种复杂的写实主义风格已经在整个西欧文坛盛行。据说可以巨细靡遗地将入眼的一切事物都逐一记录下来，通过这种方式达到自然的真实。这么浅薄的东西，只能付之一笑。须知所谓文学，便是一种选择。作家的眼睛，就是用来发挥这种作用的。为什么要描写绝对的现实？有谁能做到把全部现实都记录下来呢？现实就像皮革，作品则是靴子。尽管靴子是皮革制成的，但已经不再是皮革了。

我曾经思考过"无情节小说"这种神奇的东西，最后还是百思不得其解。难道说我已经离开主流文坛太久，听不懂现在年轻人的话了？至少我觉得，作品的"情节"甚至是"故事"，就等于是脊椎动物的脊椎。轻视"小说当中的事件"，不就是小孩子学着大人的样子在装腔作势吗？让我们对比一下《克拉丽莎》[1]和《鲁滨孙漂流记》。"还用说吗？前者是艺术作品，后者却是最最通俗的儿童读物。"——不管是谁大概都会这样说。是的，这话也没错。我非常认同这种说法。不过，这么说的人，是否通篇读过《克拉丽莎》呢？《鲁滨孙漂流记》有没有读过五遍以上？我在这个问题上倒是有点儿疑惑。

这个问题非常复杂。但是可以肯定一点，只有兼具真实性和趣味性的作品，才能称得上是真正的叙事诗。去听听莫扎特吧！

既然说到《鲁滨孙漂流记》，就不能不说我的《金银岛》。先不说这部作品的价值究竟有多少，最让人费解的就是，大多数人都不相信在创作这本小说的时候我也是倾注了全部心血的。我当时的创作态度，跟后来创作《诱拐》和《巴伦特雷的少爷》时一样严肃认真。不过很有意思，我在小说的创作过程中，好像完全不记得自己正在写一本少年读物。我现在仍旧不讨厌这本少年读

---

① 《克拉丽莎》是英国小说家塞缪尔·理查逊创作的书信体小说。

物，这是我的第一部长篇小说。我就是个孩子。世人似乎都不太理解这件事。那些认同了我身上这种孩子性格的人，又不太理解我也是个大人的事实。

还可以用另外一个例子说明大人和小孩的问题，英国拙劣的小说和法国精巧的小说（法国人怎么就能写出这么精巧的小说呢？）。《包法利夫人》绝对是一部杰作。《雾都孤儿》看上去却是非常孩子气的家庭小说。但是，我想，相比于写出了大人小说的福楼拜，或许写出孩子气小说的狄更斯反而更像一个大人。不过这种想法也存在风险。因为这样的大人，有没有可能最终一个字都不写？威廉·莎士比亚长大后变成威廉姆·彼特①，但是彼特长大了却变成一个默默无闻的普通市民。

众人全凭自己的心意用同样的词汇来指代不同的事物，还会用各种不同的语言一本正经地描述同一样东西，并且彼此争论不休，还乐在其中。远离文明社会，再反过来观察，越发觉得愚不可及，可笑至极。在这个还不曾出现过心理学、认识论的偏僻小岛上的兹希搭拉眼中，现实主义和浪漫主义也不过都是技巧而已，是用来吸引读者的不同手法。能让读者接受就是现实主义，能让读者着迷就是浪漫主义。

7月×日

上个月开始感冒非常严重，直到现在才彻底恢复。最近几天，一直都到停靠在海港的"丘拉索号"上玩。今日一早就进城了，先和劳埃德一起去和政务长官埃米尔·舒米特吃早饭。随后一同到

---

① 威廉姆·彼特，18世纪英国政治家、雄辩家，通称大彼特。

"丘拉索号"上，午饭就在船上吃。晚上到冯克博士家里参加啤酒晚会。劳埃德回家去了，我决定住在酒店，聊得很高兴，直到深夜才离开。去酒店的途中，有一段奇妙的经历。因为事情很有趣，就把它完整记录下来了。

可能是因为先喝了啤酒，之后又喝了勃艮第酒，从冯克博士家里出来的时候，就已经醉得厉害。我朝着酒店方向走。前面四五十步的时候，还稍微清醒一点，知道告诫自己："你喝醉了，要小心！"但是不知不觉精神就放松下来，随后便失去了意识。

等我再度恢复意识，就发现自己倒在地上，周围散发着一种发霉的味道。风带着泥土的腥气，吹在脸上很温暖。就在这时，一个想法就像远处发过来的大火球一样突然砸进了我刚开始清醒的意识中："这里是阿皮亚！不是爱丁堡！"——不晓得怎么回事，倒在地上的时候，我感觉到自己仿佛是躺在爱丁堡的大街上。后来再想起，就觉得非常不可思议。这个突然闪现的念头惊到了我，让我瞬间清醒了。但是不久之后，又开始意识模糊了。

蒙眬中，脑海中浮现出了奇妙的景象：我走在街上，突然觉得腹痛，连忙走进路边的一栋高大建筑，向人家借用厕所。看门的老人正在打扫院子，看到我厉声问道：

"你要干什么？"

"不干什么，只是想借用厕所。"

"哦，是这样，那您自便。"

然后，他很不耐烦地看了我一眼，又开始继续扫地去了。

"这人可真讨厌。什么叫'那您自便'？"……印象中在很久之前的某个地方——不是爱丁堡，很可能是加利福尼亚的某个城市里——也有过类似经历，不过……

忽然恢复了意识，我发现自己还是在地上躺着，鼻子前面是一堵黝黑的高墙。深夜中的阿皮亚，到处都是漆黑一片，不过这堵高墙大概只有20码，更远的地方可以看到昏黄的灯光。然后，我摇摇晃晃地站了起来，一手捡起掉在地上的遮阳帽，一手扶墙，墙壁上有股霉味——让我想到过去的，大概就是这个味道——我继续朝着有灯光的地方走。没多久就到了墙的尽头，前面很远的地方有一盏街灯发出昏黄的光，很小但是很清楚，感觉上是透过望远镜看到的。那里是一条比较宽敞的街道，一侧是刚刚那堵墙的延伸。茂密的枝叶伸到墙外，被淡淡的灯光自下而上地照耀着，在风中发出沙沙的声响。不知道怎么回事，我总觉得只要顺着这条路往前走一段，然后再左转，就能回到黑里欧特大街上的家。那是我曾度过了少年时代的爱丁堡的家。我好像又忘记了这里是阿皮亚，以为自己身在故乡的街道上。

向着光源处又走了一会儿，我突然间就清醒了，完全地清醒过来。没错，这里是阿皮亚。然后，就着昏暗的灯光，我甚至可以清楚地看到街道上白色的尘埃，还有自己鞋子上的污迹。这里是阿皮亚市，而我正走在从冯克博士家返回酒店的路上……此时，我才算是恢复意识，彻底清醒。

我感觉，这可能不只是醉酒跌倒这么简单的事情，而可能是我大脑中的某处裂开了一道缝隙。

或者还可以这么说，详细记录这种怪异经历，这件事情本身或许就有那么点儿不正常。

8月×日

医生不许我写作。尽管做不到一个字不写，不过最近每天早上都要去地里干两三个小时农活。这样倒是感觉挺划算。如果种植可可能让我一天有 10 镑收入，那劳什子文学就叫别人去搞吧。

家里生产的农产品：包菜、番茄、芦笋、豌豆、橘子、菠萝、西洋醋栗、苤蓝等。

虽说《森特·艾维斯》没那么差，但不管怎么说现在就那么"搁浅"了。我目前正在阅读《印度斯坦史》，很有意思。叙述风格是 18 世纪的那种，很客观而不是抒情式的叙述。

两三天前，停泊在港口的军舰突然接到命令，巡航海岸线，并炮击阿特阿的叛民。前天上午，特雷奴方向也传出了炮声，这让我们非常吃惊。今天仍然可以听到远处传来的炮火声。

8 月 × 日

瓦伊内内农场举办户外骑马赛。我的身体情况还不错，就报名参赛。骑马痛快地驰骋了 14 英里以上。这是一种出于野蛮本能的需要。这是一种曾经的快乐的重现，就好像回到了 17 岁的时候。"活着，就是能够感受到欲望。"我骑在马背上在草原飞驰的时候，有了这种激昂的想法，"在一切事物中，都可以感受到青春期的时候在女人身上感受到的诱惑。"

但是，为了白天的快乐，到了晚上就要付出代价：极度疲劳加上肉体疼痛。因为白天的那种快乐是许久都未曾体验过的，所以快乐过后的"报复"也非常之残酷，这让我的心情跌入了谷底。

从前的我，从不为做过的事情感到后悔，反而一直都会为了没有做过的事情而后悔。没能选择的职业，没能尝试但曾经有机会尝试的冒险，自己未曾体会过的各种经历——不知餍足的我只要想到这些就会觉得坐立不安。但是这种单纯的行动欲望，对于现在的我来说也在逐渐减少。我甚至有一种感觉，白天这种单纯的快乐，我可能不会再有了。因为疲劳过度，晚上回到卧室以后就一直咳嗽，简直像哮喘发作一样严重，身上的所有关节也都一直在疼。所以，就算不愿意，我也只能这么想。

我是不是活太久了？曾经，我也想到过死亡。当时的我为了追芳妮，漂洋过海来到加利福尼亚，极度的贫困和虚弱，与家人和朋友完全切断联系，一个人躺在旧金山的贫民窟里痛苦呻吟。当时的我，常常会想到死亡。然而，当时的我，还没有完成一部可以作为我人生纪念碑的作品。大作尚未完成，我绝不能死。否则的话，就辜负了鼓励我、支持我的朋友们。是的，在家人之前，我先想到了我的朋友。所以，在那个食不果腹的时期，我忍受着痛苦，完成了《海岸孤亭》。

可是现在呢？该做的不是都已经做完了？当然，我的作品有没有好到可以作为纪念碑是另一回事，但是我能写的，不是都写完了吗？还有什么理由能让我强迫自己延续生命呢？现在的我已经陷入了极度的疲劳，还有严重的咳嗽、哮喘、关节痛和咯血。在疾病彻底抹杀了我的行动渴望之后，文学创作便成了我人生的全部意义。文学创作，不是痛苦的但也不是快乐的，我大概只能这样说。所以，我的生活既非不幸，也非幸福。正如无论是否幸福，蚕都要吐丝织茧，我不过是用语言的丝织出故事的茧罢了。现在我这条可怜又病弱的蚕，织好了自己的茧。从此以后，他便失去了生存的目标。"不！有的！"一位朋友说，"蜕变！变成蛾子。咬破蚕茧，飞向蓝天！"这个比喻妙极了。但是，现在的我，不管是肉体还是精神，真的还有力气咬破蚕茧吗？

十七

1894 年 9 月 × 日

昨天，厨师克鲁鲁对我说：

"我岳父说明天要和一个酋长过来拜访您，有事相商。"

他岳父老波艾是玛塔法那边的政治犯，当初邀请我去参加狱中卡瓦酒宴会的就有他。他们在上个月月底的时候被释放。在狱中时，我对他颇多照顾。为他请医生到狱中治疗，办理保外就医，再次入狱后的保释金也是我支付的……

今早，波艾和另外 8 个酋长一起登门。带他们进入吸烟室后，他们按照萨摩亚习俗蹲成一圈。然后，一行人的代表开始讲话：

"在狱中时，兹希搭拉给了我们很多照顾。现在我们终于被无条件释放。出狱后我们立即商量，要用某种方式感谢兹希搭拉对我们的恩情。先前被释放的酋长现在仍然在给政府修路，这是他们的释放条件。所以我们商量后决定，也要给兹希搭拉修路，作为我们真诚的礼物。请您务必接受。"

他的意思是，要修一条路，把我家和官道联系起来。

熟悉土著习俗的人，都不可能认真对待这句话。不过，我仍然很感动。但老实说，如果真的要修路，我肯定要提供工具、伙食和工钱，这也是不小的开销。他们应该不会接受，但最后还是会以慰问老弱病残的方式支付给他们。

然而，他们详细解释了修路计划，酋长们会立即返回各自的部落，召集族中能干的人。一部分年轻人会带着小船住在阿皮亚，沿着海岸线给修路的人送吃的。只有修路的工具希望可以在瓦伊立马想办法置办，但是坚决不收任何礼物。这种劳动方式完全不是萨摩亚人的习惯，实在令人大吃一惊。如果计划真的能够执行，那应该可以称得上是岛上空前绝后的壮举了。

我真诚地向他们表达感谢。

代表刚好坐在我对面，我们两个并没有交情，刚开口的时候，他表情严肃，但当他说到兹希搭拉是他在狱中唯一的朋友时，表情就变得非常生动纯粹了。这绝不是自我感觉良好。但我还是第一次看见，一个波利尼西亚人居然会彻底摘掉自己的"面具"（白人眼中的太平洋难解之谜）。

9 月 × 日

天气很好，他们一早就过来了，都是些老实强壮的年轻人。一到这里，就马上开始修路的工作。老波艾看上去非常高兴，好像这计划让他也变年轻了。他一直到处走，还说笑话，仿佛是在向这群年轻人炫耀，他是瓦伊立马家的朋友。

他们这种热情和干劲儿能不能坚持到工程结束，我倒是不太在意。因为，能让他们这项计划用一种萨摩亚从未有过的方式来执行就已经足够。你想想看，这可是修路，在萨摩亚最让人厌恶和忌讳的事情。在这里，修路是仅次于纳税的导致叛乱的原因。不论是支付薪资，或者给予惩罚，他们都不会愿意参加修路的工程。

单凭这一点，也可以说在萨摩亚，我至少做了点儿事，这足够让我引以为傲。我非常高兴。是真的，我简直快乐得像个孩子。

十八

十月的时候，道路基本竣工。萨摩亚人能做到这么勤快，工作效率这么高，真是令人吃惊。而且，在施工期间也没有像之前一样频繁出现部落纷争。

史蒂文森决定举办盛大的竣工庆祝会。他邀请了岛上所有的人，不分白人还是土著。但让人意外的是，宴会的日子越来越近，而那些白人及亲近白人的土著都拒绝了他的邀请。孩子一样单纯的史蒂文森举办了一场宴会，居然被他们当成了某种政治手段。原来他们以为史蒂文森想要借着宴会聚集反叛势力，借此来敌对政府。就算是他最好的朋友，也拒绝了邀请，而且没有给出任何理由。于是到最后，只有土著来参加宴会，但就算这样也还是有很多人。

宴会上，史蒂文森用萨摩亚语发表了感谢演说。事实上，英文的演讲稿在几天前就写好了，然后他又去请牧师帮忙翻译成土著语。

他首选对 8 位酋长表达了衷心的感谢，然后向众人讲述了这个美好的提议是如何产生的。他说自己最初想要谢绝好意。因为他非常清楚这个国家正在经受的贫穷和饥饿。而且，各位酋长已经很久没回去，家中和部落里一定有很多事情急需处理。但是他最后还是选择了接受。因为他想到了这个工程将会造成的影响，将会比 1000 棵面包树更深远。而且，接受这个美好的提议，让他本人也感到非常的高兴。

"各位酋长，你们辛勤劳作的样子温暖了我的心。不只是出于感激，我还看到了某种希望。透过你们，我仿佛看到了可以带给萨摩亚美好未来的希望。我想说的是，各位作为战士抵抗外侮的时代已经结束。现在我们只有一个方法可以保护萨摩亚。那就是，修路，开荒，种植果树，并亲手推广和利用这些成果。简单一点说，就是亲自开发利用本国丰富的资源。如果你们自己不动手，那么其他肤色的人就会替你们做。"

"你们拿自己拥有的东西做了什么？在萨瓦伊伊、乌波尔和图图伊拉，你们难道不都是在任由猪猡们蹂躏？难道不是看着他们烧了房子，砍了果树，横行无忌吗？他们不耕种，却收割；不耕种，却收获！但是上帝赐予萨摩亚播种的财富，赐予富饶的土壤，充足的阳光和雨水，都是为了你们。恕我直言，如果你们自己不去保护和开发，很快就会被别人抢走。你们连同你们的子孙后代，都会在暗无天日的生活中，彷徨和哭泣。我并没有危言耸听，这些都是我亲眼所见。"

然后史蒂文森将自己在爱尔兰、苏格兰高地和夏威夷等地的所见所闻一一道来，讲述了原住民的各种悲惨境遇，并告诉在场的人，如果不想重蹈覆辙，就要从现在开始励精图治。

"我热爱萨摩亚以及这片土地上的人。我真心地热爱这座岛屿。我已经决定要一直在这里生活，死后也会葬在这里。所以，我对你们的警示，也并非随便说说的。

"现在，你们就要面临巨大的威胁。你们是想要重复先前那些原住民的经历，还是想战胜这些困难，让子孙后代都可以和祖先们一样在这里继续生活，并赞颂你们的英雄事迹呢？刻不容缓，情势危急，现在就必须做出决定！根据条约，土地委员会和大法官的任期即将结束。之后，土地就会再次回到你们手中，可以任由你们支配。不过，白人向来狡猾，肯定会插手。土地测量员肯定会拿着测量仪器，到你们的村子里来。到那时，你们面对的就是熊熊燃烧的试炼之火。究竟是真金还是铅屑，让我们拭目以待。

"真正的萨摩亚人一定要战胜这个威胁。要怎么赢得胜利呢？当然不是把脸涂黑了去打仗，更不是去烧房子，或者杀了那群猪猡，把他们的脑袋割下来。要是真那么做的话，你们的下场只能更悲惨。萨摩亚真正的英雄，是能够带领你们修路开荒，提高果园产量，也就是能够利用上帝赐予你们丰富资源的人。这才是真正的战士，真正的英雄。各位酋长，你们曾经为兹希搭拉付出过辛勤的劳动，兹希搭拉现在表达他诚挚的谢意。但我希望整个萨摩亚都可以以你们为榜样。就是说，所有的酋长和岛民，我希望你们可以全力开拓道路、经营农场、教育子孙、开发资源，而且做这些并不是为了要感谢兹希搭拉，而是想要造福同胞和子孙后代，那该有多么美好！"

史蒂文森的这场演说与其说是感谢，不如说是警示，却反响热烈。其实他的担心有些不必要，内容并没有很难理解，大部分来宾都好像听懂了他的话。这让他很高兴。他就如同快乐的孩子一样，活蹦乱跳地穿梭在褐色皮肤的友人中。

刚修好的道路旁边，竖着一块路碑，上面用土著语写道：

感谢之路
为报答在狱中呻吟的日子里
曾给予我们温暖的兹希搭拉。
现在，我们为他献上这条路。
我们修建的这条路，
再也不会泥泞不堪，
而且永远不会崩塌。

十九

我仍然会提起玛塔法的名字，听到的白人们都会露出奇怪的表情，仿佛是听到了有人谈起去年上演的剧目一样。甚至还有人张嘴傻笑，笑容卑鄙。我觉得，无论如何，玛塔法的事情都不至于沦为笑柄。一个作家四处奔走没有任何作用（好像一个小说家即便是在陈述事实，大家也认为他在讲故事）。看来一定要有实力的人伸出援手才行，不然还是没有转机。

英国下院的 J.F. 侯冈先生曾针对萨摩亚问题提出质疑，所以即便我们并不认识，我仍旧给他写信。通过报道，我了解到他曾多次质问萨摩亚内乱问题，由此可见他非常关心这个问题，而且看质问内容，好像对内情也十分了解。我写信给这位议员，并在信中反复强调对玛塔法过于严重的处罚问题。特别是对比最近小塔马塞塞的叛乱处罚结果，就更加显得极不公正。玛塔法不过是受到挑衅，并没有可以列入罪状的行为，却被流放到远隔千里的孤岛上，但是小塔马塞塞曾经说要杀光所有白人，结果就没收 50 支步枪便不了了之。世上怎么会有这么荒谬的事情？现在，只有天主教的牧师被允许上岛探望玛塔法，他甚至被禁止通信。最近，他的独生女冒险违抗禁令，已经前往亚尔特，只要被人发现，应该就会被遣送回来。

为了救出千里之隔的玛塔法，居然被逼的要动用万里之外那个国家里的公众舆论，还有比这更荒谬的事情吗？

假如玛塔法能够回到萨摩亚，大概会成为神职人员。因为他接受过这方面的教育，品德方面也不在话下。就算无法回到萨摩亚，去斐济也好，这样至少在饮食上可以做到和家乡更接近。如果他愿意，我们也可以见面，多好。

10月×日

《森特·艾维斯》马上就能完结，不过我忽然又想继续写《赫米斯顿的韦尔》，于是这件事也提上议程。自从前年开始动笔，好几次都是提起笔来又放下。这次或许可以圆满结束，但也没有很大信心，不过是一种感觉罢了。

10月××日

在世上活得越久，我就越能深切地感受到自己像孩子一样茫然无措。我没有办法适应这个世界。所有的一切，我听到的、看到的，这样的生育和成长过程，外在高雅的伪装和内在的卑鄙疯狂形成了鲜明的对比，等等。无论过了多久，我都无法习惯这一切。我觉得随着年龄渐长，我变得越来越赤裸和愚钝。"长大以后你就明白了"——小时候总听人这样说，但这就是句彻头彻尾的假话。对于所有的事情，我都是越长大越看不明白。……这确实很让人惶恐。但是另一方面，这也让我对活着这件事依旧存有好奇。也的确是这样。这世上总有那么些倚老卖老的家伙，脸上总是带着那么一副神气，就好像在说："我已经活了几辈子。人生已经没什么能教我的了。"但实际上，哪个老家伙活过第二次？无论现在多大年纪，此后的生活对他来说也是头一回，不是这样吗？那些脸上写着大彻大悟的老家伙们，我（我还不算老，但如果考虑到距离死亡的时间长度，我也绝对不算年轻）讨厌他们，也轻蔑他们。他们眼睛里看不出一点儿好奇，特别是说话的时候总是一副高高在上的样子，嘴上说着"现在的年轻人啊"什么的（不过就是早在地球上出生个二三十年，就一定要别人尊重自己观点的语气），明摆着就是 Quod curiositate cognoverunt superbia amiserunt（傲慢让他们失去了原本因为好奇能够得到的东西）。

疾病的折磨没能让我失去好奇心。这让我感到非常欣慰。

11 月 × 日

午后烈日似火，我一个人在阿皮亚大街上走着。路面上有白色的热浪蒸腾而起，让人睁不开眼睛，整个街道空无一人。道路右侧是一片绿油油的甘蔗田，随风起伏，一直延伸到北方的尽头。尽头处连接着蓝色的太平洋，浓郁的色彩看上去就像是正在燃烧的绿色火焰。白色的海浪像是云母屑堆积而成，层层叠叠，向外阔出了巨大的圆弧。海洋上摇曳着蓝色的火焰，连接着琉璃色的天空，接缝处是晕染开的混有金色粉末的水蒸气，白雾氤氲，浑然一体。道路左侧被生长着巨大蕨类植物的峡谷隔开，应该是塔法山顶，只见它矗立在一大片浓郁的绿色之上，隐藏在一片令人炫目的雾霭之后，紫罗兰色的山脊隐约可见。万籁俱寂，只能听到甘蔗叶的摩擦声。我看着脚下短短的影子，继续前行。走了很久，忽然发生了一件奇怪的事情。我问自己：你是谁？名字是一个符号。你究竟是谁？走在热带白色道路上，身影消瘦又虚弱，步履蹒跚的你，是什么人？像水一样来到人世，不久又会像风一样消逝的你，难道只是个无名之辈？

这个画面，很像演员灵魂出窍，坐在观众席上看舞台上的自己。灵魂问躯体："你是谁？"目不转睛地看着。我忍不住打了个冷战，脑袋晕眩，差点儿要摔倒，艰难地强撑着走到附近的土著家里，才喘了口气。

我从未经历过这种瞬间虚脱。而关于"自我意识"的拷问，这是曾令我困惑的永恒的谜题，在沉寂了许久之后，好像又突然出现，出来质问我了。

难道我的生命力在减弱？但是与两三个月前相比，我的身体已经好很多了。虽然有很大的情绪波动，但是已经很有精神了。眺望远处的风景，那种强烈的色彩让我回到了初次见到太平洋时感受到的那种震撼和美丽（不管是什么人，在热带地区住了三四年以后，都会习惯于这种美，再也看不见）。不可能是因为生命力减弱了。但实话实说，最近确实容易出现精神兴奋的状态。每当这个时候，早就忘记了的多年前的身影和场景，就会像烤墨纸①上的绘画一样，忽然生动地在脑海中浮现出来，连同色彩、气味和影子一起，鲜活得让人不寒而栗。

11 月 × 日

精神上极度亢奋和极度消沉的状态交替出现，严重的时候一天会反复多次。

昨天下午，雨过天晴后我骑马上山，忽然感到心头一阵恍惚。随即，眼前所有的森林、山谷、岩石，以及从山坡向下延伸到海岸的一切景色，都在雨后的黄昏中清晰无比地呈现在眼前，鲜明生动，甚至极远处的窗户、屋顶、树木的轮廓都像铜版画一样清晰可见。不只是视觉上出现变化，我觉得周身的感官都变得非常

---

① 日本的一种游戏，用稀硫酸书写，干了以后就会消失，看书时用火烤书页，因浓硫酸可将纸脱水成碳，所以黑字或图案会呈现出来。

活跃，我的灵魂中似乎出现了某种超越的东西。此刻的我，再怎么复杂的逻辑结构，再怎么微妙的心理变化，都能一眼看穿，毫无遗漏。这种极度的欢愉，快要让我沉醉其中了。

昨晚，写了不少《赫米斯顿的韦尔》的内容。

但是早上一醒来就承受了残酷的"报复"，胃难受得厉害，心情也很糟糕。坐在书桌前，接着昨晚的部分又写了四五页，然后就停笔了。就在我用手撑着腮帮苦思冥想的时候，脑海中忽然闪过了一个可怜虫的一生。这个可怜虫得了严重的肺病，心高气傲，孤芳自赏的样子让人厌恶，还贪慕虚荣，矫揉造作，缺少才华还要装作自己是个艺术家，过度劳累并且透支已经很虚弱的身体，只会写点流于形式但毫无内涵的拙劣作品。现实生活中，因为幼稚的性格总会招来嘲笑，家里还有一个年长的妻子总是欺压自己，最终漂流到远在天边的太平洋，怀着对北方故乡的深沉思念，郁郁而终。

这个可怜虫的一生，就像闪电一样突然出现在我的脑海中。我大惊失色，就像被人重锤了胸口，瘫在椅子里，浑身冷汗，动弹不得。

过了一会儿，我才恢复过来。怎么会有这么愚蠢的想法？肯定是因为身体不舒服。

但如果是评价自己的一生，那么无论如何都挥不散这片荫翳了。

Ne suis-je pas un faux accord

Dans la divine symphonic？

在上帝指挥的交响乐中，

我是一根走调的琴弦吗？

晚上八点，我又变得活力十足。重读了前面写好的《赫米斯顿的韦尔》。真不错！简直太好了！

早上真是活见鬼。我是个三流作家？哪个说的？没有思想？没有哲学内涵？那些高兴胡说八道的人，随他们去吧。归根结底，文学还是要靠技巧。拿着几个概念就敢对我指手画脚的那群人，只要读了我的作品，就会马上被吸引。我是我自己的书迷。就算写作的时候烦得要命，甚至偶尔怀疑写东西有什么价值，但是第二天重读一遍，就一定会深深地被自己的作品吸引。这就像裁缝相信自己的剪裁手艺，我也对自己的写作技巧非常自信。放心吧！R.L.S.！你写出来的东西怎么会没意思？

11月××日

真正的艺术只能是自我忏悔式的（就算不是卢梭那种，也一定是其他某种形式的）。这是我在某本杂志上看到的。真是说什么的都有。有人炫耀自己的恋人，有人吹嘘自己的孩子，还有人说自己昨晚上做的梦——可能这些在当事人看来很有意思，但是对别人来说，实在是无聊透顶。

补记：躺在床上，我反复想过，还是认为要稍微修正一下上面的想法。我突然想到，如果一个人不能写自我忏悔，算不算一个人的致命缺陷（如果是一个作家，那算不算致命缺陷？我是很难回答这个问题的，虽然有些人觉得答案再简单不过）？说得具体一点，就是我思考了一下，自己能不能写出类似于《大卫·科波菲尔》的作品。答案是：不能。理由是什么？是我对自己的过去，不如那个伟大而又平庸的作家那般自信。虽然我觉得跟那个简单纯粹的大作家相比，我克服了更沉重的痛苦，但我依旧对过去很不自信（实际上，我对自己的现在也一样缺乏自信。振作起来，R.L.S.！）。

儿时和少年时期的宗教氛围，可以大做文章，我也真的写过。青年时期的放浪形骸及同父亲的对立冲突，如果想要写也可以，还能写得很深刻，让评论家们非常惊喜。结婚的过程，也不是不能写（虽说面对接近老年，不再是女人的妻子，实在很难写下这一段经历）。但是，要不要写我在决定跟芳妮结婚的时候，对其他女性说过的话，做过的事呢？当然，一部分评论家会很乐意看我写出这些内容，他们甚至会说"极度深刻的杰作已经出现"等等。但问题是我写不出来。因为我不接受自己当时的行为和生活，真是遗憾。我想有人会说："你不能接受是因为你的伦理观不够深刻，完全不像个艺术家。"我也不是不知道那种想要洞察人性复杂（至少是洞察别人）的观点，但是我不能彻底理解（我喜欢纯粹、豁达的东西。我更喜欢堂吉诃德，而不是哈姆雷特。但最喜欢达达尼昂）。你想说我浅薄就去说，反正我的伦理观无法让我认同这些（我的伦理观又等同于我的审美）。那我当时又为什么会这么做？不清楚。一点儿都不知道。我曾经一直说："只有上帝懂得该怎样辩解。"但是现在，我可以坦率地趴在地上，满头大汗地告诉你："我不知道。"

那我当时爱不爱芳妮？这个问题真可怕，太可怕了。我连这都不知道。我只知道自己跟她结了婚，并且婚姻维持到如今（说到底，爱究竟是什么？从这个最基础的问题开始，我真的知道吗？并不是想要找一个定义。而是能否根据自己的生活经验立即找到答案。啊，普天之下的所有读者们啊，你们知道吗，曾经在很多小说中描写过很多爱人的小说家罗伯特·路易斯·史蒂文森，已经40岁了，却还不知道什么是爱。但也不用大惊小怪。你可以把古往今来的大作家都找来，拿这个最简单的问题问问他们：爱，到底是什么？让他们根据各自的人生经历，给出最直接的回答。你放心，不管是弥尔顿、司各特、斯威夫特、莫里哀、拉伯雷，还是莎士比亚，给出的答案都会是出人意料且超出常理的，甚至有可能暴露出自己幼稚的一面）。

但只需要自我检讨，就会发现问题在于作品与作者生活的脱节。意思是，我们很可悲地发现，现实生活中的人要比作品低劣得多。我，难道是自己作品的残渣吗？就像熬煮过的高汤剩下的残渣？此前我只有一个想法，就是写好小说。我甚至觉得为了实现这个唯一的目标而组建的生活非常美好。当然，也不是说写作对个人成长毫无裨益。的确，写作可以使人得到锻炼。但除此之外，不是还有更好的选择吗？（那就是另外一个世界，说病弱的自己被关在行动的世界之外，这种借口未免有点卑劣。就算卧床不起，也能找到锻炼的方式。当然，这样的病人最终达到的境界，有可能会显得偏激）我是不是太执着于写作技巧了呢？我是在对敷衍自我且在现实生活中毫无重点的人进行充分的思考后才作出这种判断的（你看看梭罗就知道）。我忽然想起了自己之前很讨厌，以后应该也不会喜欢（因为我现在身在南太平洋，贫乏的书库里也没有一本他的书）的那个魏玛公国的宰相[1]。他不是高汤的残渣。呵，岂止是这样，他的作品反而更像他本人的残渣。啊！我如今的情况，说来实在不应该，身为一个作家的名气，已经远超出我为人的成熟或不成熟的程度。这很危险，令人害怕。

想到这里，突然产生了一种莫名的恐惧。因为我要是真的贯

---

[1] 约翰·沃尔夫冈·冯·歌德，德国著名诗人、作家，代表作有《少年维特之烦恼》《浮士德》等。1776 年开始为魏玛公国服务。

彻执行这个想法，那么我前面创作的东西岂不是都该销毁？真是令人绝望的恐惧。因为迄今为止，作为我生活唯一主宰的"写作"之上，居然出现了更大的权威。

但是，遣词造句时带来的美好快乐，以及描写精彩场景时候的兴奋已经深入骨髓，绝对不可能从我身上消失。写作会是我生活永恒的中心，也不会影响任何事情。但是——不，没什么好怕的。我不缺乏勇气。我一定要勇敢地迎接自身的变化。蚕蛹想要变成蛾子，想要飞向蓝天，就一定要把自己织好的美丽蚕茧咬破。

11月××日

今天是邮船日，收到爱丁堡版本全集第一卷。装帧、纸张和其他方面都比较满意。

看了一下收到的信件和杂志，发现自己和欧洲人的思想差距越来越大。如果不是我太通俗（非文学意义上的），那就是他们的思想太狭隘。

我曾经嘲笑过学法律的人（讽刺的是，我自己也有律师资质）。我觉得法律的权威性是有一定局限的。就算你精通其复杂性并且以此而感到自豪，也并不具备普遍意义上的人类价值。现在这句话，我想送给文学。英国文学、法国文学、德国文学，再广义一点的欧洲文学甚至是白人文学，都只不过是在一定的范围内，以自己的喜好为标准，是一种在其他世界并不通用的特殊且狭隘的标准，并在这个范围内自以为优越。但是这一点，如果不跳出白人的世界，是无法看清的。

当然，不只是文学。西欧文明在评价人和生活的时候，也有些特殊标准，并以为可以在全世界通用。只知道这种狭隘标准的人，怎么可能会理解太平洋上原住民人性与生活之中蕴藏的美好?

11月××日

在太平洋各个岛屿之间穿梭的白人商人,有两种很罕见的类型,除此之外都是些唯利是图的奸商。其中一种人,完全没有打算过赚点钱然后回家养老,一般的南洋商人都这么想,但他们却热爱太平洋的风土人情,热爱航海,因此不愿意离开,想要一直在此经商。还有一种人,也热爱太平洋,热爱放荡不羁的生活,却以一种极端的方式鄙视文明社会,这样的人,虽然还活着,但已经是漂泊在南洋风雨中的空虚灵魂了。

今天在市区的酒馆遇到了第二种人。这是个40岁左右的男人,一个人坐在我旁边的桌子上喝酒,两腿交叉,膝盖一直在抖。穿得很寒酸,长得却挺知性。浑浊的红眼睛明显是喝酒导致的,皮肤粗糙,嘴唇很红,看上去很不舒服。我们聊了快一个小时,我只弄清楚一件事:他毕业于英国一流的大学。他说一口完美的英语,在这个港口城市里非常的罕见。他说自己是杂货商人,从汤加过来,准备乘下一艘船到克特拉乌斯。当然,他不清楚我的身份。这个人对自己的生意绝口不提,只简单地说了一下白人给各个海岛带来的恶性疾病。他还说自己是孑然一身。妻子、孩子、家庭、健康和希望,他全都没有。我问了个愚蠢的问题:"怎么会落得这步田地?"他回答说:"没什么好说的,小说里常有。而且,虽然您用了'这步田地'来强调,但是相比于生而为人这件特殊的事情,我现在的生活也没什么特别的。"他笑了一下,然后轻咳了几声。

还真是无法辩驳的虚无主义。回到家中,我躺在床上思量那人的话,他那种温文尔雅却无可救药的语气也在我耳边回响起来。

Strange are the ways of men.[①]

在此定居之前，我也曾乘坐纵帆船周游列岛，并遇到过形形色色的人。

马克萨斯岛上，不要说白人，就连土著都很少去，我在那儿见过一个特别的美国人。他在海岸后面盖了个小屋独居。辽阔的大海、天空和椰子树之间只有他一个人。陪伴他的只有一本彭斯和一本莎士比亚，而他打算在此终老，毫无怨言。他说自己曾经是一个船工，年轻的时候读过有关南太平洋的书籍，之后就非常向往这片热带海洋，最后终于远渡重洋来到这座岛，并在岛上定居。我在海岸上停靠的时候，他还给我写了一首诗。

有个苏格兰人曾经在复活节岛上搬过一段时间尸体，那是太平洋上最神秘的小岛，岛上到处都是早已灭绝的原住民留下的怪异的巨石像。随后，他继续周游列岛的生活。一天早上，他正在船上刮胡子，船长在他背后大喊："喂！怎么回事？你把耳朵剃下来了！"等他回过神来，伸手一摸，发现果然把耳朵剃掉了，而且自己完全没发现。因此他当机立断，直接在癫病岛莫洛卡伊住下来，并安然地在岛上度过余生。当初我去探访那个被诅咒的小岛，这个人便兴高采烈地给我讲了这个冒险故事。

阿佩玛玛的独裁者特比诺克，现在过得怎么样？他用遮阳帽代替王冠，穿苏格兰短裙，打欧式绑腿。这个南太平洋上的古斯塔夫·阿道夫[②]还非常喜欢罕见的东西，他的仓库就在赤道正下

---

① 英语：各有各的活法。

② 古斯塔夫·阿道夫二世，瑞典王国瓦萨王朝第 7 位国王（1611年 10 月 30 日—1632 年 11 月 16 日在位），瑞典国王卡尔九世的长子。欧洲杰出的军事家、军事改革家。

方，但里面居然收藏了很多火炉。白人被他分成三种："骗过我一点的家伙""经常骗我的家伙""骗得我很惨的家伙"。当我准备扬帆起航离开小岛的时候，这个纯朴豪放的独裁者差点儿哭出来，还为我这个"从来没骗过他"的白人，唱起了诀别之歌。因为他还是岛上仅有的吟游诗人。

夏威夷的卡拉卡瓦国王，现在怎么样了？卡拉卡瓦是个聪慧无比又感情丰富的人，是太平洋的原住民中唯一能和我平等地谈论马克思·缪勒的人。他曾经梦想过波利尼西亚大联合，但亲眼看见自己国家的衰落之后，他是不是已经看开了一切，开始专注于阅读赫伯特·斯宾塞了呢？

夜深人静，我却一点儿都不想睡，耳边传来远处的海浪声，曾经在蔚蓝的海洋上畅游，伴着清爽的季风邂逅的形形色色的人，都络绎不绝地浮现在眼前。

人啊，几乎就是造梦的素材。但就算如此，这一个接一个的梦，这么的精彩纷呈，却又这么的可悲可叹！

11月××日

完成《赫米斯顿的韦尔》第八章。

感觉这项工作终于步入正轨，我终于能准确地抓住重点了。在写作过程中，也能够感受到一种沉甸甸的分量。从前写《贾基尔医生和海德先生》还有《诱拐》的时候，虽然写得很快，却没有完全的自信，只是心里想着大概能写出一部好作品，却也担心有可能会是一部只有自己喜欢的拙劣作品。因为，手里的笔好像总不能随心所欲，好像一直被什么东西在牵引或追赶一样。但这次不同，虽然也是写得很快，但是缰绳却牢牢抓在自己手上，可以完全掌控作品中的所有人物。自己很清楚作品的好坏。这并不是自我陶醉的说法，而是客观分析的结论。再怎么样，这部作品也会比《卡特琳娜》好吧。尽管还没有收尾，但是也能完全肯定。岛上有句谚语："鲨鱼还是鲣鱼，看尾巴就知道。"

12 月 1 日

太阳还没出来。

我在山上站着。

雨下了一整夜，刚停，风依然很大。从脚下向远处延伸的大斜坡尽头，铅灰色的海面上有浮云飞快地掠过，向西飞速飘走。云层断裂的地方，偶尔会露出破晓前凝滞的白色，从海洋和旷野的上空掠过。天地之间还没有出现颜色。像北欧的冬天一样阴冷萧瑟。

迎面吹来的狂风裹挟着湿气。我靠着大椰子树的树干，才勉强站住。一种包含着不安又期待的东西，在我的心里出现了。

昨天晚上，我也在阳台上站了很久，任凭狂风暴雨冲刷我的全身。今天早上，我再一次迎着狂风站在这里。因为渴望跟某种凶残、狂暴，如同暴风雨一样的东西碰撞，我想要借此打碎禁锢着自己的硬壳。清醒地、孤独地站立在云、水和山之间，抵抗四大①的严峻意志，真是畅快淋漓！一种伟大的英雄气概越来越明显地被我感知到。"O！Moments big as years."② "I die, I faint,

---

① 佛教用语，构成万物的四种基本元素，地大、水大、火大、风大的总称。

② 意为：啊，转瞬之间，胜过数年。源自 19 世纪英国诗人济慈取材于古希腊神话的长诗《恩底弥翁》。

I fail."①我呼喊着无穷无尽地涌向我的诗句。我的声音被狂风无情地撕碎，然后消散。就在这时，光芒一点点降临到原野、山冈和海面上。一定会有事发生。我的心里充满了一种让人愉快的预感：一定会有事发生，带走我生活中的残渣和杂质。

我就这样站着，大概有一个小时。

不一会儿，眼前的世界就瞬间变了样子。没有颜色的世界一下子变得五光十色，让人目眩神迷。原来，是太阳出来了，被东面突出的岩石挡住，在我看不到的地方。多么神奇的魔术！刚才还是一片灰暗的世界，一转眼就出现了番红花色、硫黄色、玫瑰色、丁香色、朱红色、绿松石色、橙色、藏青色还有紫罗兰色。不止如此，所有的颜色都泛着锦缎的光泽。清晨的空气中飘浮着金色的花粉，森林、岩石、悬崖、草地、椰子树下的村庄、红色的可可壳堆山，所有的一切都如此美丽！

看着眼前在瞬间出现的奇迹，我非常痛快地发现，就在这个时候，我心里的黑夜正在向远处逃窜。

我昂首阔步地回到房间里。

二十

12月3日清晨，史蒂文森和平时一样，花了三个小时的时间口授《赫米斯顿的韦尔》，并由伊莎贝尔记录。下午，写了几封信，傍晚的时候在厨房里，和准备晚餐的妻子聊天，拌沙拉。随后，到酒窖去拿葡萄酒。就在拿着酒回到妻子身边时，他突然大

---

① 我衰弱不堪，我头晕目眩，我走向死亡。

喊："我的头！头！"然后酒瓶掉在地上，他也晕倒了。

众人立即将史蒂文森抬到卧室里，请了三位医生过来，但他却没有恢复意识。

医生诊断的结果是"肺麻痹并发脑出血"。

第二天清晨，整个瓦伊立马就被前来吊唁的土著赠送的野花湮没。放眼望去，到处都是花。

劳埃德指挥 200 个自愿前来的土著，天还未亮时就已经开工，开辟了一条通上瓦埃阿山顶的路。因为山顶就是史蒂文森生前定好的埋骨之地。

下午两点，风似乎也变得死寂，送葬队伍开始出发。健壮的萨摩亚青年们轮流抬着史蒂文森的棺材，沿着刚开辟出来的山道，向山顶而去。

下午四点，在 60 个萨摩亚人和 19 个欧洲人面前，史蒂文森下葬。

那是一片山顶的空地，位于海拔 1300 英尺的高度，被环绕在枸橼树和露兜树中间。

众人唱起死者生前为家人和仆人们作的一支祈祷曲。闷热空气中的枸橼香味浓的令人窒息，众人低头默哀。墓前摆满了洁白的百合，一只硕大的黑色凤蝶，泛着天鹅绒一般的光泽的翅膀不再扇动，静静地停在百合花上。

一位老酋长，堆满了皱纹的古铜色脸庞已经被泪水浸湿，正因为他是沉醉在生之欢愉中的南国人，因此死亡才会让他感到一种近乎绝望的悲伤。他低语道：

"托——珐（睡吧）！兹希搭拉。"

文字祸

文字之灵这种东西，到底是不是真的存在呢？

亚述人认识无数精灵。横行于黑夜中的雄性精灵叫里鲁，雌性精灵叫莉莉斯；传播疾病的精灵叫纳姆塔鲁；亡者的精灵是埃提姆；诱拐者的精灵是拉巴斯……有无数恶灵在亚述的上空徘徊。但是，还从未有人听说过文字之灵。

当时刚好是亚述巴尼拔①国王治下的第 20 个年头，尼尼微宫廷中出现了神奇的传言：每天晚上，都能听到图书馆的黑暗之中有奇怪的窃窃私语传出来。巴比伦城中，刚刚镇压了王弟沙马

---

① 亚述巴尼拔，前 668—前 627 年在位，是亚述帝国最后一个伟大的君主。在他统治时期，亚述的军国主义达到了崩溃前的顶峰。亚述巴尼拔鼓励文化，亚述统治地区的文学和艺术在他在位时期取得了辉煌的成绩。他还在首都尼尼微的王宫内建立了一所大型图书馆，就是西亚第一座有系统性的图书馆——亚述巴尼拔图书馆。

什·舒姆·乌金①的叛乱，难道又有什么不法之徒要出来为非作歹不成？然而经过仔细侦查，却并没有发现异常。这声音听上去，怎么都像是精灵在说话。有人说，这是最近被国王处决的巴比伦囚犯们死后发出的声音，但是大家都不以为然。1000多个巴比伦囚犯，都是被拔了舌头之后才被处决的，舌头都堆成了一座小型假山，这件事情无人不知。这些亡灵都没了舌头，自然也就不可能会说话。占星和羊肝占卜也没有得到什么结果，最后大家都觉得这只能是书籍或者文字在说话。但是，如果文字之灵真的存在，会是什么样？人们一点儿也不知道。亚述巴尼拔国王将长着巨大眼睛、头发卷曲的老博士那布·阿赫·艾里巴召到跟前，命令他对这种未知的精灵进行研究。

此后，老博士就每天穿梭在那座非比寻常的图书馆，这间图书馆会在200年后被尘土掩埋，再经过两三千年才会重见天日。博士就在这里一一查阅万卷书册，潜心研究。两河流域不像埃及一样盛产纸莎草，所以人们使用硬笔在黏土板上雕刻复杂的楔形文字。因为书籍是一块块瓦片，所以图书馆更像是陶瓷店的仓库。老博士用的桌子，桌腿的制作材料是真正的狮子腿，连爪子都原样保留。桌子上的瓦片堆积成山，老博士想要从这些很有分量的古老的知识中找到关于文字之灵的传说，却一无所获。他只找到

---

① 沙马什·舒姆·乌金，前668—前648年在位。亚述人所拥立的巴比伦第九王朝的国王之一。为以撒哈顿之子，亚述国王亚述巴尼拔之弟。曾纠合阿拉伯各部族发动叛乱，进攻亚述巴尼拔。公元前648年，亚述巴尼拔包围巴比伦城后，他纵火自尽，连同宫殿、财宝和姬妾一起付之一炬。

了掌管文字的是波尔西帕①的纳布②神的记载。于是他不得不亲自去考证文字之灵是否存在。

老博士不再翻阅资料，转而盯住单个文字。占卜师可以通过凝视羊肝，得知世间万物万事，他也想借鉴这种方法，打算通过凝视和静观找出事实真相。就在他这样尝试的过程中，发生了奇怪的事情。在他长时间凝视一个字的时候，文字就会不知不觉地分解，然后变成一些彼此交错的线条。文字不过是汇集在一起的线条，为什么会拥有声音和意义？这让老博士困惑不已。那布·阿赫·艾里巴生平第一次发现这样神奇的事情，震惊非同小可。活了70年，曾经已经习惯和忽略的东西，原来并不像自己以为的那样理所当然、必然如此。他顿时豁然开朗。那么赋予这些散乱线条声音和意义的是什么东西呢？想到这里，老博士可以非常肯定，真的存在文字之灵。如果没有灵魂支配手、脚、头、指头和腹部，那么就不能称之为人，以此类推，如果没有某种灵在支配，散乱的线条汇聚在一起，又怎么会有声音和意义呢？

从这里入手，曾经令人迷惑的文字之灵的本质，也开始慢慢变得清晰。文字之灵的数量，浩如繁星；文字精灵的繁衍，如同野鼠。

那布·阿赫·艾里巴走遍尼尼微的街道，寻访最近认识了文字的人，耐心询问他们，认识文字前后的变化，想要借此找到文字之灵对人的影响。然后，他得到了一个神奇的统计结果，大部

---

① 波尔西帕，伊拉克古城，位于今伊拉克幼发拉底河东岸西南方。约出现于苏美尔时期，该城凭借出色的塔庙建筑而闻名于美索不达米亚诸城邦。19世纪中后期起由一批西方考古学家对该城遗址进行了勘察与发掘，出土的楔形文字铭文阐释了该城的建筑状况与其修造影响。

② 亚述与巴比伦的智慧与写作之神，受巴比伦人崇拜，是天庭总书记。

分人在认识文字之后，要么捉蚊子的手法变慢，要么灰尘容易落进眼睛里，要么看不清曾经可以清楚看到的苍鹰，要么就觉得天没有之前所见那么蓝。"文字之灵蚕食人类的眼睛，如同蛆虫巧妙地穿过核桃的硬壳，吃掉里面的果肉。"那布·阿赫·艾里巴在新的黏土备忘录上写下这段话。

还有很多人表示，自从认识文字以后就开始咳嗽、打喷嚏、打嗝或者腹泻。于是老博士又写下："文字之灵会侵害人类的鼻子、咽喉和腹部。"

还有些人在认识文字之后，突然开始脱发，手足颤抖，双腿乏力，容易下巴脱臼。那布·阿赫·艾里巴最终写道："文字是个祸害，会损害人的神经，甚至麻痹大脑，简直是十恶不赦。"

自从认识了文字，工匠手艺退步，士兵勇气消失，猎人打狮子也会经常失手。还有人说，接触文字以后，美人在怀也感受不到乐趣，但是说这话的人已经是个 70 多岁的老头，这大概不能怪到文字头上。

于是那布·阿赫·艾里巴想到，埃及人说某种事物的影子是灵魂的一部分，文字不就是影子一样的东西吗？

"狮子"这个词就是真正的狮子的影子，因此记住这个词的猎人，会不会在打猎的时候，误认为狮子的影子才是真正要猎获的目标？记住了"女人"这个词的男人，会不会怀里抱着的其实只是女人的影子，而非真正的女人？

在文字出现之前，在皮鲁·那皮西姆的洪水之前，快乐和智慧都是直接进入人的脑海中，而现在，我们所知的一切，只是戴着面纱的快乐和智慧的影子。

最近，人类的记忆力开始衰退，也是文字之灵作祟的结果。现在的人如果不用文字记录下来，甚至已经记不住任何事情。自从有了衣服，人类的皮肤就变得脆弱且丑陋；自从有了车马，人类的双脚就变得无力而丑陋；自从有了文字，人类的大脑也停止运转。

那布·阿赫·艾里巴认识一位喜欢读书的老人，这位老人比他还要博学。他不仅精通苏美尔语和阿拉姆语，还认识纸莎草和羊皮上的埃及文字。关于古代的一切，只要有文字记载的，他都知道。他甚至知道图库尔蒂·尼努尔塔一世在位时某年某月某日的气候，但是从来不会注意今天的天气如何。他可以默诵少女萨比图安慰吉尔伽美什的话语，但是面对丧子的邻居却不知道要说点儿什么。他清楚阿达德尼拉里国王的王后萨穆·拉玛特喜欢穿什么样式的衣服，却丝毫不关心自己身上穿着什么样的衣服。

他太热爱书籍和文字了！阅读、默诵、抚摩，甚至连这样都无法让他满足，因为对书籍和文字的爱过于强烈，他居然把写着吉尔伽美什传说最古老的版本的那块黏土板咬碎，就着水吃了下去。文字之灵残忍地摧毁了他的眼睛，让他变成了高度近视。因为读书时总需要离得很近，他的鹰钩鼻的鼻尖免不了来回刷蹭黏土板，所以鼻子上磨出了坚硬的老茧。此外，文字之灵还毁坏了他的脊柱，让他驼背，他的下巴都快能够到肚脐了。但他有可能完全不知道自己的身体是佝偻的，虽然他可以用5个不同国家的文字写出"佝偻"这个词。

那布·阿赫·艾里巴博士认为，这个老者算是文字之灵最大的受害者。尽管这个老人的外表实在是让人觉得不堪入目，但是他本人却觉得非常幸福，甚至让人有些羡慕他。要真说起来，这也真的是一件怪事，不过那布·阿赫·艾里巴认为这是因为文字之灵有着一种可以迷惑人心智的神奇魔力。

有一次，亚述巴尼拔国王生了病，随侍的宫廷医生阿拉德·纳纳觉得国王的病很严重，就借了他的衣服穿在身上，装扮成国王的样子，想要用这种方法骗过死神埃列什基伽勒，让病魔转移到自己身上。这是一种古时候传下来并沿用至今的治疗方法，但是年轻人对此却表示怀疑，他们说这明显不合理，像埃列什基伽勒这样的神明怎么会被这种骗小孩子的伎俩给糊弄过去？听到青年们的话，渊博的那布·阿赫·艾里巴有些不高兴。年轻人总是想要在任何事物中都找到其合理性，但是这种行为方式总显得有点儿奇怪。这种奇怪的感觉就像是，面前有一个人浑身上下都脏得很，却只有一个地方，例如脚尖，被装扮得美丽异常。人类生活在神秘的薄雾笼罩之中，但是他们完全意识不到。老博士将这种肤浅的理性至上视为一种疾病，且显而易见的，让这种疾病传播开来的正是文字之灵。

有一天，年轻的历史学家，也就是宫廷史官伊休迪·纳布前来拜访老博士。他向老博士讨教："所谓的历史，到底是什么？"看到老博士诧异的表情，年轻的历史学家解释说："关于前段时间巴比伦王沙马什·舒姆·乌金的最后结局，流传着很多种说法。可以肯定的是他自己葬身火海了。但是有人说，在最后一个月的时候，他除了无比绝望，还开始荒淫无道，其程度难以用语言形容；但是有的人说，他坚持每日斋戒，不停地向沙玛什神① 祈祷；有人说，他只带着排在首位的王妃共赴火海；但是也有人说，他将数百个侍婢姬妾都投入火海中后，自己也走了进去。不管怎么说，所有的一切都在火海中化为灰烬，到底哪种说法才是真的事

① 美索不达米亚本土神灵，阿卡德、亚述和巴比伦神殿中的太阳神，是法律、正义和拯救之神。

实，已经无从得知。但是最近，大王命令我选择其中一种说法进行记录。上面我说的，只不过是很多类似情况中的一个。历史如果是以这样的方式被记录下来，真的合适吗？"

睿智的老博士此刻很聪明地保持沉默。于是年轻的历史学家又换了一种方式继续问："所谓的历史，到底是真实发生过的事情，还是写在黏土板上的文字？"

这问题听上去，就像是完全混淆了狩猎狮子的行为和记录着狩猎狮子的浮雕一样。老博士是这么觉得的，但是不能明说，于是他回答道："所谓历史，就是曾经发生过的事情，也是黏土板上记录的事情。二者不就是相同的事物吗？"

历史学家又问："那漏掉了没写上去的呢？"

"漏掉了？别闹了，没有被记录的事情，就是没发生过。如果种子没有发芽，不就等于从一开始这颗种子就不存在吗？所谓的历史，不就是一块黏土板吗？"

可怜的历史学家顺着老博士手指的方向，看到一块瓦片。上面记录的是萨尔贡王哈尔迪亚东征西讨的故事，记录的人是这个国家最伟大的历史学家那布·夏里姆·休努。老博士说这话的时候还在向外吐石榴籽儿，弄脏了那块瓦片。

"波尔西帕的智慧之神的使者，文字之灵拥有多么可怕的力量，伊休迪·纳布啊，我想你还不知道。文字的精灵们，一旦捕捉到某种事物，就会将其转变成文字的形态展现出来，从而让这件事物拥有永恒的生命。反之，如果不曾被文字精灵那充满力量的手触碰过，那么无论你曾经是什么，都终将走向消亡。不曾被记录在远古时代的安努·恩利勒之书上的星辰，为什么就不存在？因为它们都没有幻化成文字的形态，被保留在安努·恩利勒之书里。大马尔杜克如果侵占了天界牧羊人的领地，换句话说就是，如果木星侵占了猎户座的领地，那么就会触怒众神；如果月亮上出现了月食，灾难就会降临到阿穆鲁人头上。这些事情之所以会存在，就是因为它们以文字的形式被记录在古书上。古代苏美尔人不知道有马这种生物的存在，是因为他们的文字中不存在'马'这个词。再也没有什么像文字之灵这样拥有如此可怕的力量。如果你觉得是我们在使用文字进行书写，那就真是错得离谱了。我们不过是被冷酷的文字之灵驱使的仆役。但是这些文字之灵也同样非常危险。我最近正在做这项研究。你对记录历史的文字感到困惑，正是因为你太过亲近文字，受到了它们的毒害。"

历史学家好像陷入了某种思考，并告辞离开。老博士看到这么年轻的人也被文字之灵荼毒了，正感到有点儿难过。对文字太过亲近，却让自己对文字感到更加的困惑，这并不矛盾。前段时间，老博士很喜欢吃羊肉，差点儿把一整只羊吞下肚，但是在那之后，他甚至都见不得一头活着的羊。

年轻的历史学家已经离开，过了一段时间，那布·阿赫·艾里巴博士用手撑着自己日渐稀疏的脑袋，仔细回想。我不会是对着那个年轻人，大肆赞美了一番文字之灵的强大力量吧？他动了动嘴唇，暗想："可恶至极！文字之灵居然把我也骗进去了！"

事实上，文字之灵在很久之前就已经在老博士身上引起了一种非常可怕的疾病。之前为了要确定文字之灵是否存在，他曾经连续几天动也不动地盯着一个字，在那个时候他就已经病了。原本具有某种声音和含义的文字，忽然之间分崩离析，变成了一堆线条，这种情况曾经出现过，在那之后，相似的情况也出现在了文字之外的事物上。当他凝视一栋房子，房屋就会在他眼前，在他脑海中，变成一堆木材、石头、砖瓦和灰浆等不具有任何含义的集合。他感到疑惑，人类居住的地方为什么是这样的呢？当他凝视一个人的身体，也会发生同样的事。人的身体会被他分解成一个又一个奇怪的形状，他根本不能理解，为什么这样一堆奇怪的东西会是人？不只是目之所及的东西，就连人们生活中所有约定俗成的东西，都因为这种超乎想象的"分析病"而失去了本来的意义，他甚至开始怀疑人类生活的一切基础性的东西。

那布·阿赫·艾里巴博士开始有点儿神志不清，他觉得如果继续研究下去，自己迟早会性命不保。这让他很恐惧，因此他迅速整理出一份研究报告，并呈给亚述巴尼拔国王。但是，老博士不可避免地将自己的一些政治意见写在上面，他认为亚述国尚武，但如今却遭到这种无形的文字之灵的荼毒，而且到现在为止大家都没有发现。当务之急，是必须停止对文字的盲目崇拜，不然以后大概要后悔。

对一个进谗言诋毁自己的人，文字之灵当然不会善罢甘休。那布·阿赫·艾里巴博士的报告惹怒了国王。亚述巴尼拔狂热地崇拜纳布神，在当时也算是学识渊博的人，看到这样的报告，国王自然会不高兴。他命令那布·阿赫·艾里巴博士从现在开始谨言慎行。如果不是因为自己从小便师从这位老博士，国王大概会剥了他的皮。老博士没有料到国王会如此震怒，意外之余他立刻意识到，这是狡诈的文字之灵在报复他。

但报复还没有停止。多日之后，尼尼微和阿尔贝拉发生了大地震，老博士当时正好坐在自家的书房里。他的房子年久失修，因此墙壁坍塌，书架也一起倒了下来。无数的书籍，也就是几百枚沉重的黏土板，带着众多文字的可怕诅咒，一起砸到了这个可恶的诽谤者身上，老博士被活活压死，死状凄惨。

附
灵

大家都说，奈乌里部落的夏克被什么东西给附体了。听说在这个男人身上出现了很多不同的灵，鹰、狼、水獭的灵都附在这个可怜的男人身上，让他说出一些莫名其妙的话。

在被希腊人称作斯奇提亚人的土著中，这是一个最特别的种族。为了避免被猛兽袭击，他们把房子都建在湖面上。在湖水比较浅的地方打上几千根木桩，再铺上木板，这就是他们的家。地板上到处都是吊窗，窗子打开，把笼子放下去，就可以捕捉湖里的鱼。他们还会驾着独木舟，到外面去捕捉水狸和水獭。他们懂得如何织麻，所以会穿兽皮的衣服，也会穿麻布的衣服。他们主要吃马肉、羊肉、木莓和菱角，喝马奶及马奶酒。奈乌里部落的人会使用一种自古流传下来的神奇方法，他们将兽骨做成管子，插入母马腹中，让一些奴隶吹骨管，另一些人在另一侧挤奶。

奈乌里部落的夏克，是湖上居民中非常普通的一个。

夏克开始变得怪异，是在他的弟弟迪克死了之后。当时，彪悍的游牧民族乌古里族中有一群人从北方来到这里，他们个个骑着高头大马，手中挥舞着偃月刀，迅速袭击了这个部落。湖上的居民们拼死抵抗。他们正面迎击这群侵略者，但是发现自己根本无法与北方草原的彪悍骑兵对抗，于是不得不退守到湖上。他们撤掉了连接湖岸的栈桥，透过窗户投掷石头和箭矢，以此来对抗侵略者。游牧民族不擅长驾驭独木舟，于是便不再对湖上的人赶尽杀绝，在抢走了湖畔的牲畜之后，就像来时一样快速地离开了。

战争结束，湖畔的土壤被鲜血染红，只留下几具失去了头颅和右手的尸体。至于不见的头颅和右手，已经被侵略者砍下带走。他们会在头盖骨的外侧镶嵌黄金做成骷髅杯，会把右手的皮连着指甲一起剥下来做成手套。夏尔的弟弟也是遭到同样的凌辱后，被抛尸于此。尽管没有头颅，无法分辨死者的容貌，只能通过衣服和其他物品判断死者的身份，但是夏克依然通过皮带上的记号和钺纹的饰物准确地找出了弟弟的尸首。他神情恍惚，一直盯着死状凄惨的弟弟。在那时候，有人曾说，夏克当时的样子，看上去并不像是在为死去的弟弟哀悼。

不久之后，夏克就开始说些奇怪的话。刚开始，人们还不清楚这个男人身上附着的灵是什么，会让他说出这样奇怪的话。听内容，感觉上是被活剥了皮的野兽的灵魂。但是大家商量过以后，都觉得是夏克死去的弟弟的右手的灵魂。四五天过后，他开始说其他灵物的话。这一次大家很快就找到了答案。他在抱怨自己因为武艺不够好而战死，死后还要被虚空中的强大灵物拎着脖子丢到更远更黑的地方去，很显然，这是他的弟弟迪克。人们相信，在夏克神思恍惚地站在弟弟尸体旁边的时候，弟弟的灵魂悄悄地进入了哥哥的身体。

夏克的亲兄弟，还有这个兄弟的右手都附在他的身上，这并不奇怪。但是后来，当一度恢复神智的夏克再一次开始胡言乱语的时候，众人都惊了。这次说话的可都是跟夏克没有半点儿关系的人和动物。

之前也出现过被附体的男人或者女人，但是一次性出现这么多灵物附身在一个人身上的情况，还前所未有。有时候，是部落脚下湖里的鲤鱼，借着夏克的口讲述鱼类生活的喜怒哀乐；有时候，是托罗斯山上的鹰隼，来讲述远处看到的湖泊、草原、山川，还有山的那边明镜一般的湖水；有时候，是草原上的母狼，讲述自己在冬日里的惨白月光下，忍饥挨饿，历尽艰难，在冰封的土地上整夜徘徊。

众人都觉得很神奇，全都跑过来听夏克的胡言乱语。有趣的是，夏克，或者是附着在他身上的灵物，也很期待自己的听众会越来越多。更多人跑来听，忽然有一次，有个人说："听夏克说的话，不太像是附身的灵物在说，不会是他自己编的吧？"

是的，通常被附身的人，说话的时候都处在一种更加神志不清的状态。但是夏克说话的时候看上去并没有那么癫狂，讲出来的东西条理也非常清楚。越来越多的人开始觉得事情有点儿奇怪。

夏克对自己近来的所作所为也感到疑惑。他自然也发现了自己的情况跟普通的灵物附身有些不一样。可为什么自己会连续几个月都做这样奇怪的事情，而且一点儿都不累呢？他自己也说不清楚，就只好当作自己还是被附身了。刚开始，他确实是因为弟弟的死很难过，也非常不甘心地想要找到弟弟的头和右手，所以总会下意识地说出奇怪的话。所以说，他的确是无意中做了那些事。然而夏克本来就热衷于幻想，这一次的经历，又让他感受到一种掌控除自己之外的事物的乐趣。听众越来越多，他们会随着自己讲故事的节奏，露出真实的放心或者恐惧的神情。见到这种情形，夏克就更加感到其乐无穷。故事情节的构思越来越巧妙，想象出来的风景也越来越丰富。想象中出现的各种场景，生动细腻到自己都不敢相信。虽然有些意外，但是他依旧认为自己身上附了什么东西。不过他还没有想到，可以通过文字将这些自己不停地往外冒的话语记录下来，流传后世。他自然也不会知道，自己如今扮演的这个角色，在后世会被称作什么。

不管怎么看，夏克讲的故事都像是自己编的，但即便如此，听众依然没有减少的意思，他们反而要求夏克去编新故事。就算故事是夏克编的，但是平凡如他，能够讲出这么精彩的故事，一定也是被灵物附体了，作者和听众都作如此想。因为他们不曾被附体，也完全无法想象一个人怎么可能如此详尽地描绘出自己从未见过的事物。他们常常在湖畔的岩石后面，在附近森林里的枞树下面，或者在挂着山羊皮的夏克家门口围坐，夏克坐在中间讲故事，众人听得兴致勃勃：北方的山地里住着 30 个强盗，晚上的森林里会有怪物出没，草原上有一头年轻的公牛……

部落的老族长看到年轻人都在为夏克的故事着迷，居然耽误了劳作，于是面露不悦之色。其中有个人说，夏克这种人的出现是不吉的预兆。如果是被灵物附体，我们从未见过这样奇怪的情况；如果不是被灵物附体，那么可以编出这么多奇奇怪怪的故事，而且还能一直编下去，这也还是太奇怪了。不管是否被附灵，他这样突然出现，都是反常的现象，是不祥的预兆。发言的这个老族长恰好属于一个很有威望的，以豹爪为族纹的家族，他的说法得到了全体长老的支持。于是大家开始密谋除掉夏克。

众人不再满足于只听一些鹰和公牛的故事，于是夏克取材于人类社会的故事就越来越多了。夏克的故事开始出现美丽的青年男女，吝啬善妒的老妇人。他还讲述了一个在外人面前颐指气使，但是回到家里却在老伴跟前低眉顺眼的老酋长的故事。一个老头子，脑袋已经秃得像脱毛期的秃鹰，居然还妄想跟年轻人争夺美貌的姑娘，最终当然是以惨败收场。在他讲这个故事的时候，众人都忍不住大笑出声。原因嘛，其实是提议干掉夏克的长老最近刚好有过相同经历。

长老更加生气，于是用尽了自己白蛇一样阴毒的智慧，想到一个诡计。他的同谋者是一个最近发现妻子和别人私通的男人，他觉得夏克的故事是在讽刺他。两人想方设法地让大家都发现了一件事情，身为部落的一员，夏克没有尽到自己的义务。夏克不捕鱼，不喂马，不砍树，也不去剥水獭皮。凌厉的北风从山头裹挟着鹅毛般的雪片，从很久之前开始，有没有人见过夏克从事村庄里面的劳动？

大家想了一下，好像确实是这样。事实上，夏克的确什么都没做。这种感觉，在分发过冬必需品的时候就更加清楚了。就连最热心的听众也发现了。不过他们喜欢夏克讲的那些精彩的故事，所以还是勉强分了一些过冬的食物给不劳动的夏克。

北风呼啸，他们躲在厚实的皮毛下面，在燃烧着兽粪和枯木的石炉边上喝马奶酒，就这样，他们度过了一个寒冬。岸边的芦苇抽出新芽，大家再次走到外面开始劳动。

夏克也来到了田里，但是他目光呆滞，看着头脑也不灵光。人们发现，他不再讲故事，如果非要让他讲，也只会拿从前讲过的故事炒冷饭。而且就连这个冷饭都炒不出从前的味道。他的语句再也没有从前生动的神采。大家都说，之前附在夏克身上的灵，那个可以讲出很多故事的灵，已经退散，很明显已经不在了。

附着的灵物已经离开，但是从前的勤劳习惯却没有回来。夏克不劳动，也不讲故事，一天到晚看着湖面发呆。每当看到他这副模样，从前听故事的人都会这样想，自己居然把宝贵的过冬食物分给这样一个又懒又笨的人，真是让人生气。那些记恨夏克的长老们在暗地里偷笑。被公认为对部落有害无益的人，协商后便可以将其处决。

脖子上戴着翡翠辉石、脸上胡须浓密的掌权者们，经常在一起商量对夏克的处决方式。夏克无亲无故，没有人想要替他辩解。

雷雨季来临。族人们最忌讳雷鸣，他们认为那是上天化作独眼巨人发出的愤怒的诅咒。雷声一响，他们就必须要停下手上的工作，虔诚地让邪气退散。阴险的长老用两只牛角杯买通了占卜师，于是成功地把夏克这个不祥的征兆与频繁的雷鸣联系到一起。众人做出如下决定：如果有一天，太阳经过湖心正上方，一直到太阳倒挂在西边山毛榉的树梢这段时间里，出现三次以上的雷鸣之声，第二天就要按照先祖们的传统处决夏克。

当天午后，有人说听到了四次雷鸣，也有人说是五次。

次日傍晚，众人围着湖边的篝火，举行盛大的宴会。大锅里面咕嘟咕嘟地煮着肉，混在羊肉和牛肉中间的，还有可怜的夏克。原住民的食物并不充盈，所以只要不是死于疾病，新鲜的尸体当然都要变成食物。鬈发的青年曾是夏克最忠实的听众，如今篝火映照着他的脸颊，而他正在大口地吃着夏克肩膀上的肉。那位长老则用右手抓着自己最痛恨的敌人的大腿骨，撕扯着骨头上的肉，吃得正香。吃干净骨头上的肉，就把骨头扔得老远，只听到湖水扑通一声，那块大腿骨就沉到了湖里。

没人知道，早在那个双目失明、名为荷马的诗人吟唱出那样美丽的诗篇之前，曾经有一位诗人，以这样的方式被吃掉了。